르네상스 예술에서
괴테를 읽다

르네상스 예술에서 괴테를 읽다

김선형 지음

열린책들

이 책은 실로 꿰매는 정통적인 사철 방식으로 만들어졌습니다. 사철 방식으로 만든 책은 오랫동안 보관해도 손상되지 않습니다.

머리말

이 책은 그동안 국내의 괴테학회와 헤세학회 그리고 독일의 *Wirkendes Wort* 등의 학술지를 통해 발표했던 논문들을 수정, 보완한 뒤 괴테의 문학과 연관된 그림들을 함께 모은 결과물이다. 학술지에는 텍스트만을 발표했기 때문에, 한 번쯤은 텍스트와 연관된 그림들을 첨부하여 출판하고 싶다는 생각을 오랫동안 가져왔다. 독자들은 이 책에서 괴테가 작품을 쓰면서 연관시켰던 고대 · 르네상스 예술 작품들을 살펴볼 수 있을 것이다. 또한 이 책을 읽고 나면 일반적으로 난해하다고만 알려져 있는 괴테의 작품이 더 쉽고 친근감 있게 다가올 것이다.

저자는 독일 슈투트가르트 대학 유학 시절, 괴테 전문가인 하인츠 슐라퍼 Heinz Schlaffer 교수의 문학 강의 시간에 괴테가 예술에 조예가 깊은 그림 수집가였고 그 스스로 많은 그림을 그렸다는 사실, 그리고 실제로 조형 예술을 연상하면서 작품을 써왔음을 알게 되었다. 그때부터 이런 사실을 염두에 두고 괴테 문학을 연구했고, 그 결과 이제까지와는 전혀 다른 각도에서 괴테 작품을 바라보는 즐거움을 누리게 되었다. 아울러 괴테의 『이탈리아 기행』에서 볼 수 있는 이탈리아의 자연과 르네상스의 예술 세계, 『빌헬름 마이스터의 편력시대』 중 「50세의 사나이」에서 50세에 이른 남자의 고뇌, 『파우스트』에서 인간 탄생의 비밀 등을 더 깊숙이 이해하게 되었다.

그동안 독일 문학이 대단히 추상적이며 철학적이라 거리감을 느꼈던 독자들이 이 책을 통해 독일 문학이 예술과 깊은 연관성이 있고, 대단히 감각적인 요소를 지니고 있음을 알게 되었으면 한다. 아울러 새로운 문학의 세계와 다양한 문화 콘텐츠를 이해하는 계기가 되었으면 한다.

이 책을 정리하는 동안 자연스럽지 못한 나의 문장들과 또 다시 마주치면서 글쓰기의 어려움을 새삼 깨우치게 되었다. 또한 괴테를 연구하면서 문학의 소재와 모티프 그리고 인간사의 의미를 찾고자 하는 괴테의 고뇌를 함께할 수 있었다. 독자들도 위대한 독일 작가 괴테의 창조적인 글쓰기 과정을 엿보는 기쁨을 얻었으면 한다.

2009년 3월

차례

3 화장(化粧) 모티브

4 정원 모티브

5 시와 그림: 『빌헬름 티슈바인의 전원생활』

1 괴테가(家)의 『이탈리아 기행』

19세기 독일에서 이탈리아 여행의 의미

계몽주의 시대부터 독일의 교양 있는 시민 계급들은 유럽 남쪽 지방의 문학, 음악, 자연 과학, 그리고 풍부한 예술품 등에 관심을 갖기 시작하였다. 당시에는 프랑스가 유럽 정치·예술의 중심이었으나 독일의 고전주의 시기 지식인들은 고대의 옛 수도 로마에 관심을 갖기 시작하였다. 유럽의 북쪽 사람들이 이탈리아를 추구할 가치가 있는 이상적 삶의 원천으로 파악하면서부터 이탈리아는 그 질적인 의미를 획득하기 시작했다. 특히 지중해 반도의 주요 도시인 베네치아, 밀라노, 볼로냐, 피렌체, 로마, 나폴리 등이 독일의 젊은 엘리트들이 관심을 갖는 여행 장소로 부상하였다. 상인이나 학자, 관리, 즉 부유한 시민 계급의 자제들이 학교 교육의 마지막 단계를 이탈리아 주요 도시에서 체류하는 것이 일반화된 현상이었다. 그러면서 이탈리아는 독일인들에게는 프랑스, 네덜란드, 스페인, 러시아 등과는 비교될 수 없는 나라로 간주되기 시작하였다. 독일인들에게 지중해의 푸른 하늘과 온화한 기후는 북쪽의 잿빛 하늘과 추위와 상반되는 것이고, 남쪽의 감각적 즐거움은 북쪽의 오성과 대립되는 것이었다. 이런 분위기 속에 출간된 요한 카스파어 괴테Johann Kaspar Goethe와 요한 볼프강 괴테Johann Wolfgang Goethe 부자의 이탈리아 기행은 독일인들에게 이탈리아를 동경의 나라로서 대중화시키는 데 지대한 기여를 했다. 특히 요한 볼프강 괴테의 『이탈리아 기행』은 독일인들에게 이탈리아라는 나라와 예술 전반에 대한 관심을 촉발시켰다. 현재도 독일의 여행사에는 괴테의 이탈리아 여행 경로를 따라 여행하는 상품으로 많은 관광객을 모으고 있다.

요한 카스파어 괴테의 『이탈리아 기행』

일반적으로 요한 볼프강 괴테의 『이탈리아 기행*Italienische Reise*』은 많이 알려졌으나 괴테의 아버지 요한 카스파어 괴테의 『이탈리아 기행***Reise durch Italien im Jahre 1740-Viaggio per l'Italia***』은 별로 알려지지 않았다. 카스파어 괴테가 아들보다 앞서 『이탈리아 기행』을 썼으며, 이탈리아의 예술과 자연 전반에 대한 그의 관심은 세계적 대문호인 아들 괴테로 하여금 이탈리아라는 나라에 관심을 갖게 했다.

요한 카스파어 괴테는 1739년 12월 30일 오스트리아 빈에서 이탈리아로 출발하여 1740년 8월 20일경까지 약 8개월간 이탈리아에 체류하였다. 그는 여행 기간 동안 스토아학파의 윤리적이고 계몽주의의 이성적 관점에서 이탈리아의 유적과 경험한 사건[1]들을 관찰하여 『1740년의 이탈리아 기행』을 집필하였다. 그의 기록들을 살펴보면 그는 한 가지에만 치중하지 않고, 유적, 조형 예술, 공연, 축제 등을 살펴보는 18세기의 백과사전식 교양 여행을 하였음을 알 수 있

왼쪽
요한 카스파어 괴테

오른쪽
「이탈리아 기행」 표지

다. 또한 여행을 단순히 즐거움을 주는 것으로 보지 않고 교육적인 측면까지 고려하여 이탈리아에서 겪었던 자신의 여행기를 통하여 독자들에게 유용하고 실질적인 충고를 하려고 하였다. 이러한 그의 경험은 아들 괴테가 이탈리아 여행을 통하여 고전주의 미학을 완성하는 데 결정적 역할을 하였다. 아버지 괴테가 1740년 2월 14일 자 편지에서 언급한 파올로 베로네제Paolo Veronese의 「가나의 결혼식Hochzeit von Kana」(1562~1563)의 에피소드는 후에 아들 괴테의 『베네치아 에피그람*Venezianische Epigramme*』에 나타난다. 또한 아버지 괴테가 이탈리아의 도시에서 마주친 예술품과 유적지들은 후에 아들 괴테에게서 반복된다.

요한 카스파어 괴테는 이탈리아 여행을 마친 25년 후인 1762년과 1768년 사이에 『이탈리아 기행』을 완성하였다. 여기에서 흥미로운 것은 『이탈리아 기행』을 이탈리아어로 썼다는 점이다. 당시 남쪽 지방과 많은 관계를 맺었던 독일의 문화 귀족들은 이탈리아어를 사용하는 사람들이 많아 부분적으로 이탈리아어로 쓴 자신의 저서에 관심을 가지고 이해할 수 있는 독자가 있으리라고 여긴 것으로 추측된다.

요한 카스파어 괴테의 편지 기록에 따른 여행 경로는 다음과 같다. 먼저 빈에서 출발하여 베네치아로 간 뒤 그곳에서 카니발을 보고 파도바를 거쳐, 볼로냐, 리미니, 안코나, 마리아의 성지 로레토를 여행한 뒤 마침내 1740년 3월 25일 로마에 도착하였다. 로마에서 잠시 동안 머물렀다가, 4월의 온화한 기후 덕분에 여행객들에게 가장 좋은 여행지로 각광받는 나폴리로 향했다. 그곳에서 베수비오 화산과 서기 79년 폼페이와 함께 화산재로 묻힌 로마 제국의 도시 헤르쿨라네움Herkulaneum을 관광하였다. 다시 4월 22일 로마로 되돌아와 교황이 집전하는 부활절 미사를 함께하고 나서 5월 18일 피렌체로 출발하여, 베네치아, 밀라노, 토리노를 거쳐, 1740년 8월 20일 제노바에서 마지막 편지를 썼다.

백과사전식 연구 여행

요한 카스파어 괴테는 문헌학에도 관심이 많아 이탈리아에서 수백 개가 넘는 라틴어 비명을 수집하여 해석하였다. 그 외에도 자연 현상, 조형 예술, 헌법, 민족의 예법과 사회 체제 등 전 분야에 걸쳐 관찰하려고 노력하였다. 그러면서 그는 이때 접한 하나하나의 인상을 이성적 판단에 의거하여 이탈리아 전반에 대한 인식을 획득하려 노력하였다. 이런 의미에서 요한 카스파어 괴테의 이탈리아 여행은 〈백과사전식 연구 여행〉을 위한 전형적인 예이며 〈미학적 교양 여행의 모범〉[2]이라고 표현할 수 있다. 18세기 요한 하인리히 체들러Johann Heinrich Zedler의 문학과 예술을 위한 방대한 백과사전에 따르면 〈여행의 공통적인 목표는 사람들이 세상을 배우는 것이다. 다시 말해 사람들의 예법, 습관, 행동거지로 민족을 관찰하는 것이고 모든 것이 유용성 있는지 여부가 중요하다〉[3]라고 적혀 있다. 아버지 괴테의 여행 목적도 체들러가 말하는 의연함을 보여 주는 계몽적인 성실함에 의거하여, 공부를 위한 여행, 즉 교육적인 측면을 추구하였다. 로마에서 약간 떨어진 곳에서 경험했던 어느 무례한 마부와의 싸움에 대하여 그는 다음과 같이 묘사하고 있다.

> 나는 이 불유쾌한 경험들에서 다음과 같은 결론에 도달했다. 완벽한 즐거움은 흔치 않으며 어쩌면 전혀 없을 수도 있다는 것이다. 비록 우리의 소원과는 일치하지 않더라도, 모든 모욕을 참아 낼 수 있는 능력을 점차 획득하도록 스토아적 침착함으로 무장하여 모든 것에 익숙해져야 한다는 것이다.[4]

그는 자신의 여행기에 여행지에서 겪었던 어려움들과 장애 조건들을 정확히 기록하였다. 그는 이러한 어려운 경험에서 불쾌감을 느끼기보다는 오히려 감사해한다. 왜냐하면 이러한 것들을 자아 제어를 실험하고 성실을 시험해 보는 기회로 이해하였기 때문일 것이다. 그가 이탈리아에서 관찰한 여러 현상들 중에서 자연 과학 분야가 가장 두드러진다. 그는 베수비오 화산의 분화구 속으로 로프를 타고 내려갈 때의 경험을 다음과 같이 기록하고 있다.

재로 타버린 바닥은 대단히 접근하기가 어려웠다. 너무 뜨거웠기 때문이다. 열기는 장화를 통해서도 느낄 수 있었다. 그러므로 어디에도 가만히 있을 수가 없었으며, 계속해서 다리를 들어 올려야 했다.

이런 동작을 취하면서 우리는 이미 언급된 연기 나는 바위에서 몇 개의 하얀 종이들로 실험을 하였다. 틈에 끼인 종이는 정말로 타지 않았고 단지 검게 되었다. 그리고 마치 끓는 물이 들어 있는 주전자가 그르렁대며 대단한 연기를 뿜어내는 것과 같았다.[5]

그는 실험 과정을 통해 자연 현상을 이해하고자 했던 계몽주의자 크리스티안 볼프가 쓴 세 권짜리 책 『자연과 예술의 보다 정확한 인식을 위한 것을 제공하는 모든 물리적 혹은 유용한 실험들 *Experimenta physica oder allerhand nüzliche Versuche, dadurch zu genauer Erkenntniß der Natur und Kunst der Weg gebahnet wird*』(1727～1729)과 그의 제자 요한 크리스토프 고트셰트 Johann Christoph Gottsched의 이론에 입각하여, 스스로 화산의 중요한 현상에 대한 연구를 시도하고 있다.

나는 자연 연구의 영역에서 나 자신의 소박하지만 자신 있는 부분을 보여 주겠다. 불씨가 전혀 없음에도 불구하고 몇 개의 광물을 혼합하여 불을 붙이는 몇 개의 시도에서 볼 수 있는 것처럼, 이 불이 생성되는 원리를 우리는 볼 수 있다. 산이 불꽃과 돌들을 나폴리, 심지어 이집트까지 던지면, 산은 지하 동굴에 있는 기체를 근거로 하여 어떤 장애도 헤쳐 나갈 힘을 소지하는 것이다.[6]

그는 이처럼 경험과 이성에 근거를 두고 이탈리아의 자연 현상을 정확히 관찰하였고, 여러 곳에서 실험할 수 있는 모든 기회를 활용하였다.

아마추어의 여행기

요한 카스파어 괴테의 『이탈리아 기행』을 살펴보면, 그는 자연 과학의 여러 가지 실험을 하면서 지식과 교양을 쌓으려 하였다. 그는 이탈리아 역사와 시대적 배경에 대한 연구를 바탕으로 여행지에서 마주치는 사건, 현상과 예술 작품을 하나하나 묘사하고 분석하고 있다. 그러나 그의 이탈리아 조형 예술에 대한 식견은 아들 괴테에 비하면 아마추어 내지는 단순한 예술 애호가 수준으로 평가될 수 있다. 예를 들어, 그는 피렌체에서 아무 의미 없는 분수를 언급할 가치가 있는 것으로 평가하고 있다.

> 그 분수는 통에 물을 담는 농부를 묘사하고 있었다. 그의 통은 자연스럽게 조각이 새겨져 있었다. 그것은 대리석으로 만들어졌지만 마치 나무로 만들어진 것 같았다.[7]

그는 이 작품을 미켈란젤로 부오나로티Michelangelo Buonarrotti가 만든 것으로 판단하였으나, 실은 무명 조각가의 작품으로 판명되었다. 이런 간단한 사실에 비추어 보아도 그는 초기 계몽주의의 자연스러운 모방의 미학에 근거를 두고 아마추어적인 수준에서 예술품을 평가했던 것이다.

일반적으로 아버지 괴테의『이탈리아 기행』은 지루하고 아마추어 수준의 작품으로 평가되고 있다. 그러나 그는 단순한 관광객임에도 불구하고 당시 초기 계몽주의가 최우선으로 삼는 이성을 지니고, 이탈리아에 대한 다양한 관심을 가지고 그의 지식을 깊게 하려 했으며 다른 나라의 전반적인 문화, 사회 현상과 자연 현상을 관찰하였다. 그는 이탈리아를 체험하여 독자들에게 이탈리아 여행을 위한 실질적이고 유용한 충고를 하려고 노력하였다. 이러한 요한 카스파어 괴테의 이탈리아 여행과 교양은 아들 괴테에게 지대한 영향을 미쳐 독일의 문호 괴테의 작품을 탄생하게 한 것으로 평가할 수 있다.

요한 볼프강 괴테의 『이탈리아 여행』

요한 볼프강 괴테의 이탈리아 여행의 의미

볼프강 괴테는 『시와 진실*Dichtung und Wahrheit*』 1부 1장[8]과 그 외의 여러 기록들에서 이탈리아에 관한 것들을 집에 많이 소장하였던 아버지의 영향을 받아 이탈리아의 풍경과 예술품에 지대한 관심을 가지고 있었고, 이탈리아라는 나라를 동경하게 되었다고 밝히고 있다.

괴테는 『이탈리아 여행』의 1786년 9월 3일 자 기록에서 이탈리아 여행의 출발을 〈몰래 빠져나왔다*stahl*〉[9]라고 표현하고 있다. 이러한 표현은 그의 이탈리아 여행의 의미에 대해 생각해 보도록 한다. 당시 괴테 자신의 기록들에 따르면, 그는 바이마르 공국에서 공적인 업무에 지쳐 여행을 떠났으나 이탈리아 여행을 단순히 심신의 피로를 푸는 목적으로 생각하지 않았다. 왜냐하면 그는 이탈리아에서 여러 가지 미학적인 체험을 하였으며, 이러한 체험들을 통하여 그는 작품 창조 활동에 대한 열정을 획득하였고, 이탈리아에서 얻은 모티브들이 후에 작품 속에 구체화되고 형상화되었기 때문이다. 괴테에게 이탈리아는 가볍고 즐거운 삶을 찾을 수 있는 낯선 체험의 매개체일 뿐만 아니라, 동시에 예술의 갈증을 채워 줄 수 있는 일종의 요양소 역할을 할 수 있는 나라로 생각한 것으로 판단된다. 괴테는 자신의 이탈리아 여행에 대한 개괄을 카를 아우구스트Karl August 공작에게 보내는 1788년 1월 25일 자 편지에서 다음과 같이 표현하고 있다.

> 내 여행의 주목적은 독일에서 나를 괴롭히고 쓸모없게 하였던 육체적·도덕적 고통을 치유하는 것입니다. 그러고 나서 진정한 예술의 갈증을 잠재우는 것입니다. 전자는 나로 하여금 후자가 대단히 잘 추진되도록 하였습니다.[10]

후에 에커만Johann Peter Eckermann도 괴테의 이와 같은 상황에 대해 1829년 2월 10일 자 기록에서 다음과 같이 개괄하고 있다.

> 바이마르 10년 동안의 체류로, 그의 시적 능력은 그가 궁전에서의 위치와 관직에 따른 여러 가지 일과, 보다 높은 이득을 얻기 위해 벌이는 현실과 갈등을 벌이고 있었다. 그러므로 처음 10년 동안은 시 창작 활동이 거의 이루어지지 않았다. 단편들만 낭독되었다. (……) 이탈리아로의 도피는 나로 하여금 시적 창조 활동을 다시 시작하도록 하는 것이었다.[11]

괴테 자신과 에커만의 기록이 지적하는 것처럼, 괴테의 이탈리아 여행은 문학적이고 실존적 존재를 위한 보다 확실한 근거를 찾기 위한 여행이었다고 평할 수 있다.

우선 볼프강 괴테에게 남쪽 이탈리아는 북쪽 독일과 대조되는 나라였다. 그는 이탈리아로 가는 첫날 레겐스부르크에서 독일의 과일인 배를 먹지만 마음은 벌써 이탈리아에 가 있었다. 그런 마음을 그는 다음과 같이 말하고 있다.

> 맛있는 배를 먹었다. 그러나 나는 포도와 무화과 열매를 먹고 싶다.[12]

배는 독일에서 많이 나는 과일이고, 무화과는 이탈리아의 과일이다. 독일에서 쉽게 구할 수 있는 과일을 먹으면서, 독일에서 얻을 수 없는 이탈리아 과일을 찾는다는 것은 이미 괴테의 마음이 이탈리아에 가 있다는 것을 뜻한다. 이탈리아 과일에 대한 그의 욕구는 이탈리아의 삶에 대한 동경을 느끼게 한다. 그러나 괴테는 다른 일반 관광객처럼 독일과 다른 분위기 속에서 신체적·심리적 편안함과 휴식만을 목표로 두지는 않았다. 스스로 〈눈으로 보는 사람 *Augenmensch*〉이라고 생각하는 그는 이탈리아에서 볼 수 있는 예술 체험과 자연을 통해 자신의 미학적 성숙을 꾀하였다. 또한 그의 작품 속에 구현된 이탈리아 여행의 결과와 영향을 살펴볼 때, 그는 이탈리아 여행으로 자신을 정비하고 보충하여 새로이 태어나려 했다.

요한 볼프강 폰 괴테에게 이탈리아는 너무도 이성적인 북쪽 사람들의 삶을 보충해 주는 나라였다. 볼프강 괴테가 이탈리아에서 체험한 가장 중요한 영역은 자연과 예술품의 관찰과 감상이다. 괴테는 자연 관찰을 통해 인간이 자연스러운 존재임을 발견하고 자연스럽고 즐거우며 단순한 삶의 방식을 배웠다. 특히 볼프강 괴테는 빙켈만이 1755년 그의 주저에서 밝힌 〈고귀한 단순과 고요한 위대함*Edle Einfalt und stille Größe*〉의 미의 기준으로 이탈리아의 미학적 현상을 경험하였다. 그는 이탈리아에서 교류한 많은 화가들과의 관계를 통하여 화가들의 기법을 익혀 이탈리아 자연을 풍경화로 표현하고 심화시키면서 이상화된 자연과 고전적·미학적 현상들을 형성하였다. 이 경험을 통해 괴테는 감각적이고 근심이 없는 동경의 나라, 남쪽의 따뜻함이 있는 나라의 문화를 〈잿빛으로 찌푸린 북쪽〉[13]의 차가운 이성의 나라에 대립시키고 동시에 접목시키고 있다. 괴테에게 이탈리아는 독일과 다른 나라였다. 그는 그 낯선 나라의 문화를 감각적으로 체험하며 자신의 미학 이상을 경험적으로 확증하여 자신만의 고전주의 미학을 확립하였다.

에커만은 1829년 2월 10일 자 기록에서 괴테의 이탈리아 여행의 의미를 다음과 같이 개괄하고 있다.

> 그의 바이마르에서의 처음 몇 년 동안에 대하여. 시적인 능력은 궁전에서의 그의 위치와 공적인 다양한 일들로 보다 높은 이해득실에 도달하기 위해 필요했던 현실과 갈등을 겪고 있었다. 그러므로 처음 10년 동안 중요한 시적 창조물은 결실을 맺지 못했다. 연애 사건도 그를 힘들게 하였다. (……) 이탈리아로의 도피는 그의 시적인 창조를 다시 회복시키기 위함이었다.[14]

에커만이 지적한 대로 괴테에게 이탈리아는 일상생활을 위해서 정신적 활력을 찾고 창조적 세계를 위해서 미학적 체험을 획득할 수 있는 나라였다.

괴테는 1786년 9월 3일 바이마르에서 이탈리아로 〈빠져나가〉 칼스바트, 브레너, 베로나, 비첸차, 베네치아 등을 거쳐 갔으며, 로마에서 첫 겨울을 보냈다. 그는 1787년 초에 나폴리로 갔다가 시칠리아를 거쳐, 6월에 로마로 가서 지내다가 다음 해 6월 18일 바이마르로 되돌아왔다. 그 후 대략 28년 뒤인 1816/1817년에 괴테는 자신의 이탈리아 여행에서 접할 수 있었던 예술의 세계, 그곳 사람들의 일상과 자연, 그리고 로마의 카니발을 통해 얻게 된 미학적 체험들을『이탈리아 기행』에 기록하였다.

콘라디Karl Otto Konrady는 괴테의『이탈리아 기행』을 괴테가 자신의 〈불안, 의혹과 머뭇거림에서 비록 자유롭지는 못하였지만, 계속 발전하며 변모해 가는 특유한 교양 과정 중 한 단계, 즉 변형〉[15]을 표현한 것이라고 평하고 있다. 콘라디의 이러한 지적처럼, 괴테의『이탈리아 기행』은 낯선 여행지에서 겪은 여러 가지 어려움을 토로하긴 하지만 바이마르에서의 위기를 이탈리아 여행을 통하여 극복하여 문학적인 발전과 변모를 하였음을 알 수 있다. 또한 이탈리아에서 조형 예술의 세계, 신화의 세계, 남쪽 사람들의 활기찬 삶과 아름다운 자연, 그리고 민중극 등의 미학적인 체험은 그가 문학 작품의 소재와 형상들을 얻는 데 자극이 되기도 하였다. 우리는 괴테의 많은 작품들 속에서 이탈리아 여행의 흔적을 찾을 수 있다. 그러므로 괴테의『이탈리아 기행』은 〈소망〉[16]과 〈동경〉[17]의 나라인 이탈리아를 여행하면서 남긴 기록만이 아니라, 미학적이고, 문화적 체험을 통하여 고전주의적 바탕 위에 미학적 사실주의에 도달한 괴테의 문학적 형성 과정의 한 단계를 보여 주는 것이라고 할 수 있다.

괴테 이후 독일인들에게 이탈리아는 여러 면에서 보다 나은 나라로 간주되었다. 독일인들은 이탈리아를 북쪽의 엄격한 규칙과 진지한 나라에 대립되는 자연스러움과 즐거움의 나라이며, 소망과 만족스러움을 약속해 주는 나라로 생각하게 되었다. 괴테의 『이탈리아 기행』은 독일인들에게 독일과 이탈리아를 간접적으로 비교 체험하게 하고, 이탈리아를 동경의 나라로서 대중화시키는 데 상당한 기여를 했다.

미학적 체험과 문학적 산물

괴테는 아버지의 이탈리아 예술품 수집과 이탈리아에 대한 관심으로부터 많은 영향을 받았다는 사실을 『빌헬름 마이스터의 수업 시대*Wilhelm Meisters Lehrjahre*』에서도 표현하고 있다. 아버지가 괴테에게 어릴 때부터 이탈리아어를 배우도록 했다는 사실, 그의 집에는 수많은 이탈리아 예술 작품들과 이탈리아 풍경화들이 진열되어 있었다는 것과 아버지의 『이탈리아 기행』에 대하여 괴테는 『시와 진실』 1부 1장 속에 다음과 같이 자세히 기록해 놓고 있다.

> 집 안에서 가장 내 시선을 끈 것은 부친이 대합실에 장식해 놓았던 일련의 로마 풍경들이었다. 그것들은 피라네제의 선배인 두서너 명의 노련한 화가의 동판화들인데, 구성 양식에 있어서나 원근법에 있어서 이해가 깊고 그들의 필치가 매우 명확하고 찬양할 만했다. 여기서 나는 매일같이 포폴로 광장, 콜리세오, 베드로 광장, 베드로 사원의 내부와 외부, 엔젤스부르크Engelsburg와 기타 많은 것들을 보았다. 이 모습들은 나에게 깊은 인상을 주었다. 평소에는 말이 적으신 부친도 때때로 친절하게 그림의 묘사를 설명해 주었다. 이탈리아와 그 나라에 관계되는 모든 것에 대한 아버지의 애착은 대단했다. 아버지는 때때로 이탈리아에서

가져온 조그마한 대리석과 박물관의 표본들을 우리에게 보여 주었다. 그리고 대부분의 시간을 이탈리아어로 쓴 여행기를 장별로 직접 정서하고 편집하는 데 보내셨다. 작업은 천천히 그리고 정확하게 작성하였다.[18]

이탈리아와 연관하여 아버지의 영향력은 괴테의 교양 소설 『빌헬름 마이스터의 수업 시대』에서 약간 변형되어 나타난다. 작품 속에서 주인공 빌헬름의 아버지는 할아버지가 이탈리아에서 수집한 회화, 소묘, 동판화, 골동품들을 팔아 버린다. 아버지가 팔아 버린 할아버지의 이탈리아 예술품들은 그 후 빌헬름에게 이탈리아에 대한 동경과 그리움의 상징적 의미로 등장한다. 빌헬름은 후에 미뇽의 장례식이 거행되는 나탈리에의 집에서 다시 할아버지의 예술품을 보게 된다. 나탈리에의 외증조부는 예술품에 대한 조예가 있는 이탈리아 후작의 도움을 받아 빌헬름 할아버지의 예술품을 소장하였던 것이다.[19] 미뇽으로 표상화되는 이탈리아에 대한 그리움과, 빌헬름이 그리워했던 할아버지의 소장품을 미뇽의 장례식에서 다시 찾는 것은 괴테가 자신의 이탈리아 동경을 이러한 연관 속에서 암시하려는 것이다. 이탈리아는 괴테에게 일상의 삶의 활력과 예술의 창조 정신을 되찾게 해주는 매개체였고, 미학적 욕구를 채워 줄 수 있는 나라였다. 괴테가 이탈리아에서 체험한 세계는 그의 작품 속에서 형상화되어 그 미학적 의미를 획득하고 있다.

비첸차의 로톤다 별장: 미뇽의 이탈리아 고향 집

괴테는 1786년 9월 3일 바이마르를 출발하여 베로나 등을 거쳐 1786년 9월 16일 비첸차에 도착했다. 비첸차는 이탈리아 르네상스의 대표적인 건축가이자 조각가인 안드레아 팔라디오Andrea Palladio(1508~1580)의 건축물이 많이 남아 있는 유명한 지역이다. 현대에 와서는 유네스코 세계 문화유산으로 지정되기도 했다. 팔라디오는 비첸차에서 태어나 고대 로마의 건축가 비트루비우스Marcus Vitruvius Pollio의 건축론과 로마의 유적들을 연구한 후 수많은 궁전과 저택들을 건축한 인물이다. 팔라디오의 주저 『건축 사서*I Quattro Libri dell'Architettura*』(1570)는 영국에서 1716년 번역되어 영국의 신고전주의 건축에 영향을 미쳤으며, 이를 계기로 유럽에서도 팔라디오에 대한 관심이 높아졌다. 그의 설계 도면들은 현대 건축가들에게 많은 영향을 주었다. 괴테는 이탈리아에 가기 전부터 고대와 현대를 잘 접목시킨 팔라디오의 건축에 많은 관심을 가지고 있었기 때문에 비첸차에 도착하자마자 팔라디오의 올림피코 극장Teatro Olimpico과 그 밖의 다른 건축물들부터 둘러보았다. 고대 로마의 건축양식을 현대에 재현시킨 르네상스의 건축가 팔라디오의 건축물이 아직도 건재한 북쪽 이탈리아는 괴테에게 고전주의의 모토인 〈고귀한 단순과 고요한 위대함〉을 경험할 수 있는 미학의 확증이었다. 괴테는 비첸차에서 팔라디오의 건축물들을 보고는 팔라디오의 건축 형태가 보여 주는 통일적 면모를 다음과 같이 칭찬하고 있다.

이 건축물들은 두 눈으로 봐야, 얼마나 위대한 작품인지 알 수 있다. 실물 크기로 구체적으로 봐야만 하는 것이다. 건축물들을 추상적인 윤곽으로만 파악하지 말고 원근법을 고려해서 다가서거나 물러서거나 하면서 건축물 전체가 보여 주는 정신의 아름다운 조화를 충분히 음미해야 할 것이다. 나는 팔라디오가 진실로 정신적인 면과 내면의 세계를 외적인 면에서 형상화시킬 수 있는 위대한

팔라디오의 올림피코 극장

인물이었다고 생각한다. 그에게 가장 큰 어려움은 다른 모든 현대 건축가들도 극복해야 했던 문제인데, 시민 건축 예술의 기둥 배열을 적절하게 적용하는 것이었다. 기둥과 벽을 연결시키는 일은 항상 어긋나는 경향이 있다. 하지만 그가 그것들을 나란히 연결시켜 놓은 방식을 한번 보라. 작품들의 현실감을 통해 우리에게 커다란 감명을 주면서도 그로부터 설득당하고 있다는 사실조차 잊게 만들고 있지 않은가! 그것이 정말 그의 재능에서 찾을 수 있는 신적인 면이다. 이것은 진실과 허위의 세계를 벗어나 빌려 온 존재로서 우리를 매료시키는 제3의 세계를 창조하는 위대한 시인의 힘과 같은 것이다.[20]

괴테에게 팔라디오의 건축물은 고전주의의 〈우아〉와 〈품위〉를 보여 주는 증

거다. 계속해서 그는 아시시의 미네르바 신전에 대한 감격을 다음과 같이 표현하고 있다.

> 가장 칭찬받을 만한 작품이 내 눈앞에 서 있다. 내가 본 것 중 최초의 가장 완벽한 고대 기념물이다. (……) 신전은 아름다운 산 중턱에 세워져 있었다. 그곳은 두 개의 언덕이 만나는 곳이며, 아직도 광장이라 불린다. (……) 신전은 항상 한복판에 세워져 있지는 않지만 로마 방면으로 가는 사람들의 눈에 아주 잘 띄는 곳에 자리 잡고 있었다. 신전을 그리려면 건물만 그리지 말고, 그 좋은 입지 여건도 그려야 할 것이다. 건물의 정면은 아무리 보아도 질리지 않는다. 이곳에서 건축가의 천재적인 완벽성을 찾을 수 있기 때문이다.[21]

그는 고대 그리스·로마와 후기 르네상스 건축물인 피첸차에 있는 팔라디오의 로톤다Rotonda 별장과 아시시에 있는 미네르바 신전에서 고전적 미의 이상(理想)을 확인한 것이다. 『이탈리아 기행』의 1786년 9월 21일 자 기록을 보면, 괴테는 언덕 위에 있는 팔라디오가 건축한 로톤다 별장을 보고 난 후에 다음과 같이 묘사하고 있다.

> 오늘은 로톤다라는 호화 저택을 보러 갔다. 그 저택은 시내에서 30분가량 떨어진 곳의 완만한 언덕 위에 있다. 위쪽으로 채광이 되는 둥근 홀을 에워싸는 정사각형의 건물이다. 건물 사방으로 모두 넓은 계단이 나 있어서 여섯 개의 코린트식 기둥이 있는 주랑 현관에 쉽게 이를 수 있다. 아마도 이 세상에 이보다 더 호화로운 건물을 남긴 건축술은 없을 것이다. 계단과 주랑 현관이 차지하는 공간

이 집 자체보다 훨씬 더 크다. 각각의 벽면을 신전의 모습처럼 꾸미려 했기 때문이다. (……) 이 건물은 주변의 어느 지점에서 바라보아도 아름다울 뿐만 아니라, 건물 쪽에서 바라보는 주변의 경관도 무척 수려하다. 배들이 베로나에서 브렌타 방향으로 따라 떠내려가는 바치글리오네 강이 보이고 카프라Capra 후작의 광활한 소유지도 내려다보인다. 카프라 후작은 그곳을 분할하지 않은 상태로 자신의 가족이 소유하길 원했다.[22]

그런데 여기에서 괴테는 작은 실수를 하고 있다. 그는 로톤다 별장의 기둥을 코린트식이라 판단하고 있는데, 이 기둥은 애석하게도 이오니아식이다. 계속해서 그는 아시시의 미네르바 신전에 대한 감격을 표현하고 있다. 언덕 위에 서 있는 카프라 후작 소유인 로톤다 별장의 돔 형태 지붕, 기둥들과 화려한 홀은 『빌헬름 마이스터의 수업 시대』에 나오는 미뇽의 노래 중, 이탈리아에 있는 그녀의 고향 집에 대한 묘사를 연상시킨다.

그 저택을 아십니까? 줄지어 늘어선 기둥들 위에 지붕이 안식하고 빛이 내리쬐는 홀과 화려한 거실이 있는.[23]

『빌헬름 마이스터의 편력 시대*Wilhelm Meisters Wanderjahre*』에서 빌헬름은 화가와 함께 미뇽의 고향 집을 찾아갔다. 화가의 그림 속에 나오는 미뇽의 고향 집에 대한 묘사는 다음과 같다.

이렇게 하여 사내아이 같은 이 소녀는 여러 가지 자세와 갖가지 의미로 그려졌다. 웅장한 별장의 높이 솟아오른 둥근 기둥의 현관 아래에 서서 생각에 잠긴 채로 현관의 입상을 바라보는가 하면, 매어 둔 작은 배에 탄 채 물장구를 치면서 몸을 흔들고, 돛대 위에 올라가기도 하면서 대담한 뱃사람 같은 모습을 보여 주기도 했다.[24]

『이탈리아 기행』 속에서 괴테가 경험한 카프라 후작 소유의 로톤다 별장의 건축물과 주위 환경에 대한 묘사는 『빌헬름 마이스터의 편력 시대』의 화가가 그린 그림 속 후작의 집에 대한 묘사와 일치한다. 즉, 언덕 위에 위치한 아름다운 별장, 그 건물의 둥근 기둥들, 언덕 아래로 강물이 흐르는 풍경과 그 위에 떠 있는 배들의 모습이 그것이다. 괴테가 본 팔라디오의 건축물은 『빌헬름 마이스터의 수업 시대』와 『빌헬름 마이스터의 편력 시대』에서 미뇽이 그토록 그리워하던 이탈리아의 아름다운 고향 집으로 재탄생된 것이다.

베네치아: 베네치아의 예술 세계

괴테는 비첸차를 거쳐 베네치아에 도착하여, 미로와 같은 거리를 걷기도 하고 곤돌라를 타기도 하면서 여행의 즐거움을 만끽한다. 그는 오페라와 희비극들을 보기도 하면서 그 나라의 예술을 즐기기도 하고, 리도 섬으로 건너가 그곳의 무라치Murazzi라는 방벽을 살펴보고 조개, 달팽이들과 식물들을 관찰하기도 하면서 아버지가 처음 베네치아에 도착하여 그곳의 제 현상들을 관찰하고 기록한 것과 마찬가지로 베네치아를 보려고 하였다. 그러나 아버지와는 달리 팔라디오가 괴테의 가장 큰 관심사였기에, 그는 베네치아에 도착하자마자 팔라디오가 건축한 일 레덴토레Il Redentore 교회를 방문하고 그 건축물에 대한

팔라디오의 로톤다 별장

감상을 다음과 같이 언급하기도 했다.

> 팔라디오의 아름다운 대작, 일 레덴토레 교회의 정면은 산 조르조 교회의 정면보다 더욱 훌륭하다. (……) 팔라디오는 고대 정신에 흠뻑 젖어 있었으며, 또한 세상에 순응하지 않고 자신의 고귀한 이상에 따라 세상을 가능한 대폭 개조하려는 위대한 인간답게 당대의 옹졸하고 편협한 경향을 뼈저리게 느끼고 있었다. (……) 일 레덴토레의 내부 역시 모든 것과 마찬가지로 훌륭하다. 제단의 구도까지 포함해서 모든 것이 팔라디오의 작품이다.[25]

또한 병기창 앞에 놓여 있는 사자 상에 대해서도 괴테는 『이탈리아 기행』

팔라디오의 일 레덴토레 교회

에 자세하게 기록하고 있다. 이 사자 상에 대한 언급은 『베네치아 에피그람 *Venezianische Epigramme*』의 20번째 시에도 등장한다. 그 시에서 두 마리 사자 상은 다음과 같이 형상화되었다.

> 고대 그리스 사자 두 마리가 베네치아의 병기창 앞에 고요히 서 있다.
> 탑과 운하조차 이 한 쌍의 사자 앞에서는 작아 보이기만 하는구나.
> 신들의 어머니가 내려온다면, 이들은 마차 앞에서
> 몸을 구부리고 그것을 기뻐하며 끌 생각을 하게 될 거야.
> 그러나 이제 그들은 슬픈 듯 쉬고 있구나. 날개 달린 새 고양이가
> 도처에 으르렁거리고 베네치아는 그것을 수호신이라 부른다네.[26]

사자는 베네치아 공화국의 수호신이다. 『이탈리아 기행』의 1786년 10월 8일 자 기록에서 볼 수 있는 사자 상에 대한 묘사는 이 시에서도 반복적으로 등장한다. 즉, 화려한 주위 건물의 위상조차 압도하는 것처럼 느껴지는 사자 상의 거대함과 언제든지 신들의 마차를 끌 수 있을 정도로 살아 있는 것 같은 생동감 넘치는 사자의 모습이다. 그런데 괴테는 이 조각품에서 고대 그리스 조각품의 높은 예술 세계를 찾을 수 있다고 말한다.[27] 그러나 베네치아 공화국의 영화는 이제 옛이야기가 되어 버렸듯 베네치아 공화국의 수호신인 포효하던 사자도 이제는 한낱 고양이로 전락했음을 지적하면서 괴테는 세월의 무상함을 표현하고 있다.

괴테의 『이탈리아 기행』에서는 베네치아의 주요 유적지인 마르코 성당과 그 내부를 꾸민 베네치아파의 예술품들과 예술가 — 괴테는 안토니오 차네티 Antonio Zanetti의 저서를 통해 잘 알고 있었던 것으로 추정되는데[28] — 티치아노Vecellio Tiziano, 틴토레토Jacopo Tintoretto 등의 주요 작품들에 대해서는 그리 많은 언급을 하고 있지 않으며, 베로네제의 그림에 대해서만 언급하고 있다.[29] 괴테가 베네치아에서 관찰한 수많은 베네치아 예술품에 대한 언급을 자제하는 것은 예술품에 대한 무관심 때문이 아니라, 오히려 의도된 것이라고 괴테의 바이마르 전집을 편집한 에리히 슈미트Erich Schmidt는 설명하고 있다.[30] 이를 입증하듯, 괴테는 카롤리네 헤르더Caroline Herder에게 보낸 1786년 5월 4일 자 편지에서 베네치아의 수많은 그림들을 보고 지쳤다고 말하고 있다.[31] 슈미트의 설명을 뒷받침해 주는 근거는 괴테의 『베네치아 에피그람』에서도 볼 수 있다. 이 시기에 만들어진 『베네치아 에피그람』 중 36번째 시의 내용은 다음과 같다.

베네치아가 보존해 온 수많은 훌륭한 예술품들 속에서
회화 작품들을 감상하는 데도 이제 지쳐 버렸다.
나의 갈구하는 시선은 생생한 자극을 기대했었지만,
이러한 향유도 휴식과 여가를 필요로 하기 때문이다.
요술쟁이 그대여! 벨리니가 날개가 달린 요한을
매력적으로 그렸던 그림에서 나는 사내아이의 원형을 보았다.
잔을 든 신랑을 그렸던 파올로 베로네제의 그림 속에는,
손님들은 취해 버려 포도주 대신 물을 마셨다고 하지.[32]

괴테는 베네치아의 프로쿠라티 누오베Procuratie Nuove 전시실에 있는 베네치아파의 미술품들과 파르세티Farsetie 궁전에 전시되어 있는 조각 작품 등을 둘러보았다. 여기에서 〈날개 달린 요한〉은 산타 마리아 글로리오사 데이 프라리 Santa Maria Gloriosa dei Frari 교회에서 볼 수 있는 조반니 벨리니Giovanni Bellini(1426~1516) 그림 속의 천사로 추정된다. 베로네제의 그림은「가나의 결혼식」을 말한다. 괴테는 베네치아파 화가들의 작품들 중에서 벨리니의 그림 속에 나오는 날개 달린 천사와 베로네제의 그림 속에 나오는 결혼식에서 잔을 든 신랑과 향연을 즐기는 손님들을 언급한다. 『성경』〈요한의 복음서〉에서는 갈릴래아 가나의 결혼식에 예수의 어머니와 예수 그리고 그의 제자들이 참석하였는데, 술이 부족하자 예수가 물을 포도주로 바꾸었다고 한다. 괴테는 예수가 행한 기적을 그린 성경 구절을 손님들이 만취하여 물인지 술인지 몰랐을 것이라며, 손님들이 〈포도주 대신 물을 마셨다〉고 유머러스하게 전환시킨다. 괴테는 훌륭하지만 너무도 많은 베네치아파 화가들의 그림들로 인해 부담을 느

껴 거리를 두고 싶은 심정을 토로하며 유머로써 모면하려 했던 것이리라.

이런 이유 때문인지 괴테는 『이탈리아 기행』 속에서 베네치아에서 볼 수 있는 예술품보다는 그곳 사람들과 환경에 대해 더 많이 언급하고 있다. 그는 베네치아에서 보았던 연극, 유적지와 자연, 그리고 그 속에 사는 생물들에 대해 감탄하면서도 베네치아의 전반적인 생활 수준을 비하하기도 한다. 『베네치아 에피그람』에서는 〈오물 속의 산마르코〉[33]라고 비하한다. 또한 자신의 아버지처럼 베네치아의 낮은 환경 수준에 대해 비난하기도 하고, 물의 도시인 베네치아의 배수로 문제를 염려하기도 하고, 쓰레기 처리 같은 기술적인 문제에 관심을 보이기도 하였다.[34] 그러면서도 괴테는 더러운 환경을 적나라하게 보여 주는 베네치아 사람들의 모습에서 정반대의 긍정적인 면을 보기도 한다.

> 활기차게 삶을 영위하고 싸움질을 하고, 말로써 맹세하고, 소리를 지르며 물건을 거래하고, 노래를 부르며 놀고, 욕설을 내뱉으며 소란을 피운다. 그러다가 밤이 되면 극장에 가서, 자신들의 낮 동안의 생활이 예술적으로 구성되고, 더 고상하게 꾸며지고, 동화처럼 엮어지고, 가면으로써 현실과 거리감을 두고, 도덕률로 살찌워진 모습으로 무대에 올려진 것을 보고 듣는다.[35]

베네치아라는 도시는 괴테의 눈에 시끄럽고, 깨끗하지 못한 환경 문제 등을 안고 있는 도시다. 그럼에도 불구하고 괴테는 활기찬 삶을 영위하며, 갯벌에서 놀라운 도시를 건설해 내고 문화 예술의 수준이 높아 연극 공연을 즐겨 관람하기도 하면서 창조적인 정신을 현재까지 이어 가는 베네치아 사람들의 넘치는

베로네제의
「가나의 결혼식」

힘을 놓치지 않는다. 그는 베네치아 여행을 바탕으로 쓴 『베네치아 에피그람』 속에서 베네치아의 자연, 예술, 사람들의 삶의 모습을 때로는 조롱과 비판으로, 때로는 존경의 마음으로 생생하게 묘사하고 있다. 그러고는 1786년 10월 14일 베네치아를 떠나 페라라, 첸토, 볼로냐, 페루자를 거쳐 11월 1일 로마에 도착하여 그해 겨울을 그곳에서 보냈다.

나폴리 근교의 파에스툼에 있는 아테나 신전

괴테는 로마에서 약 3개월간 체류한 이 후, 나폴리 근교의 파에스툼Paestum으로 갔다. 『이탈리아 기행』의 1787년 3월 23일 자 기록에서 괴테는 파에스툼에서의 체험을 상세히 적고 있다. 요한 하인리히 빌헬름 티슈바인Johann

Heinrich Wilhelm Tischbein(1751~1829)을 통해 알게 된 크리스토프 하인리히 크니프Christoph Heinrich Kniep는 이곳의 경험을 『파에스툼 신전 *Tempel von Paestum*』이라는 작품으로 남겨 놓고 있다. 괴테는 파에스툼에 있는 아테나 신전을 보고 놀라움을 금치 못한다. 원추형 기둥이 있는 장방형의 거대한 그리스 신전에 대한 느낌을 그는 다음과 같이 적어 놓고 있다.

> 나는 완전히 딴 세상에 와 있었던 것이다. 수백 년 동안 엄숙한 상태에서 매력적인 상태로 변화되어 왔듯이, 인간도 그렇게 함께 변화되고, 심지어 생산되어 왔던 것이다. 이제 우리의 눈과 시각을 통한 우리의 모든 내적인 본질은 이 우아한 건축술에 압도당하고 결정적으로 조건 지어져서, 오히려 비좁게 늘어선 이 원추형의 무딘 기둥들이 우리에게 부담스럽게 여겨졌고, 두렵기까지 했다. 그렇지만 나는 곧 마음을 가다듬고 예술사를 상기해 보았다. 그리고 이 같은 건축 양식을 가능하게 했던 시대를 생각해 보고 엄밀한 조형 양식을 눈앞에 그려 보았다. 그러자 한 시간도 채 안 되어 그것들과 친숙한 느낌을 받았다.[36]

괴테는 자신이 몸담고 있는 시대의 관점에서 과거의 문화를 이해하게 되면서 낯선 건축술에 대해 친근감을 느끼고, 또한 자기 시대 것들의 의미를 재발견할 수 있음을 말하고 있다. 이 사원에 대한 인상은 계속 남아, 1825년경에 완성된 『파우스트』 II부의 헬레나 장에서 다시 재현된다.

> 천문학자　기적의 힘으로 여기
> 　　　　　육중한 고대의 신전이 나타났습니다.

예전에 하늘을 짊어지고 있던 아틀라스처럼
많은 둥근 기둥이 줄지어 서 있습니다.
기둥 두 개만으로 큰 건물을 떠받칠 수 있으니
이 정도라면 바위산의 무게라도 충분히 지탱할 것입니다.

건축가 이것이 고대 양식이란 말인가요! 칭찬할 수 없군요.
지나치게 육중하다고나 할까요.
거친 것을 고상하다 하고, 볼품없는 것을 위대하다고 하는군요.
나는 무한히 솟아오른 가느다란 기둥을 좋아합니다.
끝이 뾰족한 아치형 천장은 정신을 높여 줍니다.
그런 건축이야말로 우리에게 그 무엇보다 고마운 것입니다.
(V.6403~6414)

파에스툼에 있는 고대 그리스 신전을 보고 괴테가 느꼈던 압도적인 인상과 낯설음은 『파우스트』 II부 1막 〈기사의 홀*Rittersaal*〉에서 헬레나와 파리스의 시대를 재현하는 공연을 보면서 내뱉는 천문학자와 건축가의 말을 통해서 반복된다. 그리스의 건축을 보고 느끼는 천문학자의 묘사는 그리스 신전의 많은 기둥을 보고 느꼈던 괴테의 경이로움과 일치한다. 그리고 자신이 현재 몸담고 있는 고딕 건축 양식의 뾰족한 천장에 익숙해져 있는 건축가의 입을 통해 그리스 신전에 대한 거부감을 표현한다. 건축가의 비판은 괴테가 파에스툼 신전을 보고 자신이 처음 느꼈던 낯설음과 자신이 살고 있는 시대의 건축에 대한 친근감과 일치한다.

크니프 작품 「파에스툼 신전」

시칠리아의 팔레르모: 신화의 세계

괴테는 1787년 3월 29일 나폴리를 떠나 4월 3일 화가 크니프와 함께 시칠리아의 팔레르모에 도착하였다. 그다음 날에는 줄리아 별장Giulia Villa의 정원을 방문하여, 〈가장 편안하고 만족스러운 시간〉을 보냈다고 『이탈리아 기행』에 적고 있다. 팔레르모의 선착장과 줄리아 정원의 이국적이고 목가적인 풍경은 괴테를 고대 세계로 안내한다. 그는 만(灣)의 아름다운 풍경과 이국적인 식물들이 가득한 정원을 거닐었다. 1787년 4월 7일 자 기록에 그는 이곳에서 보낸 경험을 다음과 같이 적고 있다.

이곳은 세상에서 가장 경이로운 장소일 것 같다. 규칙적으로 잘 꾸며져 있는

파에스툼에 있는 아테나 신전

모습은 마치 요정처럼 보인다. 나무는 심은 지 얼마 안 되는 것 같은데 공원에는 이미 고풍이 감돌고 있다. 녹색 띠를 두른 듯한 화단 주위로는 이름 모를 나무들이 에워싸고 있고, 레몬 나무는 무지개 모양으로 나지막이 잎사귀를 늘어뜨리고 있다. 패랭이꽃 같은 수천의 붉은 꽃잎으로 장식된 협죽도의 높은 담이 시선을 끈다. (……) 하지만 그 신기한 공원의 인상은 내 기억 속에 너무 깊이 아로새겨져 있다. 북쪽 수평선의 검푸른 파도, 만곡에 부딪히는 파도, 그리고 흐릿한 바다의 그 독특한 냄새까지, 이 모든 것이 파이아케스 섬 이야기를 나의 생각과 기억 속에 불러일으켰다.[37]

지중해의 이국적인 풍경을 보면서 괴테는 호메로스의 오디세우스를 연상하며, 즉시 호메로스의 책을 구입했다고 적고 있다. 그리고 오디세우스가 레우코테아Leukothea 여신이 던져 준 베일을 통하여 파이아케스인의 섬에 도착하고 나우시카Nausikaa 공주[38]의 도움으로 구출되어 살아난 이야기와, 그 후 오디세우스가 나우시카의 사랑을 뒤로하고 결국 고향 이타카로 돌아오는 이야기를 담은 호메로스의 『오디세이아』를 읽었다고 말하고 있다. 실제로 괴테는 팔레르모에서 희곡 『나우시카』를 썼다. 그러나 이 작품은 1막 3장까지만 씌어지고 미완성으로 끝났다. 바이마르를 떠나 배를 타고 팔레르모에 도착했던 그는 이타카를 떠나 바다를 방랑하고 떠도는 오디세우스와 자신이 동일시됨을 느꼈을 것이다. 단순히 르네상스의 건축물과 폐허뿐만 아니라, 식물원과 팔레르모의 풍경은 신화를 이야기하는 호메로스를 연상케 한다는 것을 괴테는 강조하면서, 이탈리아를 통한 자신의 미학적 체험을 감각적으로 보여 준다.

시칠리아의 팔라고니아 별장: 프랑스 절대 왕정과 바로크 시대의 의미

괴테는 팔레르모에 가기 전에 이 팔레르모 출신의 칼리오스트로Caliostro 백작에 대해 알고 있었고, 바로 그 사건 때문에 시칠리아 여행을 계획했다고 『이탈리아 기행』에 기록하고 있다.[39] 칼리오스트로의 실제 이름은 주세페 발사모Giuseppe Balsamo로, 그는 프리메이슨 단원이고, 연금술사이고, 희대의 사기꾼이었다. 그는 프랑스의 왕비 마리 앙투아네트Marie-Antoinette와 사랑에 빠진 로앙Rohan 추기경에게 다이아몬드 목걸이를 사도록 종용했으며, 이 사건이 프랑스 혁명을 일으키게 한 결정적인 역할을 한 것으로 전해져 온다. 칼리오스트로 사건과 연관하여, 프랑스의 절대주의 왕정 말기에 얽힌 역사의 의미를 인식하고 있는 괴테에게 시칠리아 바게리아Bagheria에 있는 팔라고니아

Palagonia 별장은 프랑스 절대 왕정 시대를 상징한다. 이 별장은 18세기 바로크 양식으로 지어진 것이다. 괴테는 팔라고니아 별장의 입구에 있는 장식들을 다음과 같이 설명한다.

> 우리가 팔라고니아 왕자의 바보스러운 요소들을 완전히 전달하고자 한다면 다음과 같은 것들을 기록할 수 있겠다. 사람들로는 거지들, 스페인 사람들, 모어인들, 터키인들, 곱사등이, 기형아들, 난쟁이, 음악가들, 어릿광대들, 고대의 의상을 입은 군인들, 신들, 여신들, 옛 프랑스의 옷을 입은 사람들, 탄약함과 각반을 찬 군인들이 있다. 우스꽝스러운 장식을 한 신화의 인물들로는 아킬레스와 케이론이 어릿광대와 함께 있다. 짐승들을 들자면 단지 부분적으로만 보이는데 인간의 손을 한 말, 인간의 몸을 한 말머리, 일그러진 원숭이들, 많은 용들과 뱀들, 모든 종류의 짐승들의 앞발, 머리가 두 개이거나 뒤섞이거나 한 것들이 있다. 항아리들로는 항아리 몸체와 받침 아래쪽을 장식하는 모든 종류의 괴물들과 당초무늬들이 있다.[40]

팔라디오의 고전주의 양식과 대조를 이루는 바로크 양식의 과도한 장식으로 꾸며진 팔라고니아 별장을 보고, 이탈리아의 다른 예술품과 유적지에 대한 경탄을 아끼지 않았던 괴테는 거부감을 느끼고 부정적으로 평한다. 그는 프랑스 절대주의 왕정 말기의 불안하고 광기 어린 시대정신이 팔라고니아 별장의 장식물들을 통해서도 표현되고 있다고 파악한 것이다.

베수비오 화산이 보이는 나폴리 만

시칠리아의 콘코르디아 신전과 히폴리토스 관의 부조

괴테는 시칠리아에서 아그리젠트Agrigent(이곳은 1927년까지는 지르젠티Girgenti라고 불렀다)에 있는 콘코르디아Concordia 신전을 관람한 뒤 1787년 4월 25일 자 기록에 다음과 같이 적고 있다.

> 콘코르디아 신전은 수백 년 동안 버티고 서 있다; 그 날렵한 건축술은 이미 아름다움과 매력에 대한 우리의 척도에 근접하고 있다. 그 건축물은 신들의 형상과 같은 파에스툼에 비해 거대한 형상과 같다.[41]

괴테는 콘코르디아 건축물을 보고는 고대 건축물을 보수하는 기술적인 문제

위
팔라고니아 별장의 입구

아래
팔라고니아 별장의
장식용 조각품

루이 장 데프레의
아그리젠트에 있는
콘코르디아 신전

를 언급하고 있다. 즉, 그는 풍화되어 가는 건축물에 대한 걱정스러움을 말하면서, 한편으로 새로운 개념에 상응하는 척도를 지니고 건축물 보수 작업을 해야 그 아름다움과 매력을 유지할 수 있다고 말하고 있다. 그는 호메로스 시대의 놀라운 세계를 간직하고 있는 시칠리아의 건축물을 보수한 이들의 노력을 긍정적으로 평하고 있다. 이렇게 과거의 것을 현대의 감각에 맞고 현대인들을 위한 것으로 재탄생시키는 작업은 고대의 세계에 관심을 가지고 그것을 자신의 작품으로 재탄생시키는 그의 창조적 작업 원리에 상응한다. 계속해서 괴테는 아그리젠트 대성당에 있는 히폴리토스Hippolytos 부조를 관람하고는 다음과 같이 평한다.

장 피레르 로랭 올 작품. 아그리젠트 대성당의 대리석 석관에 새겨진 부조

사냥을 함께 할 동료들과 말들과 함께 서 있는 히폴리토스를 그에게 음식을 주려는 페드라의 유모가 붙들고 있다. (……) 이것은 나에게 그리스 시대 가장 아름다운 시대에서 찾을 수 있는 하나의 예로 여겨진다.[42]

이러한 괴테의 언급은 요한 요아힘 빙켈만이 1767년 로마에서 탈고한 미간행 문서『안티케 기념비*Monumneti antichi*』속에서 히폴리토스 부조를 〈고대에서부터 우리 시대에까지 보존된 대리석으로 만들어진 가장 아름다운 부조〉[43]라고 평한 것과 거의 일치한다. 이러한 것을 살펴볼 때, 괴테는 빙켈만을 통해 얻은 미학적 지식을 바탕으로 이탈리아에서 고대 그리스 시대의 예술품을 찾아 감상하였음을 알 수 있다.

로마

볼프강 괴테는 1786년 9월 3일 바이마르에서 이탈리아로 출발하여 1788년 6월 18일 바이마르로 되돌아왔다. 그리고 대략 28년 뒤인 1816/1817년에 『이탈리아 기행』을 완성하였다. 괴테는 칼스바트에서 출발하여 브레너, 베로나, 비첸차, 베네치아 등을 거쳤다. 그는 18세기의 여느 여행객과 달리 로마로 가는 가장 빠른 길을 택했다. 그는 로마에서 첫 겨울(1786년 11월 1일~1787년 2월 21일)을 보낸 뒤 1787년 2월 27일 나폴리로 가서 시칠리아행 배를 탔다.

그리고 다시 로마(1787년 6월~1788년 4월)로 돌아와 약 15개월 동안 체류하였다. 특이하게도 그는 피렌체와 밀라노를 지나는 여행 과정에 대해서는 『이탈리아 기행』 속에 기록하지 않았다. 그리고 건물에 새겨진 라틴어 문자에 관심을 보였다. 그는 이탈리아의 그 어떤 도시보다 로마에 많은 관심을 보이고, 두 차례에 걸쳐 체류하였으며 로마에 대하여 두 편의 체류기를 썼다. 『이탈리아 기행』의 1787년 6월 8일 자 편지 속에서도 밝히고 있듯이, 괴테는 이탈리아의 다른 도시와 달리 로마에서 장기 체류하였기에, 『이탈리아 기행』은 로마 체류에 대한 그의 보고라고 할 수 있다.

특히 괴테의 두 번째 로마 여행의 목적은 바티칸 대성당의 살라 레자Sala Regia 뒤편, 미술관에 전시되어 있는 양탄자들이었음을 밝히고 있다. 이 양탄자는 라파엘로의 도안에 따라 브뤼셀에서 만들어진 것인데, 로마 교황 레오 10세는 라파엘로에게 밑그림을 완성토록 하였으며, 라파엘로의 그 밑그림은 현재 영국에 보존되어 있다고 한다. 논문 「저자는 자신의 식물학적 연구의 역사를 말한다」(1831)에서도 괴테는 자신이 바티칸 대성당의 미술관에 강렬한 인상을 받아,[44] 고대 그리스 로마 미술 연구가인 빙켈만의 제자가 되었으며, 이탈리아에서 돌아온 후 〈예술 그리고 고대〉에 대한 작업을 하며 나날을 보낸다고 고백하고 있다.[45] 티슈바인이 괴테에게 보낸 편지에서도 이에 대한 예를 찾아볼 수 있다. 그리스 로마의 신화에 관심이 많았던 괴테는 아이러니컬하게도 그리스를 한 번도 가지 않았다. 그런 그에게 이탈리아는 고대 그리스의 문화, 예술, 신화의 세계를 간접적으로 경험할 수 있는 곳이었다. 괴테가 이탈리아에서 체험한 세계는 그의 작품 속에서 형상화되어 그 미학적 의미를 획득하고 있음을 우리는 알 수 있다.

로마의 이상적 풍경

괴테가 경험한 로마의 이상적 풍경은 독일 헤센 지방 출신 화가 빌헬름 티슈바인의 그림 「프라스카티에 위치한 알도브란디니 별장 공원의 나무들Baumgruppe im Park der Villa Aldobrandini in Frascati」에서 찾아볼 수 있다. 이 그림은 괴테와 티슈바인의 공동 작업의 결과물이다.[46]

티슈바인은 괴테를 로마 근교 프라스카티에 있는 알도브란디니 별장으로 인도하여 로마에서 볼 수 있는 이상적 풍경들을 경험하게 한다. 여기에 나오는 나무들은 후에 티슈바인과의 공동 작업을 통해 완성된 괴테의 『빌헬름 티슈바인의 전원생활』의 3번 시를 설명하는 산문에 삽입되는 그림에서도 다시 등장한다.

> 가운데는 실측백나무가 높이 솟아 있고, 왼쪽에는 키가 크고 항상 푸르른 떡갈나무가 넓게 자리 잡고 있다. 실측백나무의 날렵한 나무를 섬세한 나뭇가지가 둘러싸고 있고, 빛을 충분히 흡수하고 있다, 오른쪽에는 소나무가 수평선상으로 병풍 역할을 하고 있으며, 그늘진 곳에는 덤불이 에워싸고 있다. 저 멀리 무화과

나무의 넓고 뾰족한 잎사귀가 빛을 받고 있다. 그리고 전체적으로 만족스럽게도 하나의 완성된 모습을 이루고 있다.[47]

여기에 나오는 실측백나무, 떡갈나무, 소나무 들은 앞에서 언급된 티슈바인의 알도브란디니 별장의 그림 속 나무들과 동일하다. 북쪽에서 온 괴테에게는 알도브란디니 별장에 있는 남쪽의 식물들이 여태까지 볼 수 없었던 풍경이며 고대의 자연을 연상시키는 이상적 풍경이었을 것이다. 괴테의 『이탈리아 기행』의 부제목 〈나 역시 아르카디아에 있었노라*Auch ich war in Arcadien*〉의 변용이다. 괴테에게 이탈리아는 그리스 남부 펠로폰네소스 반도 중앙에 있는 주의 이름이며, 목가적이고 고립된 특징으로 그리스·로마 시대의 전원시와 르네상스 시대의 문학에서 낙원이고 이상향으로 그려지는 아르카디아다.

『이탈리아 기행』의 1787년 2월 27일 자 기록을 살펴보면, 괴테가 나폴리에 도착한 후 포실리포 언덕을 방문했고 이곳에서 남다른 감회를 느꼈음을 알 수 있다. 이 언덕 옆에는 베르길리우스의 무덤이 있는 것으로 알려져 있지만, 괴테는 『이탈리아 기행』 속에 베르길리우스의 무덤을 보았다는 흔적은 남기지 않았다. 베르길리우스는 번거로운 속세를 떠난 이상향인 아르카디아 전통을 세운 로마의 시인이고, 괴테가 『이탈리아 기행』의 부제로 〈나 역시 아르카디아에 있었노라〉를 채택했다면, 이는 그가 분명 베르길리우스의 무덤을 의식하여 나폴리를 방문했음을 유추할 수 있다. 괴테에게 이탈리아는 남쪽에서만 볼 수 있는 전원적 자연 환경과 함께할 수 있는 곳이고, 그의 문학의 전범이기도 한 베르길리우스의 아르카디아의 고장이다.

프리드리히 부리 작품
로마에서의 괴테와 그의
예술가 모임

자연 관찰과 풍경화

괴테는 요한 필리프 묄러Johann Philipp Möller, 혹은 밀러Miller라는 이름으로 로마에 체류하며 그곳에 머물고 있던 화가들과 지속적으로 접촉하였다.[48] 괴테의 이러한 개인적 접촉을 통해, 또한 이탈리아 체류 기간에 수많은 풍경화를 그렸다는 사실로 볼 때 그가 로마 혹은 이탈리아에 머물렀던 주요 목적이 이탈리아의 예술에 대한 관심 외에 자연 관찰을 통한 풍경화 그리기인 것으로 설명된다. 우선 괴테가 자연을 예술화시키는 과정을 살펴보겠다. 괴테는 자신의 『이탈리아 기행』에서 니콜라 푸생Nicolas Poussin, 클로드 로랭Claude Lorrain과 살바토르 로사Salvator Rosa[49] 등 풍경화가들로 인하여 이탈리아의 자연을 이해하게 되었음을 밝히고, 자연과 예술에 대한 관조적 개념을 발전시

클로드 로랭의 풍경화
뮌헨의 바이에른
국립 미술관 소재

켰다고 언급하고 있다. 「예술 작품의 진실과 개연성에 대하여」(1797)라는 논문에서는 자연과 예술의 관계를 모방의 관점에서 결부시키고 있다.[50] 괴테는 시칠리아의 팔레르모로 가던 중 그와 동행한 화가 크니프에게 수채화 기법을 배우면서 다음과 같이 이탈리아 풍경을 묘사하고 있다.

팔레르모를 향해 가던 그 아름다운 오후, 해안선을 따라 어른거리던 흐릿한 광채는 어떻게 표현해야 좋을지 적절한 말이 떠오르지 않는다. 윤곽의 깨끗함, 전체적인 부드러움, 색조의 교차, 하늘과 바다와 땅이 이루는 조화는 이루 말로 표현하기 힘들었다. 누구든 그 광경을 본 사람은 평생토록 잊지 못할 것이다. 나는 이제야 비로소 클로드 로랭을 이해할 수 있게 되었으며, 앞으로 언젠가는 내

크니프 작품
「팔레르모 만」

영혼의 고향인 북쪽 땅에 가서도 실루엣으로나마 이 행복한 곳의 경치를 그리게 되리라는 희망을 품었다.[51]

이탈리아 풍경을 그린 로랭의 그림에서 이탈리아의 진실된 자연을 찾을 수 있다는 괴테의 표현으로, 우리는 자연을 대하는 괴테의 화가로서의 태도와 풍경 기법이 자연 관찰에서 비롯되었음을 엿볼 수 있다.

1787년 가을 이탈리아에서 완성되어, 1788년 2월 22일 로마에서 헤르더에게 보낸 괴테의 시 「풍경화가로서의 아모르Amor als Landschaftsmaler」는 자연과 풍경 사이의 관계를 보여 준다.

이른 아침 나는 바위 꼭대기에 앉아 있었다.
잿빛의 수건처럼 펼쳐진
안개 속을 멍한 눈빛으로 바라보고 있었다.
안개는 드넓고 높이 모든 것을 덮고 있었다.

한 아이가 내 옆에 서 있으며
나에게 말하길: 친구여, 어찌하여 그대는
텅 빈 캔버스를 우두커니 쳐다만 보는가?
그림을 그리고 형상화하는
모든 즐거움을 영원히 잃어버렸는가?

나는 그 아이를 쳐다보았다. 그리고 마음속으로 생각했다.
그 아이가 나를 화가로 만들어 줄 수 있을까!

그대는 항상 슬프고 한가롭게 있을 건가.
그 아이는 말하였다, 더 현명한 일을 할 수도 없겠지.
보게나, 나는 자네에게 하나의 그림을 그려 주고,
자네에게 멋있는 그림을 그리는 법을 가르쳐 주지.

그러고 집게손가락을 내밀었다.
그것은 장미처럼 그렇게 빨간색이었다.
넓게 펼쳐진 캔버스를 향해

그의 손가락으로 그림을 그리기 시작했다.

그는 화폭 위에 아름다운 태양을 그렸다.
그 태양은 나의 눈동자에 강렬하게 빛을 발하고 있었다.
그리고 구름 가장자리의 빛은 금빛으로 칠하고 있었다.
빛살이 구름 속을 파고 들어갔다.
신선한 나무들의 부드럽고 환한 정수리를
그리고, 하나 둘씩
언덕을 끌어왔다, 차례로 하나씩 자유롭게
바다도 빠뜨리지 않았다;
강물을 그렇게도 자연스럽게 그렸다.
강물은 태양의 빛 속에서 반짝이는 것 같았다.
강물은 높은 물결로 굽이치는 것 같았다.

아하, 그곳 강가에는 꽃들이 피어 있었다.
그리고 그곳에는 초원의 색들.
금색, 에메랄드색, 보랏빛 그리고 초록빛,
모든 것이 에메랄드와 석류석처럼 빛을 발하고 있었다!
그는 하늘 위에서 유약을 바르고 있었다.
그러자 파란 하늘은 아득히 멀리 있는 듯 보였다.
나는 완전히 매료되어 새로이 태어나,
때로는 화가를, 때로는 그림을 바라보았다.

나는, 그가 말했다, 자네에게 보여 주었네,
내가 이 수작업을 잘 이해하고 있음을.
물론 원래 그것은 가장 어려운 것이지.

그러고 나서 날렵한 손가락으로
조심스럽게 숲 언저리에
끝부분에 단을 반듯하게, 태양이
밝은 바닥에서 빛을 반사하게 그렸다.
가장 아름다운 소녀를
아름답고, 섬세한 옷을 입은 소녀를
갈색 머리에 발그레한 뺨을 가진 그녀를
뺨의 빛은 그의 손가락처럼 붉었다.

오, 그대 소년이여! 나는 외쳤다.
어떤 대가가 그의 학교에서 그대를 가르쳤기에,
그대는 그렇게 빨리 그렇게 자연스럽게
모든 것을 현명하게 시작하고 완성했는가?

나는 그렇게 이야기하고는 쳐다보았다, 그때
바람이 일고 정수리가 움직여
모든 물결이 강물에서 출렁이고 있었다.
완벽한 소녀의 베일로 가득 차고

그리고 나를 더더욱 놀라게 한 것은,
소녀가 걷기 시작했다는 것이다.
그녀는 내가 선생과 앉아 있던 그 장소로 다가왔다.
그때 모든 것이, 모든 것이 움직였다,
나무들, 강물과 꽃들 그리고 베일도
가장 아름다운 이의 섬세한 발도
그대는 믿겠는가, 내가 나의 바위 위에
마치 바위처럼 고요히 굳은 듯 서 있었다는 것을?[52]

시적 자아는 자연의 광활한 풍경 속을 들여다보고 있었다. 그러나 보이는 것은 안개뿐이다. 그때 화가인 소년 아모르가 시인에게 다가와, 친근하게 〈친구여〉라고 말을 건다. 그리고 그에게 그림 그리는 것을 가르쳐 준다. 시인은 아모르 신의 도움으로 단지 자연을 바라보는 것에서 발전해, 자연을 통찰하고 조망하는 법을 배운다. 잿빛의 수건은 〈넓게 펼쳐진 양탄자〉가 된다. 이 위에 소년은 〈붉은 집게손가락〉으로 그림을 그린다. 소년이 그린 그림을 통하여 자연은 풍경이 된다. 〈태양, 구름들, 빛, 나무들, 언덕 그리고 강〉은 로랭의 풍경화를 암시한다. 괴테는 프랑스의 화가 클로드 로랭의 동판화 서른여덟 점을 소지하고 있는데, 그는 로랭의 풍경화에서 이탈리아의 자연을 보는 법을 배웠음[53]을 『이탈리아 기행』에서 보고하고 있다. 아모르 신은 금빛, 광택이 나는 색, 보랏빛, 초록빛 등 자연의 색깔을 배치하는 법을 안다. 풍경을 채색하는 기법을 아는 아모르 신의 그림은 점점 완성도가 높아지면서 빛을 발한다. 금빛, 에메랄드색, 보랏빛, 초록빛 등은 효과적으로 채색 효과를 높이고 있다. 모든 것이 에메랄드와 석류석 빛을 발하고 있다. 티슈바인, 크니프, 야콥 필리프 하케르트 Jakob Philipp Hackert 등의 화가를 통해 괴테는 풍경화 기법을 배웠으며, 화가들이 괴테에게 가르쳐 준 풍경화 그리는 규칙에 따라 아모르의 그림은 완성되었다. 괴테 또한 풍경화를 그리는 기술과 비밀을 알고 있는 그의 화가 친구들에게서 예술의 구성법을 배웠다. 괴테는 팔레르모로의 여행에서 〈윤곽의 순수함, 전체의 부드러움, 부드러운 색의 분산, 하늘, 바다 그리고 대지의 조화에 매혹되었다〉[54]고 밝히고 있다. 바람이 불고 나무의 정수리가 흔들리며 물결이 출렁인다. 소년의 마술 같은 손가락으로 그림은 〈빨리, 자연스럽게 모든 것을 현명하게 시작하여 완성〉되고, 이 풍경의 마지막에 부차적 인물*Staffage*은 생명을 얻게 된다. 소녀의 베일이 움직이기 시작하고, 급기야 소녀는 그림에서 밖으로 나온다. 피그말리온 신화처럼, 소녀는 아모르의 힘으로 생명을 얻으며, 자연 속의 풍경은 인간과 관계를 맺기 시작한다. 시 속의 풍경, 자연 속에 기적이 일어나 〈나무, 강물, 꽃 들이〉 움직인다. 형상학적으로 고정된 것이 언어적·음악적으로 움직이게 되는 것이다.

영원한 현재: 자연을 그리는 것은 이 순간의 행복을 그리는 것

괴테는 자연의 풍경화를 그리면서 자연 속에서 자신의 작품 세계를 위한 창조적 동인을 얻는다. 또한 괴테가 이탈리아 풍경화를 그리는 것은 현대인들이 자신의 여행 체험을 사진이나 동영상 촬영으로 남기는 것과 같다. 괴테는 1787년 6월 16일 필리프 하케르트와 함께 로마의 근교 티볼리로 스케치 여행을 떠나 티볼리의 자연 풍경을 보고 난 소감을 다음과 같이 말하고 있다.

오른쪽
괴테의 「아니에네 강의 폭포가 흘러내리는 티볼리의 마에케나스 별장」 스케치

왼쪽
필리프 하케르트의 「티볼리의 거대한 폭포」(1790)

폭포들은 폐허들과 자연 경치의 전체적인 조망과 더불어 그것들을 알게 됨으로써 우리네 삶의 아주 깊숙한 기반까지 더욱 풍요롭게 하는 대상입니다.[55]

괴테가 티볼리에 있는 고대 로마의 정치가 마에케나스Gaius Clinius Maecenas (B.C. 70?~B.C. 8)의 빌라를 보고 스케치한 「아니에네 강의 폭포가 흘러내리는 티볼리의 마에케나스 별장Die Ville des Maecenas in Tivoli mit den Kaskatellem des Aniene」과 지금은 빈의 오스트리아 미술관에 보관되어 있는 필리프 하케르트의 유명한 「티볼리의 거대한 폭포Die Cascata Grande in Tivoli」(1790)는 같은 시각에서 바라보고 그린 그림이다. 이 두 그림은 폐허가 된 별장이 덤불과 나무들에 둘러싸인 바위 위 높은 곳에 위치해 있음을 보여 준다. 괴테의 그림에서 별장은 하케르트의 그림과 달리 왼쪽에서 오른쪽으로 펼쳐져 있다. 하케르트의 그림에서는 폭포가 바위틈에서 세 단계로 흘러내리고 있으나 괴테의 그림에서는 많은 것이 생략되어, 굽이쳐 흐르는 폭포와 바위의 선이 입체적으로 표현되어 있지 않다. 괴테의 또 다른 그림 「폭포 위의 성 Kastell über einnem Wasserfall」은 마에케나스 별장의 위쪽을 실루엣으로 그리고 있다. 괴테는 스케치 「폭포 위의 성」을 하케르트의 지도를 받아, 오징어 먹물로 갈색 톤을 내는 세피아[56] 화법으로 완성하였다. 이 그림은 괴테가 로마 시절의 이상적 풍경을 그린 그림 중 가장 대작이다. 또한 「팜필리 별장에서 본 성 베드로 성당Blick auf Sank Peter von der Villa Pamphilli」이 있다. 이 그림에서는 전면에 나무들과 바위들과 수평선에 환상적인 자태를 보이는 바티칸 대성당과 성당의 둥근 지붕이 서로 대조를 이룬다.[57]

괴테는 1787년 6월 27일 로마에 있는 콜로나Colonna 화랑을 방문하였다. 이곳에서 그는 로랭과 푸생 등의 그림을 볼 수 있었으며, 특히 하케르트가 이탈리아에서 그림을 그리기 시작한 초기에 영향을 받은 가스파르 뒤게Gaspard Dughet의 수채화를 보게 되었다.

> 하케르트와 함께 콜로나 화랑에 갔는데, 그곳에는 푸생, 클로드, 살바토르 로사 등의 그림이 나란히 걸려 있었다. 하케르트는 이 그림들에 대해 여러 가지 유익한 점과 기본적으로 생각할 점을 나에게 이야기해 주었다. 그는 그 가운데 몇 작품을 스케치하였고, 다른 그림들을 철저히 분석했다. 화랑을 몇 번째 방문했을 때 내 생각이 대체로 하케르트와 동일했다는 것을 발견하고 무척 기뻤다. 그가 내게 말해 준 어떠한 내용도 나의 관점을 변화시키지 않았고, 오히려 더욱더 넓

혀 주고 확고히 해줄 뿐이었다. 우리가 이제 곧 다시 자연을 관찰하여, 그 화가들이 발견해 내고, 많든 적든 간에 모방한 것을 다시 재발견하고 읽어 낼 수 있다면, 우리의 영혼은 확대되고 정화되어 마침내 자연과 예술에 대한 지고한 직관적 개념을 얻게 될 것이 틀림없다.[58]

괴테는 티볼리에서 자연의 놀라운 아름다움을 보고, 숭고하고 명쾌한 자연을 예술로 완성시킨 대가들의 그림을 감상하기도 하면서 화가 하케르트의 지도를 받으며 그림을 그렸다. 프라스카티에서 쓴 편지에서도, 괴테는 〈밤늦게까지 스케치하고 물감이나 먹으로 색칠하고 이것저것 오려 붙이는 등 미술과 수공예를 전문적으로 연마하고 있다〉[59]라며 그림을 그리면서 느끼는 즐거움을 토로하고 있다. 1787년 9월과 10월 사이에 그는 팔라티노Pallatino 언덕에 있는 정원에서 풍광을 즐기기도 하였으며,[60] 추밀고문관 라이펜슈타인Reiffenstein과 풍경화가 요한 게오르크 쉬츠Johann Georg Schütz와 함께 프라스카티, 알바노, 카스텔 간돌포 등지에서 풍경화를 그리며 깊은 행복감을 느꼈음을 『이탈리아 기행』에서 상세하게 묘사하고 있다.[61] 괴테는 자연을 관조하는 순간 이상향으로 도피한 것으로, 또한 자연을 그린다는 것을 자연에게서 선물 받은 것을 표현할 수 있는 행복한 순간으로 보고 있음을 말하고 있다.[62] 그는 이러한 작업들을 통해 자신에게 〈영원한 현재*Nunc stans*〉[63]를 순간적으로 포착하였다. 그는 영원한 이상향으로 여겨지던 로마에서 보냈던 순간들을 그림으로 남기면서 그의 생애 중 가장 아름다웠던 날들로 기억하려는 것이다.

로마의 카니발: 민중극

괴테는 1788년 바이마르로 돌아와 『로마의 카니발*Das Römische Karneval*』을 쓰기 시작하여 1789년에 완성하였다. 1789년에 출간된 『로마의 카니발』에는 괴테가 로마의 카니발을 함께 경험한 게오르크 쉬츠의 스케치에 따라 만들어진 열세 개의 가면과 입상 동판화 일곱 점이 삽입되어 있다. 일 년 뒤 괴테는 『고급 패션 잡지*Journal des Luxus und der Mode*』에 앞서 말한 삽화들을 빼고 『로마의 카니발』을 다시 출간하기도 하였다.[64]

괴테의 기록에 따르면, 로마의 카니발이 열리는 동안 〈포폴로 광장에서 베네치아 궁전까지 일직선으로 뻗어〉[65] 있는 1,500미터 정도 되는 로마의 중심가 코르소Corso[66] 거리 창문에 사람들이 양탄자를 내걸었다고 한다. 괴테가 거주했던 로마의 팔라초 론다니니Palazzo Rondanini는 오늘날의 주소 〈비아 델 코르소 18 *Via del Corso 18*〉로 바뀌었다. 이곳은 바로 티슈바인이 거주하던 집 옆으로, 포폴로Popolo 문에서 베네치아 광장으로 가는 길에 있다. 그러므로 괴테는 집에서 카니발이 열리는 베네치아 광장을 내려다볼 수 있었다. 괴테는 이러한 상황을 다음과 같이 묘사하고 있다.

> 창문들마다 양탄자가 내걸려 있듯이, 모든 관람석들도 오래된 편물 양탄자들로 덮여 있다. 수많은 의자들은 실내에 앉아 있는 느낌을 더해 주고, 다정한 하늘이 있어서 지붕이 없다는 생각은 별로 들지 않는다.[67]

양탄자로 뒤덮인 코르소 거리는 사람들에게 마치 극장의 실내에 앉아 있다는 느낌이 드는 친근한 공간으로 변한다. 또한 거리는 극장 내부의 모양새를 갖

위
라이펜슈타인 별장
괴테 스케치

아래
알바노 산골
괴테 스케치

앨런의 로마 포폴로 광장의 코르소 거리

춘다. 로마의 카니발이 열리는 포폴로 광장의 오벨리스크 앞에는 〈여러 열의 관람석이 층층이 설치되고〉, 포폴로 광장의 양쪽 거리에도 〈코르소 거리의 첫 번째 집까지 이어지는 커다란 관람석이 설치되는데, 이런 식으로 거리는 광장 안쪽까지 연장된다〉. 코르소 거리, 포폴로와 베네치아 광장에는 〈다정한 하늘 아래〉 관람석과 의자들이 설치되어, 가장행렬과 행진하는 마차들을 감상할 수 있는 〈화랑〉이나 〈실내〉[68] 극장 같은 연극 무대가 되었다. 거리와 광장 외에 건물의 발코니나 창문도 관람석이 되어, 〈수많은 사람들이 무리 지어 인파를 내려다본다〉.[69] 급기야 의자를 빌려 주는 사람도 등장하면서, 로마 거리는 카니발 기간 동안 개최되는 특별 극장의 무대가 되었다. 괴테는 이탈리아 사람들의 연극에 대한 열정을 다음과 같이 말하고 있다.

요한 게오르크 쉬츠의 로마의 카니발

연극에 대한 로마인들의 열정은 대단한데, 전에는 카니발 기간 중에만 욕구가 충족될 수 있었기 때문에 그 열정이 훨씬 더 강렬했다. 오늘날에는 여름과 가을에도 최소한 한 극장은 문을 열어서 관객은 거의 일 년 내내 관람의 즐거움을 어느 정도 만끽할 수 있다.[70]

카니발 기간이나 공휴일뿐만 아니라, 〈일 년 내내 사육제가 열리는 것처럼 보이는〉[71] 로마 전역에서 평일에도 저녁이나 밤에 마차로 드라이브하면서 연극적인 제식을 갖추는 로마 사람들의 모습을 볼 수 있기 때문에, 로마는 괴테에게 공개적인 연극 무대로 여겨졌다.

우리가 곧 알아차릴 수 있지만, 카니발은 원래 일요일과 축제일의 통상적인 즐거움이 연장되거나 절정을 이룬 것에 지나지 않는다. 이것은 새로운 것도, 낯선 것도, 유일무이한 것도 아니다. 다만 로마인의 생활양식에 아주 자연스럽게 연결되어 있는 것일 뿐이다.[72]

카니발의 마차 행진이 있던 날 밤 〈가면을 벗어 던지고 많은 사람들이 극장으로 달려간다〉.[73] 그리고 사람들은 카니발 동안 무대 위에서뿐만 아니라, 관람석에서도 공연을 한다. 이처럼 일상에서도 연극적인 삶을 영위하는 로마 사람들에게 카니발은 민중의 삶을 축제로 전환시킨 것이고, 또한 일상의 연장선상에서 이루어지는 도시 축제의 정점이라 할 수 있다.

로마의 카니발에서
가면을 쓴 사람들

카니발의 가장행렬이 끝날 때쯤이면 덮개 없는 마차들이 등장한다. 남자와 여자가 서로 성(性)을 바꾸어 유머러스하고 에로틱한 상황이 전개된다. 마차에서는 아름다운 여인들이 가면을 쓰지 않고 높은 자리에 앉아 사방으로부터 〈야, 정말 아름다운데!〉라는 탄성을 듣는 기쁨을 누린다. 감각적인 즐거움이 축제의 거리에서 가장행렬을 통해 이루어지는 것이다. 동시에 그 마차에 같이 탄 여장을 한 마부들을 보고는 〈오 형제여, 자네 옆의 못생긴 여자는 또 뭔가!〉[74]라고 외친다. 이로써 카니발의 육감적이고 우스꽝스러운 에피소드로 도시는 흥분과 열광의 도가니가 된다. 이러한 흥분은 재의 수요일 전날에 이루어지는 로마의 〈저주 놀이〉에서 정점을 이룬다. 괴테는 제어할 수 없는 즐거움으로 도취된 사람들의 상태를 보여 주는 대표적인 예인 〈모콜리*Moccoli*〉를 다음과 같이 설명하고 있다.

한 사람이 다른 사람에게 〈촛불을 들고 있지 않은 자는 죽여라!〉라고 외치면서, 촛불을 불어서 꺼버리려고 한다. (……) 도처에서 〈죽여라!〉라고 외치는 소리가 크게 울리면 울릴수록, 그 말은 그 끔찍한 저주의 뜻을 잃게 되고, (……) 그 말의 의미는 차츰차츰 완전히 사라져 버린다. 흔히 저주의 말과 저속한 말을 외국어로 들으면 찬탄과 기쁨의 외침으로 들리듯 〈죽여라!〉라는 말도 이날 저녁에는 암호나 환성처럼, 그리고 온갖 농담과 야유와 찬사의 후렴처럼 들린다. (……) 〈필리프 씨를 죽여라.〉 또한 아첨하는 말과 찬가가 그런 표현과 연결된다. 〈아름다운 공작부인을 죽여라! 금세기 최고의 여류 화가 앙겔리카 부인을 죽여라!〉[75]

필리프란 이름은 로마에서 필리프 묄러로 살고 있는 괴테를 지칭한다. 〈죽여라〉라는 표현은 놀이가 진행되는 동안 언어의 구체적인 의미를 잃어 가면서, 〈기쁨의 외침〉이 되고, 〈온갖 농담과 야유와 찬사의 후렴〉이 되면서 유희적인 군중극이 된다. 일 년에 한 번 있는 카니발에서 사람들은 내면의 공격성을 억압하지 않고 맘껏 표현하면서도, 남에게 해를 입히지 않고 자신의 감정을 소진시켜 잠재우는 것이다.

괴테는 로마 사람들이 카니발에서 가면을 착용해 자신들의 일상의 삶을 과장되게 표현하기도 하고 삶의 의미를 우스꽝스럽고 유머러스하게 접근하는 것을 보았다. 괴테는 재의 수요일 전날에 어릿광대와 바우보*Baubo*의 가면놀이를 다음과 같이 표현한다.

그러한 우스꽝스러운 짓이 지속되는 동안 막돼먹은 어릿광대가 무례하게 우리의 존재의 근원이 되는 사랑의 기쁨을 상기시켜 주고, 한 바우보가 공개석상에서 임신부의 비밀을 발설하고, 밤을 밝혀 주던 그 수많은 촛불이 장엄한 장례식을 연상케 해줄 때면, 우리는 그러한 무의미함 속에서조차 삶의 가장 중요한 장면들에 주의를 하게 된다.[76]

로마의 카니발에서는 어릿광대와 바우보는 가면을 쓰고 사랑, 탄생과 죽음의 문제가 우스꽝스럽게 표현된다. 카니발에서는 성의 문제가 가면을 통해 자유로워질 수 있으며, 개개인의 창조적인 잠재력이 자연스럽게 표출되고 있음을 괴테는 파악한다. 괴테는 고대의 의상과 가면을 쓰고 벌이는 〈페스티네 *Festine*〉라는 〈가장무도회 *maskierte Bälle*〉와 연인들의 사랑을 춤으로 그리기도 하는 〈무언극풍의 발레〉[77]를 설명하면서, 사람들의 일상이 로마의 카니발 속에 축제화되어 즐길 수 있었던 것을 회상하고 있다. 바이마르에 돌아와서도 카니발의 체험은 괴테에게 극을 창조하는 데 원동력이 되어, 『파우스트』 II부 1막 〈가장무도회 *Mummenschanz*〉에서는 카니발 형태로 구체화되었다. 이 속에서 어머니와 딸, 나무꾼, 어릿광대와 식객, 우아의 여신과 운명의 여신과 복수의 여신 같은 신화 속 인물들을 통하여 인간의 근원적 삶의 다양한 모습들이 묘사된다.

■ 주

1 Johann Caspar Goethe: *Reise durch Italien im Jahre 1740*(Viaggio per I'Italia). Hrsg. von der Deutsch-Italienischen Vereinigung, Frankfurt am Main. Übersetzt und kommentiert von Albert Meier, München 1986, S. 19.

2 Albert Meier, *Von der enzyklopädischen Studienreise zur ästhetischen Bildungsreise. Italienreisen im 18. Jahrhundert.* In: Peter J. Brenner(Hrsg.): Der Reisebericht. Die Entwicklung einer Gattung in der deutschen Literatur, Frankfurt am Main 1989, S. 284-305.

3 Johann Heinrich Zedler: *Grosses vollständiges Universal-Lexikon*, BandXXXI, Leipzig, Sp. 336.

4 Johann Caspar Goethe: *Viaggio per I'Italia*, S. 198.

5 Johann Caspar Goethe: *Viaggio per I'Italia*, S. 199f.

6 Johann Caspar Goethe: *Viaggio per I'Italia*, S. 345.

7 Johann Caspar Goethe: *Viaggio per I'Italia*, S. 345.

8 Aus meinem Leben. Dichtung und Wahrheit, GW 8. S. 17.

9 *Italienische Reise*, 3. September 1786, MA 15. S. 9.

10 WA IV 8. S. 327.

11 Eckermann, *Gespräche mit Goethe in den letzten Jahren seines Lebens*, MA 19. S. 311.

12 *Italienische Reise*, 3. September 1786, MA 15. S. 11.

13 GW 1. S. 162.

14 Eckermann, *Gespräche mit Goethe in den letzten Jahren seines Lebens.*(10. Februar 1829), MA 19. S. 281.

15 Karl Otto Konrady: a.a.O., S. 434.

16 Reisetagebuch, Eintragung vom 3. September 1786, WA III 1, S. 147.

17 Brief an Herder, 10. November 1786, WA IV 8, S. 50.

18 Aus meinem Leben. Dichtung und Wahrheit, GW 8. S. 17.

19 Vgl. GW 12. S. 583ff.

20 *Italienische Reise*, 19. September 1786, MA 15. S. 59f.

21 *Italienische Reise*, 25. Oktober 1786, MA 15. S. 134.

22 *Italienische Reise*, 21. September 1786, HA 15. S. 62ff.

23 *Wilhelm Meisters Lehrjahre*, GW 6. S. 146.

24 *Wilhelm Meisters Wanderjahre*, GW 7. S. 233.

25 *Italienische Reise*, 3. Oktober 1786, HA 15. S. 84.

26 GW 1. S. 179.

27 *Italienische Reise*, 8. Oktober 1786, HA 15. S. 103.

28 Vgl. Norbert Miller: a.a.O., S. 564.

29 *Italienische Reise*, 8. Oktober 1786, HA 15. S. 101f.

30 Vgl. Erich Schmidts Einleitung. In: *Schriften der Goethegesellschaft 2*(1886), S. XIV.

31 WA IV 9. S. 204.

32 GW 1. S. 184.

33 GW 1. S. 180. Johann Caspar Goethe: *Viaggio per I'Italia*, S. 25. 괴테의 아버지도 베네치아의 환경 문제를 언급하고 있다.

34 *Italienische Reise*, 9. Oktober 1786, MA 15. S. 107.

35 *Italienische Reise*, 4. Oktober 1786, HA 15. S. 93.

36 *Italienische Reise*, 3. März 1787, HA 15. S. 272f.

37 *Italienische Reise*, 7. April 1787, HA 15. S. 299f.

38 Vgl. Italo Michele Battafarano: *Die im Chaos blühenden Zitronen. Identität und Alterität in Goethes Italienischer Reise*, Bern 1999, S. 193.

39 *Italienische Reise*, 13. 14. April 1787, HA 15. S. 314.

40 *Italienische Reise*, 9. April 1787, HA 15. S. 305.

41 *Italienische Reise*, 25. April 1787, HA 15. S. 340.

42 *Italienische Reise*, 24. April 1787, HA 15. S. 336.

43 재인용: Norbert Miller: a.a.O., S. 278.

44 *Italienische Reise*, 8. Juni 1787, HA 15. S. 425. Nachtrag. Päpstliche Teppiche, HA 15. S. 441.

45 「Der Verfasser teilt die Geschichte seiner botanischen Studien mit(1831)」, GW12. S. 257.

46 이 책의 제5장 『빌헬름 티슈바인의 전원생활』 참조.

47 WTI. S. 12.

48 Norbert Miller: a.a.O., S. 330.

49 *Italienische Reise*, 27. Juni 1787, MA 15. S. 427.

50 Vgl. GW 11. S. 93ff.

51 *Italienische Reise*, 3. April 1787, MA 15. S. 288.

52 MA 3.2. S. 10f.

53 *Italieninsche Reise*, 19. Februar 1787, MA 15. S. 209, und 3. April 1878, S. 288.

54 *Italienische Reise*, 3. April 1787, MA 15. S. 288.

55 *Italienische Reise*, 16. Juni 1787. MA 15. S. 425.

56 Norbert Miller: a.a.O., S. 323.

57 Norbert Miller: a.a.O., S. 323f.

58 *Italienische Reise*, 27. Juni 1787, HA 15. S. 427.

59 *Italienische Reise*, 28. September 1787, MA 15. S. 482.

60 Bericht, September, MA 15. S. 486.

61 Vgl. Bericht, September und Oktober, MA 15. S. 489-491, S. 493-495, u. S. 497.

62 Vgl. Bericht, September, MA 15. S. 486.

63 Norbert Miller: a.a.O., S. 328.

64 Italo Michele Battafarano: a.a.O., S. 205.

65 Das Römische Karneval, MA 15. S. 573.

66 Vgl. Italo Michele Battafarano: a.a.O., S. 201f.

67 *Das Römische Karneval*, MA 15. S. 578.

68 *Das Römische Karneval*, MA 15. S. 577f.

69 *Das Römische Karneval*, MA 15. S. 585.

70 *Das Römische Karneval*, MA 15. S. 601f.

71 *Das Römische Karneval*, MA 15. S. 575.

72 *Das Römische Karneval*, MA 15. S. 574.

73 *Das Römische Karneval*, MA 15. S. 601.

74 *Das Römische Karneval*, MA 15. S. 586.

75 *Das Römische Karneval*, MA 15. S. 605.

76 *Das Römische Karneval*, MA 15. S. 606f.

77 *Das Römische Karneval*, MA 15. S. 602f.

2 조형 예술과 문학

문학 창조의 동력으로서의 조형 예술

괴테의 작품과 그의 편지 등의 기록들을 살펴보면, 그가 조형 예술에 많은 지식과 관심을 가지고 있었고 고대로부터 전래된 조형 예술의 모티브에서 자신의 문학을 위한 창조의 동력을 찾았음을 알 수 있다. 『빌헬름 마이스터의 편력 시대』에서도 그가 그림에서 작품의 모티브를 찾았음을 엿볼 수 있다. 괴테는 1827년 1월 18일 에커만과 대화하면서, 『빌헬름 마이스터의 편력 시대』를 〈화가의 입장에서〉[1] 전개시켜 나갔다고 말하고 있다. 계속해서 그는 에커만에게 페터 파울 루벤스Peter Paul Rubens의 작품 「여름 저녁」과 〈화가(루벤스)의 시적 정신〉[2]에 대해 언급하면서 조형 예술에 대한 관심을 피력한다. 그 외에도 『이탈리아 기행』에서 〈내가 스케치하고 예술을 공부하는 것은 시적 자산을 방해하는 것이 아니라 도와주는 것입니다〉[3]라고 말하면서 조형 예술 작품들이 자신의 환상과 창조 정신을 자극하였음을 밝히고 있다.

괴테는 작품을 창조하기 위해 기존의 조형 예술 작품들을 모범으로 삼으면

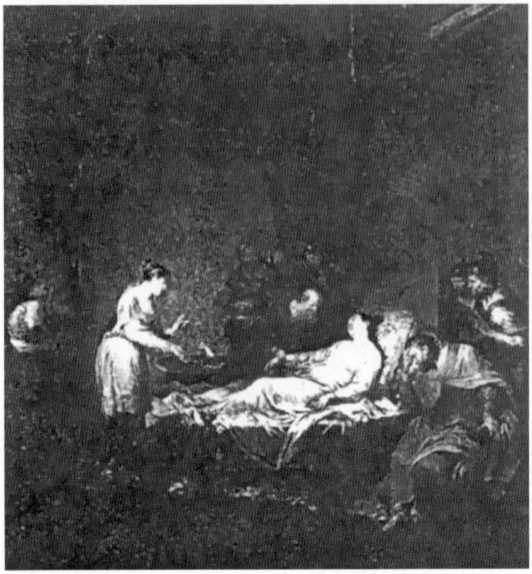

야누아리우스 칙크의 「병든 왕자」

서, 그림의 이미지를 자신의 텍스트로 연출하였다. 이러한 목적을 위해 괴테는 일생 동안 수많은 그림, 동판화, 목판화, 부식 동판화, 동전 들과 4천5백여 개의 조각된 보석[4] 등[5] 예술 작품들을 수집하였다. 그에게 조형 예술은 언어적 표현을 구조화하고 객관화시키며 관조시키는 하나의 수단이다. 그 예로 『빌헬름 마이스터의 편력 시대』의 텍스트에는 야누아리우스 칙크Januarius Zick (1730~1797)의 그림 「병든 왕자Der kranke Königssohn」[6]가 삽입되어 있다. 「병든 왕자」는 현재 비스바덴의 박물관에 소장되어 있다. 야누아리우스 칙크의 그림이 괴테 작품의 원본으로 이용되었는가에 대해서는 논란이 있지만, 아직까지는 가장 유력한 것으로 판명되고 있다. 17~18세기에 대단히 인기 있는 소재로서 그 내용은 다음과 같다. 시리아의 왕 셀레우쿠스Seleukus의 첫 번째 결혼에서 얻은 아들 안티오쿠스Antiochus는 아버지의 젊고 아름다운 신부, 즉 계모가 될 슈트라토니케Stratonike에 대한 사랑으로 고통스러워하다 병이 든다. 의사는 아들이 앓고 있는 병의 원인을 아버지에게 이야기한다. 그 원인을 알게 된 아버지는 아들을 위하여 결국 자신의 신부를 포기한다는 내용이다. 그림은 아버지와 상사병으로 침대에 누워 있는 아들, 그 곁에 서 있는 의사와 아버지의 신부를 보여 준다. 그림 「병든 왕자」와 연관된 내용은 『빌헬름 마이스터의 수업 시대』에 나온다. 빌헬름은 어릴 적 아버지가 간직하였으나 남의 손에 넘어간 이 그림의 흔적을 추적하기 위해 결국 이탈리아에까지 간다.

문학 소재로서의 신화, 우화, 전설

괴테는 고대 그리스 로마의 신화, 우화, 전설 모티브 그리고 성경과 고대의 상징에서 문학의 소재와 자양분을 찾아내고 있음을 여러 진술에서 밝히고 있다. 에세이 『필로슈트라트스의 회화*Philostrats Gemälde*』에서 괴테는 고대 그리스 로마의 신화를 문학 작품 창조의 보충적 요소로서, 그리고 조형 예술 속에서 드러나는 미학적 작용으로서 설명한다.[7] 또한 많은 기록에서 자신의 문학 세계를 위한 고대 그리스 로마의 신화, 우화, 전설의 의미를 이야기한다. 또한 하인리히 프리드리히 폰 디츠Heinrich Friedrich von Diez에게 보내는 편지 속에서는 자신의 문학 세계를 위한 고대 그리스 로마의 신화, 우화 전설의 의미를 이야기한다.

> 예술 애호가들에게는 고대 그리스인들이 자신들의 시, 그리고 특히 조각과 회화 작품들을 위해 정교하게 발췌했던 옛 신화들과 우화들, 그리고 전설들을 배우

는 것이 대단히 중요하다.[8]

괴테는 1823년에 쓴 한 자연 과학 논문에서 성경과 고대에서 유래된 상징들도 자신의 문학에서 큰 의미를 지닌다고 이야기한다.

> 나에게는 위대한 모티브들, 전설들, 그리고 고대로부터 전래된 이야기들이 마음속 깊이 파고들어 40세, 50세가 될 때까지 생생하게 영향력을 발휘하였다. 그러한 아름다운 이야기와 가치 있는 그림들이 상상 속에서 더욱 새로워지는 것 같다. 왜냐하면 그것은 보다 순수한 형태와 결정적 형태가 변질되는 것이 아니라, 변용되어 성숙되는 것이기 때문이다.[9]

괴테는 서구의 전통적 역사에서 나오는 그림과 주제들을 항상 의식하였다. 고대인들의 신화, 조형 예술 그리고 문학은 괴테에게 내용과 형식에 있어서 창작을 위한 명백한 예들이자 중요한 보조 수단들이 되었음을 『빌헬름 마이스터의 편력 시대』 속의 단편들에서 찾을 수 있다.[10]

괴테는 「성 요셉」, 「50세의 사나이」, 라고 마조레Lago Maggiore 에피소드 속에 성경과 고대에서 내려오는 모티브들을 형상화시킴으로써 인간의 본질을 미학적으로 표현하고 있다. 그는 그림들이 자신의 상상력에 제어를 가하고 객관성을 유지하기 위한 보호 역할을 했음을 에커만에게도 밝혔다.[11] 괴테가 『이탈리아 기행』에서 이야기한 바 있듯, 로마 여행 중에도 예술품 중심으로 관찰하였다.[12] 또한 그는 전통적 상징들에 새로이 생명을 부여하고 수용하였으며 창조하였다. 다시 말해 한편으로는 전래된 그림들의 모티브를 유지시키고, 다른 한편으로는 새로이 함으로써 인간의 본질을 구현하는 형상들을 표현하려 했던 것이다. 괴테는 성경, 신화의 의미, 그리고 그의 예술 이해를 바탕으로 조형 예술과 사랑의 모티브를 결합시켜 「성 요셉」과 「50세의 사나이」, 라고 마조레 에피소드를 감각적으로 표현하고 있다. 다시 말해 괴테의 작품에서는 역사적·미학적 이해, 모범적 삶 그리고 순수한 인간적 감성을 찾을 수 있다. 괴테는 이러한 자신의 창작 과정을 논문 「고대와 현대」에서 〈조형 예술의 상징을 가지고 인간의 행위와 실행이 영원히 지속되는 삶을 암시〉[13]하였다면서 자신의 문학 작품과 조형 예술의 관계를 밝히고 있다.

사랑의 변용

볼프강 괴테의 작품 주제 중 사랑을 으뜸으로 꼽을 수 있다. 『빌헬름 마이스터의 편력 시대』 속에도 여러 가지 다른 이야기가 들어 있으나, 그중에서 빌헬름과 나탈리Natalie, 레오나르도Leonardo와 나호디네Nachodine 그리고 펠릭스Felix와 헤르질리Hersilie 사이에 일어난 세 가지의 사랑 이야기가 큰 테두리를 이루고 있다. 『빌헬름 마이스터의 편력 시대』 속에 삽입된 단편 소설들의 중심 테마는 「위험한 내기」를 제외하고, 인물들 간의 사랑, 결혼 그리고 사랑의 갈등이다. 에르빈 파노프스키Erwin Panofsky에 따르면, 이슬람 문화의 알 가잘리Al Ghazali와 오마르 카이얌Omar Khayyam의 신비주의에서 나타나는 플라톤적 사랑은 기독교 교부들에 의해 이타적이고 순수한 사랑, 즉 카리타스Caritas로 변용되었다. 카리타스와 쿠피디타스Cupiditas의 일시적인 화해는 12세기 투르바도르, 13세기 고딕의 전성기와 토마스 폰 아퀴나스의 신학 조각품에 나타나 있다. 그러나 이 화해는 오래 지속되지 않았다. 곧 페트라르카에 의해 사랑은 감각적이고 격정적인 것으로 표현되었다. 즉, 카리타스에 대비되는 것은 감각적 사랑 쿠피디타스다.[14] 괴테도 사랑을 카리타스와 쿠피디타스로 구분하며, 논문 「관계, 호감, 사랑, 괴로움, 습관」에서 카리타스를 〈신성한 사랑〉으로, 쿠피디타스를 격정에 사로잡힌 사랑으로 설명하고 있다.[15]

『빌헬름 마이스터의 편력 시대』 속의 단편 소설 「성 요셉」은 카리타스, 「50세의 사나이」는 쿠피디타스의 의미를 찾을 수 있다. 그런데 괴테의 작품에서는 이 두 소설에서 나타나는 사랑이 「병든 왕자」에서와 마찬가지로 아버지-아들의 관계와 아버지-아들의 갈등[16] 구조 속에서 다루진다는 것이 특이한 점이라고 할 수 있다. 괴테는 자신의 작품 속에서 아버지와 아들의 갈등 문제를 통하여 세대 간의 문제와 자아와 세월의 의미에 대한 문제를 제시하고 해결점을 제시하거나 독자에게 성찰하게 한다.

카리타스-「성 요셉」

부르동의 부식 동판화

「성 요셉」에 관한 괴테의 자료들을 살펴보면, 그가 소지한 프랑스 출신 동판화가 세바스티앙 부르동Sebastian Bourdon(1616~1671)의 부식 동판화 내용의 흔적을 찾을 수 있다. 괴테는 논문 「고대와 현대Antik und Moderne」(1818)에서 그가 소유하고 있는 부르동의 부식 동판화 네 점에 관해 설명하고 있다. 부르동의 작품은 「요셉의 꿈」, 「천사가 요셉에게 서둘러 고지하다」, 「이집트로의 도피」, 「한 우물가에서의 휴식」이다. 부르동의 동판화 주제가 『빌헬

세바스티앙 부르동의 동판화

름 마이스터의 편력 시대』 속의 단편 소설 「성 요셉」의 근본적 테마다. 괴테는 이 그림을 형상학적 내용만이 아니라, 〈인문주의적 사상〉[17]까지 받아들여 그의 작품 속에 구현시키고 있다.

「성 요셉」의 첫 번째 장 〈이집트로의 도피〉는 빌헬름이 아들 펠릭스를 동반하여 방랑길에 오르는 내용으로 시작한다. 그러던 어느 날 그들은 산에서 한 가족과 마주친다. 그 가족의 아버지와 당나귀 위에 앉아 아이를 〈가슴에 품고 말할 수 없는 사랑의 감정으로 들여다보는〉[18] 어머니는 성경 속의 요셉과 마리아의 모습을 연상시키며, 부르동의 작품 「이집트로의 도피」 속의 마리아를 떠올리게 한다. 마리아가 입은 외투의 〈파란〉색과 속옷의 〈붉은〉[19]빛은 일반적으로 서구의 그림에서 흔히 볼 수 있는 마리아의 의상 색이다. 빌헬름은 마리아의 의

상에 매혹되어, 이 가족을 좀 더 알고 싶은 마음에 그들의 집을 방문한다.

루이스달의 「수도원 그림」

빌헬름은 요셉 가족이 살고 있고 〈놀랍게도 고대〉[20]의 분위기가 감돌며, 언덕으로 둘러싸인 계곡 한가운데 있는 한 예배당으로 들어간다. 빌헬름은 이 가족이 할아버지 때부터 한 군주의 수도원 시설을 관리하며 살아가고 있음을 알게 된다. 이 지역은 〈많은 기적들로 인하여 순례지로 유명한〉[21] 곳이었다. 하지만 종교적 엄숙함은 사라지고 신도들이 찾지 않는 교회와, 범신론적 사상이 깃든 이상적 자연 풍경 사이에는 어떤 이질감이 느껴진다. 교회는 〈수백 년 전부터 폐허〉[22]였다. 수도원 건물은 단지 반쪽만 남아 있었고, 예배당은 마치 〈창고, 아니 거의 마구간으로 사용되고〉[23] 있었다. 그러나 아직 성스러운 분위기만은 유지되었다. 폐허가 된 건물들과 반대로 자연은 〈아주 오래되고, 보다 위대한 영속적〉[24] 분위기가 감돌았다. 〈오래된 튼튼한 나무들〉[25]이 있는 풍경은 〈살아 있는 존재에게 지속적인 생명력〉[26]을 보여 주었다. 자연은 이상적 풍경 속에서 지속적인 영원함을 이어 왔던 것이다. 괴테는 그의 미학 논문 「시인으로서의 루이스달Ruysdael als Dichter」 속에서 루이스달의 이상적 「수도원 그림」(1650~1655)을 묘사하고 칭송하고 있다. 루이스달의 그림 속 〈무너지고 폐허가 된 수도원〉[27]과 자연 풍경이 「성 요셉」을 위한 모범이다. 괴테는 이 논문에서 〈현재 속에서 과거의 것을 표현하고〉 〈죽어 가는 것과 살아 있는 것을 관조적으로 결합시키려는〉[28] 의도를 설명하고 있다. 그는 「성 요셉」에서 〈과거의 중세 예술 작품에 대한 낭만적 매혹〉[29]세바스티앙 부르동의 동판화와 더불어 자연에 대한 관조적이고 감각적 경험을 결합시키고 있다. 이러한 미학 이론은 예술 작품에서 과거의 기념비를 찾는 18세기 알렉산더 고틀립 바움가르텐 Alexander Gottlieb Baumgarten의 철학적 미학에 바탕을 두고 있다.[30]

뒤러의 「마리아의 생애」

요셉 이야기는 성경에 나오는 그의 수호성인 요셉의 이야기를 보여 주는 그림들이 걸려 있는 옛 예배당에서부터 시작된다. 이 그림들에서 요셉은 처음에는 사랑하는 여인이 다른 사람의 아이를 임신한 것에 고통스러워하지만 결국 성령에 의해 하느님의 자식을 잉태한 것으로 받아들이고 아버지로서의 의무를 다하면서 예수를 사랑하여 그의 생에 관심을 가져 주는 중심인물이다. 성 요셉의 모티브는 괴테가 역시 소유하고 있는 독일의 화가 뒤러의 「마리아의 생애」[31]에도 나타나 있다.

일련의 그림들을 바라보면서 요셉은 자신의 내부에서 종교적이고 경건한 감정에서 〈성스러움과의 연관성〉[32]이 일깨워지고 있음을 빌헬름에게 말한다. 예배당 내부에 걸려 있는 그림들의 내용은 요셉이 〈거부할 수 없는 마음으로 닮고〉[33] 싶은 모범이다. 요셉은 그의 수호성인인 성경 속 성 요셉의 〈삶의 방식〉[34]에 대하여 빌헬름에게 다음과 같이 이야기하고 있다.

> 우리가 따르고자 하는 저 수호성인의 이름과 모습을 욕되게 하지 않음에 우리는 긍지를 가지고 있습니다.[35]

요셉은 성경 속의 성 요셉과 마찬가지로 당나귀 한 마리를 마련하여 장식하였다고 빌헬름에게 설명한다. 그 이유는 〈벽에 걸려 있는 그림처럼 보이게 하기 위해서〉[36]라는 것이다. 그리고 그도 성경 속의 요셉처럼 목수가 된다. 계속해서 성경 속 헤로데 왕의 에피소드에서 요셉과 어린 예수의 관계가 묘사되는데 양아버지에 대한 어린 예수의 〈겸허함〉[37]과 동시에 목수로서의 놀라운 재능이 언급된다. 요셉은 성경 속의 요셉이 보여 주는 가족을 위한 헌신적인 삶의 방식을 자신의 모범으로 택한다. 그리고 그는 〈병든 이들과 고통을 받고 있는 사람〉[38]들을 돕는 삶을 살았었다고 밝히고 있다.

렘브란트의 「성 가족」

「성 요셉」 속의 〈시련〉과 〈백합꽃〉 부분은 요셉이 여행길에 괴한에 의해 남편을 잃은 마리아가 임신하였음을 알면서도 사랑에 빠지고 결국 그녀와 결혼하게 되는 과정을 그리고 있다.

> 우리를 결합시켰던 그 처음의 감정은 사라지지 않았습니다. 양아버지와 아버지로서의 의무와 기쁨들은 하나가 되었습니다. 우리의 작은 가족은 식구 수가 늘어나, 사람의 숫자까지도 그 성경을 상회하면서, 마음의 충실과 순수함을 보여 주는 그림 속의 미덕이 우리에 의해 성스러이 유지되고 나타나게 되었습니다.[39]

성경 속의 요셉을 어린 예수의 양아버지로 간주하는 표상이 〈요셉 이야기의 기점〉[40]이다. 또한 「성 요셉」의 한 단락인 〈백합꽃〉에 나오는 백합은 양아버지의 의무와 그 감정의 순수함에 대한 상징이다. 빌헬름은 아버지로서의 의무인 자식을 낳고 양육하는 것, 카리타스로서의 사랑인 베푸는 사랑에 대해 스스로 자문한다. 노이만Neumann이 논문에서 괴테의 빌헬름 마이스터 소설은 〈사랑

왼쪽
귀도 레니의 「성가족」

오른쪽
렘브란트의 「성가족」

과 자아 교육으로 나가는 길을 제시하고 있다〉고 해석하듯이, 빌헬름은 자아 교육[41]으로 나가는 도상에서 갑자기 만나게 된 아들 펠릭스를 동반하게 되고, 아버지로서의 의무감이 정립되지 않은 상태에서 크나큰 고통을 경험한다. 동시에 그는 탑 결사대의 일원으로서, 한 지역에 3일 이상 머물러서는 안 되는 결사대의 의무 조항 때문에 갓 결혼한 나탈리와의 가족적인 삶을 포기할 수밖에 없는 자신의 처지에 대해 고통스러워한다. 가족이 모여 사는 가운데, 아버지로서의 의무가 충만함을 보여 주는 성 요셉 가족은 이런 의미에서 빌헬름과 대조를 이루는 모습이다. 괴테가 소장하고 있는 렘브란트의 「성 가족」[42]의 모사(模寫)와 이탈리아 볼로냐의 바로크 시대 화가 귀도 레니Guido Reni(1575~1642)의 동판화 「성 가족」[43]은 바로 빌헬름이 소망하는 형상이다. 괴테는 〈수

세기 동안 성화상학에서 전래되어 왔으며, 자아 완성에 대한 서구의 상징적 신화로 이용되는〉[44] 경험을 성 요셉과 결합시켜, 역사적 형상을 작품 속의 인물들과 동일시하려 하였다. 그는 『시와 진실』에서도 역사적 형상과 요셉 이야기[45]의 관계를 자신의 아버지가 발트자르 요한 다비드 클라우어Balthsar Johann David Clauer를 양자로 받아들이면서 느끼는 양아버지와 후견인으로의 강한 의무감에 대해 언급하며 연관시키고 있다.[46] 성 요셉과의 만남은 빌헬름에게 「성 가족」이 신화적 가치를 부여받는 영역이다. 또한 요셉의 이야기를 통해 괴테는 〈마음의 충실과 순수함을 보여 주는 모범적 형상〉[47]인 영원히 베푸는 기독교의 카리타스적 사랑을 구현하고 있다.

쿠피디타스 – 「50세의 사나이」

사랑과 죽음

카리타스적 사랑이 재현되는 「성 요셉」과 대조적으로 「50세의 사나이」에서는 쿠피디타스적 사랑이 표현된다. 파노프스키의 성화상학에 따르면 사랑은 다음과 같이 이중적인 의미를 지니고 있다. 즉, 사랑은 〈즐거우면서도 고통스럽고, 삶을 부여하기도 하고 파멸시키기도 한다〉.[48] 파노프스키는 사랑의 의미를 천사, 혹은 눈을 가린 사랑의 신 아모르의 알레고리적 형상으로 설명한다. 여기에서 눈을 가린 아모르의 사랑은 격정이며, 인간에게서 오성과 지혜를 빼앗아 결국은 죽음에 이르는 고통을 준다는 의미다. 사랑과 죽음, 사랑의 신 에로스와 죽음의 신 타나토스Thanatos, 유혹과 죽음[49] 사이의 모순적이고 치명적인 이중적 연상은 「50세의 사나이」에서 두드러진다. 또한 조형 예술과 삶의 어우러짐이 「50세의 사나이」의 사랑을 더욱 감각적으로 표현하고 있다. 클라우스 좀메라게Claus Sommerhage도 논문에서 「50세의 사나이」는 〈신화적 형상들이 특색 있게 몽타주〉[50]된 작품이라고 설명하고 있다.

신화에서는 사랑을 알레고리적으로 해석하고 있는데, 사랑은 인간에게 행복, 고통, 괴로움을 동시에 줄 수 있다. 막시모스 폰 티로스는 『소크라테스의 에로티시즘에 대하여』라는 신플라톤적 저서에서 소크라테스와 사포Sapho도 사랑의 모순된 관점을 언급하고 있음을 설명하고 있다. 왜냐하면 소크라테스는 다음과 같이 말하고 있기 때문이다. 「사랑은 풍요로움 속에서 꽃피고 궁핍 속에서 죽어 간다.」 그리고 사포는 다음과 같이 말한다. 「사랑은 쓰고 달고 고통스러운 선물이다.」 사랑의 신이 모순적 힘을 동시에 지니게 된 배경은 1525년 발표된 프랑스 작가 장 르메르 드 벨주Jean Lemaire de Belge의 시 「큐피드와 죽음의 여신 아트로포스Cupid und Atropos」에서도 찾아볼 수 있다. 그는 이 두 신을 알레고리적으로 다음과 같이 설명한다.

> 아모르의 화살이 어떻게 독성을 지니게 되었는가? 이 시에 의하면 아모르와 죽음의 여신이 어느 날 서로 만났다. 그들은 이야기를 나누다가 가까운 술집에서 술을 더 마시기로 결정하였다. 그들은 술을 너무 많이 마시게 되어 거의 정신을 차릴 수 없을 지경이 되었다. 이 상태에서 그들은 술집을 떠날 때, 자신들의 화살이 든 화살통을 바꾸게 되었다. 가까운 시장에서 그들은 즐거워하는 사람들을 향하여 동시에 화살을 쏘기 시작하였다. 힘이 펄펄 넘치는 젊은이가 — 아모르의 화살에 맞아 — 죽어 바닥에 쓰러지는 것을 보고, 죽음의 여신은 남몰래 즐거워

했다. 또한 그의 화살통 속에 있는 화살들은 주위에 있는 사람들 중 노인들까지도 사랑의 불꽃으로 달아오르게 만들었다.[51]

이 신화 이야기가 보여 주듯이 사랑에는 반대 감정이 양립한다.[52] 즉, 사랑은 달콤하기도 하고 인간에게 생기를 줄 수도 있고 동시에 치명적인 해를 끼칠 수도 있다. 벨주의 시에서 찾아볼 수 있는 상징은 다른 예술가에게서도 찾아볼 수 있다. 예를 들어 안드레아 알키아토Andrea Alciato와 마타헤우스 브릴Mattahäus Bril의 목판화 제목은 〈죽음이 아모르의 무기를 훔쳤다〉다.[53] 괴테의 예술품 소장 목록 중에 아모르의 청동상이 있다.[54] 괴테는 간돌피Gandolfi의 작품인 화살과 활을 들고 잠자는 아모르에 대한 미학 논문에서 아모르의 성향을 언급하고 있다. 또한 프로페르티우스Propertius의 시에도 큐피드의 화살은 치명적인 상처를 줄 수 있다는 구절이 있다.[55]

아모르

괴테의 작품 속에 사랑이 많은 영역을 차지하는 만큼, 신화 속 사랑의 신 아모르, 또는 큐피드에 대한 괴테의 관심도 지대하다. 특히 괴테는 고대 로마 시인들의 큐피드에 대한 해석을 많이 참조하고 있음을 알 수 있다. 괴테는 1788년 10월 25일 자 편지에서 크네벨에게 고대 로마의 서정시인 프로페르티우스의 비가를 보내 준 데 대하여 감사의 표현[56]을 전한다. 이 편지를 살펴보면 괴테가 지대한 관심을 가지고 읽은 이 프로페르티우스의 비가에서도 어린아이 같은 큐피드의 외모와 그의 〈무모한 태도〉, 〈변덕스러운 성향*flatterhafte Unbeständigkeit*〉으로 해석되는 큐피드의 날개가 언급되고 있다. 바이마르에

괴테 방에 걸려 있는 동판화

위치한 괴테의 집에 있는 주노의 방 양쪽 두 개의 방문 위에 동신(童神)의 그림이 걸려 있는데 그 그림들은 모순적 사랑의 테마를 보여 준다.[57] 하인리히 마이어Heinrich Meyer가 그린 그 그림들은 2차 세계 대전 후 훼손되어 후고 구그Hugo Gugg(1878~1956) 교수에 의해 다시 복구되었다. 첫 번째 그림은 등 뒤로 한 손에 끈을 들고 있는 동신(童神) 이 술잔을 들고 있는 판[58]에게 다른 한 손으로 술을 따라 주는 장면이다. 특히 슈트라크는 후고 구그 교수와 리히텐슈타인이 사용하고 있는 바쿠스의 종복 실레노스와 판의 혼동된 이름을 잘 지적하고 있다. 판은 〈뿔 외에도 더부룩한 머리, 수염 그리고 성난 듯한 수척한 인상으로 알려져 있다〉. 그러나 로마의 디오니소스관과 케임브리지 포그 박물관에 있는, 피에로 디 코지모Piero Di Cosimo의 「실레노스의 불운」이라는 그림에

마르틴 바그너의 동판화 「오디세우스와 폴리페모스」(1803)

나타나는 실레노스는 〈뒷머리에 고수머리, 날카로운 귀 그리고 뭉뚝한 코를 지니고 있다〉. 괴테 방에 걸려 있는 그림은 괴테도 당시 관여하였던 1803년 〈바이마르 예술 애호가〉 단체에 의해 수상된 마르틴 바그너Martin Wagner의 그림을 동판화로 재현한 「오디세우스와 폴리페모스Odysseus und Polyphemos」[59]이다. 리히텐슈타인은 1995년 논문에서 이 그림을 〈사랑은 위로한다〉라고 해석하고 있다. 슈트라크는 1999년 논문에서 이 그림을 〈아모르는 판을 포도주로 현혹하고 있다〉라고 해석한다. 나는 다음과 같이 해석하고자 한다. 〈사랑은 유혹한다.〉

동신들이 판을 때리는(혹은 괴롭히는) 두 번째 그림에 대해서도 리히텐슈타인과 슈트라크처럼 두 가지로 해석이 내려져 있다. 이 그림을 파노프스키는 〈동신이 자연의 본성을 상징하는 판을 제압한다〉[60]라고 해석한다. 독일의 미술사가 에드가 빈트Edgar Wind는 파올로 베로네제의 「사랑의 징계」라는 그림을 통하여 〈동신들이 판을 괴롭히고 있다〉[61]라는 해석을 내리고 있다. 슈트라크도 〈아모르는 판을 억압하고 있다〉라고 말한다. 나는 여기에서 괴테의 작품과 연관하여, 첫 번째 그림에 대해서는 슈트라크, 두 번째 그림에 대해서는 에드가 빈트와 슈트라크의 이론에 동의한다. 왜냐하면 괴테의 시에서 사랑은 종종 유혹적이고 고통스러운 것으로 표현되기 때문이다.

유혹적이고 고통을 주는 아모르(큐피드)의 의미는 괴테의 시 「큐피드, 방자하고 고집스러운 소년Cupid, loser, eigensinniger Knabe」에서도 찾을 수 있다. 괴테는 그의 작품 「벨라 궁전의 클라우디나」의 신판 2장에 이 시를 삽입하고 에커만에게 1829년 4월 5일 보여 주었다.[62]

큐피드, 방자하고 고집 센 소년이여!
그대는 나에게 몇 시간 동안만이라면서 잠자리를 부탁하더니.
몇 날 몇 밤이나 머물러 있구나!
그러더니 이제는 내 집에서 주인 행세까지 하는구나.

나는 나의 넓은 잠자리에서 쫓겨나;
땅바닥에 앉아 고통스럽게 밤을 지새우게 되었다.
그대의 방자함은 부뚜막의 불꽃을 돋우어,
겨울을 대비한 식량을 다 태워 버리고는 나를 거지로 만들었구나.

그대는 나의 가구들까지도 이리저리 바꾸어 놓았구나.

나는 노력했지만 결국은 눈먼 것처럼 갈피를 잃고 말았다.
그대가 그렇게 소동을 피우니, 나는 두려워
그대를 피하기 위해 도망을 쳐 결국 나의 오두막을 비워 주고 말았구나.[63]

이 시는 괴테의 첫 번째 이탈리아 여행 기간인 1788년 초에 쓰였다. 로마에서 괴테는 「로마의 비가」를 계획하고 「풍경화가로서의 아모르」와 「큐피드, 방자하고 고집 센 소년」 두 편만을 완성하였다. 그는 로마Roma에서 아모르Amor를 연상하여 아모르에 대한 자신의 마음을 표현한 것이다. 이 시는 아나크레온식의 시로서 운율은 닥틸루스(강약약격)다. 큐피드는 주인공에게 요구하여 마치 변덕스러운 전제 군주처럼 지배하기도 하면서 시인의 마음을 사랑의 고통으로 마구 괴롭힌다. 이 시는 사랑이 〈우리를 어떻게 괴로운 상태로 만드는가를〉,[64] 즉 사랑에 의해 지배를 받고 압도된 인간들은 달콤한 고통으로 인해 괴로움을 당하고 있음을 보여 주고 있다.

사랑의 환희와 고통

칙크의 「병든 왕자」

「50세의 사나이」에서도 사랑은 신화에서처럼 모순된 양상으로 표현된다. 야우나리우스 칙크의 「병든 왕자」에서와 마찬가지로, 이 작품에서도 아버지와 아들이 사랑의 라이벌이다. 「50세의 사나이」에서는 사랑으로 인간들의 상황이 위협받게 되는 상황들이 묘사된다. 소설의 갈등은 서로 다른 한 쌍의 파트너가 서로 엇갈린 위험한 관계로 설정되면서 시작된다. 집안에서 소령 아들의 장래

신붓감으로 이미 결정된 힐라리에는 신랑의 아버지이자 아저씨인 소령을 사랑하고 아저씨의 신부가 되고 싶어 한다. 19세기 독일에서는 사촌간이나 삼촌간의 결혼이 허용되었다. 힐라리에의 사랑을 알게 된 소령은 그 사랑을 받아들이고자 하지만 그의 노력은 그다지 조화롭지 못한 모습으로 보인다. 괴테는 자신의 「관계, 애착, 사랑, 격정, 습관」이라는 글에서 격정에 사로잡힌 이가 불행할 수밖에 없음을 언급하고 있는데, 이러한 내용이 이 작품에서도 전개된다.[65] 그러나 소설의 시작 부분에서 소령은 힐라리에의 사랑을 자신에게 생기를 부여하는 힘으로 이해한다. 이러한 소령의 감정을 유추해 볼 수 있는 자연의 묘사는 다음과 같다.

> 정원은 봄의 화려함으로 가득 차 있었다. 오래된 나무들의 수많은 나뭇잎이 무성해지는 것을 본 소령은 자신의 청춘의 봄이 되돌아온 것으로 믿게 되었다. 그리고 이러한 상황에서 사랑스러운 소녀의 유혹을 받지 않을 자 누구겠는가![66]

그는 자신의 친구인 배우가 충고해 준 대로, 〈교정할 수 있는 화장품〉[67]의 도움을 받아 젊은 신부 힐라리에를 위해 젊어지고자 노력하였다. 그러나 화장을 하고 나니 오히려 〈그는 미라가 된 것 같기도 하고 병자가 된 듯도 하였다〉.[68] 삶을 긍정적으로 생각*carpe diem*하려는 소령의 의도가 아이러니컬하게도 그로 하여금 죽음을 생각하게 하였다. 〈죽음을 기억하라*Memento mori*〉라는 문구는 독자로 하여금 불행한 사랑의 종말을 예감케 한다.

티슈바인의 「이피게니에로 인한 오레스트의 깨달음」

티슈바인의 「이피게니에로 인한 오레스트의 깨달음」

괴테는 「50세의 사나이」에서 인간의 감정이 얼마나 급작스럽게 변할 수 있는가를 보여 주고 있다. 소령의 아들 플라비오는 젊고 아름다운 미망인을 사랑하게 되었으나 그녀의 거절을 통고받고 절망에 빠진다. 결국 플라비오는 정신착란 증세를 보이며, 끔찍한 상태가 되어 아버지의 성에 나타난다. 괴테는 작품 속에서 플라비오의 모습을 그리스 신화 속에서 어머니를 살해한 죄로 고통스러워하는 오레스트Orest의 모습에 비유한다. 하인리히 마이어는 괴테에게 보낸 편지에서 요한 하인리히 빌헬름 티슈바인의 그림 「이피게니에로 인한 오레스트의 깨달음」에 대하여 다음과 같이 전하고 있다.

오레스트는 아름답습니다. 그리고 멍하니 생각에 잠겨 땅을 쳐다보고 있는 시선은 그의 영혼이 혼란스럽다는 것을 잘 표현하고 있습니다. 복수의 여신들은 뱀의 머리를 격렬하게 흔듭니다. 그러나 그들은 대단히 많은 매력과 드높은 아름다움을 지니고 있으며, 아름다움으로 공포를 일으키는 어떤 뒤섞인 성격을 조성하고 있습니다.[69]

신화에서 어머니를 살해하고 복수의 여신에게 쫓기는 오레스트는 「50세의 사나이」에서 아름다운 미망인에게 거절당한 뒤 〈끔찍한 모습과 혼란스러운 머리 모습〉[70]을 한 플라비오의 모습으로 아버지인 소령의 성에 나타난다.

도리니의 「프시케와 아모르」

그 후 집안일을 처리하기 위해 아버지가 여행을 떠나 있는 동안, 젊은 한 쌍, 즉 힐라리에와 플라비오는 사랑에 빠진다. 괴테는 젊은 한 쌍이 사랑에 빠지는 장면을 위하여 아풀레이우스Apuleius의 프시케 신화[71] 속에 나오는 한 장면을 참조하고 있다. 즉, 잠을 자는 아모르의 얼굴을 들여다보는 프시케처럼, 힐라리에가 병으로 신음하며 침대에 누워 있는 플라비오의 얼굴을 촛불로 들여다보며 사랑에 빠지는 장면을 묘사하고 있다. 괴테는 『이탈리아 기행』에서 니콜라스 도리니Nicolas Dorigny[72]의 프시케와 아모르의 모티브를 그린 동판화가 바이마르에 있는 자신의 노란색 방에 걸려 방 전체를 환하게 밝혀 주고 있음을 두 번이나 언급하고 있다. 이 그림은 도리니가 로마의 파르네시나Farnesina 궁에 걸려 있는 신화 속의 프시케와 아모르의 모티브를 묘사한 라파엘로 작품을 모방한 것이다. 1787년 파르네시나 궁을 두 번째 방문했을 때 괴테는 화가 안겔

프시케의 결혼식. 니콜라 도리니

리카 카우프만Angelika Kaufmann과 동행하였으며, 그녀에게 자신이 아모르와 프시케 신화를 〈거의 암기하였음〉[73]을 밝히면서 이 신화에 대한 관심을 표현하고 있다.

괴테의 스케치화 「호숫가의 오리나무들」

힐라리에Hilarie와 플라비오Flavio의 사랑은 겨울에 얼어붙은 호수 위에서 스케이트를 타는 젊은 한 쌍의 모습을 통하여 감각적이고 생동감 있게 표현된다. 이 두 남녀의 스케이트 타는 장면은 대단히 낭만적이고 에로틱하다. 별과 둥근 달이 떠 있는 밤의 풍경은 매력적이며 동시에 시적이고 상징적이다. 아무도 없는 고요한 밤에 하늘에 높이 떠 있는 달빛은 이 공간을 더욱 감각적이고 비현실적으로 만든다. 달빛은 마치 조명과 같은 역할을 하여, 호수는 연극 무대가 되고 사랑하는 연인들을 위한 이상적인 공간이 된다. 젊은 한 쌍은 낭만적인 공간에서 사랑의 자유로움을 느낀다. 여행에서 돌아오던 중 아버지는 오리나무의 그늘에 몸을 숨기고 달빛 속에서 사랑에 빠진 두 사람을 고통스러워하며 바라본다. 풍경에 나타난 〈버드나무와 오리나무〉[74]는 신화 속 저승의 식물을 상징한다. 클라우스 좀메라게는 「50세의 사나이」를 신화적 근거에 의거하여 연구한바, 밤에 스케이트 타는 장면의 세부 사항을 신화 속의 키르케와 오디세우스 관계 내지는 오디세우스의 저승 여행과의 관계 속에서 설명하고 있다. 그에 따르면 버드나무는 물의 마력과 홍수의 모티브와 일치하고, 오리나무는 저승의 죽음을 상징하고 있다.[75] 소령은 자신의 고통은 통찰조차 못하고 〈이미 빠져 들어 갔던 깊은 심연이 (그의) 영혼 속에〉[76] 성립된 것이다. 아버지는 사랑에 빠진 이 한 쌍에 대한 질투의 감정으로 죽고 싶을 정도의 고통을 느끼며 의혹에 빠져 들었다. 죽음의 의미와 결합된 오리나무의 이미지는 소령이 빠져 들게 된 파국의 혼동 수위를 더욱 상승시켜 준다. 괴테는 이 장면을 자신이 직접 그린 그림으로 뒷받침하고 있다. 1772년 「호숫가의 오리나무들Erlen am Bach」[77]이라는 괴테의 그림은 소령의 위로를 받을 수 없는 황량한 감정을 반영하고 있다. 이 그림에서는 단지 오리나무와 작은 호수만 볼 수 있다. 오리나무들은 앙상하고 호수의 표면에서는 스케이트를 타는 것으로 추측되는 두 사람의 모습 외에는 아무것도 볼 수 없다. 젊은 한 쌍의 사랑에 넘치는 분위기를 말해 주는 소설 속의 분위기와 달리, 그림 속의 풍경에서 느낄 수 있는 분위기는 차갑고 스산하기까지 하다. 소령의 집 안에 걸려 있는 가족의 가계도 나무에서 힐라리에와 플라비오는 나란히 수평으로 자리 잡고 있다. 왜냐하면 그들은 같은 세대

괴테의 「호숫가의 오리나무들」(1772)

이기 때문이다. 그에 반해 아버지의 관계는 나이 차로 인해 수직적인 관계다. 이러한 관계를 풍경에서 읽을 수 있다. 즉, 수평적 호수와 수직적 오리나무들이 그것이다. 동시에 이즈음 아버지의 〈앞니〉[78]가 빠져 버린다. 이제 아버지의 모습은 희극적이고 동시에 젊은 질녀와 사랑하기에는 비극적이다. 그러나 역설적으로 아버지의 〈나이 든 이의 사랑의 광증〉[79]은 아들의 정열적 사랑을 〈인식〉[80]함으로써 극복된다. 소령은 이제 힐라리에에 대한 자신의 사랑을 포기하고 「병든 왕자」에 등장하는 왕처럼, 또는 『빌헬름 마이스터의 편력 시대』의 부제목인 〈체념자들〉처럼 자신의 사랑을 체념하며 다시금 다정한 아버지의 역할을 받아들인다. 이로써 격정적인 노인의 마음은 다시금 고요와 조화의 단계에 다다른다.

그는 처음 연인의 역할에서 다정한 아버지가 되는 과도기가 괴롭기만 하였다; 그러나 이 역할이 더욱 그의 마음속으로 파고들었다.[81]

「50세의 사나이」에서 아버지와 힐라리에, 아들과 미망인 네 사람의 사랑 이야기는 완전히 해결되지 않고, 소령이 아버지로서의 의무감을 의식한다는 것만 암시한 채 끝난다. 그리고 그 후 힐라리에와 플라비오의 결합이 암시되고, 아버지는 플라비오가 사랑했던 미망인을 다시 만나 결국 결합하게 될 것이라는 행복한 결말이 마카리에Makarie와 소령 누이의 편지 교환을 통해 암시될 뿐이다. 사랑의 에로틱한 유희는 마카리에 덕분에 도덕적 의미를 얻으며 끝난다.[82]

라고 마조레 에피소드

화가와 자연

괴테는 『빌헬름 마이스터의 편력 시대』의 라고 마조레 에피소드로 「50세의 사나이」의 결말을 보충하는데, 특히 소령이 겪은 감정의 혼란이 어떤 결말을 맞을 것인가는 라고 마조레 에피소드에서 주인공들이 겪는 감정의 혼란과 정리의 과정을 통해 암시된다. 여기에서 흥미로운 것은 괴테가 이탈리아의 라고 마조레를 한 번도 방문한 적이 없으며, 게오르크 멜키오르 크라우스Georg Melchior Kraus가 그린 라고 마조레의 수채화 여덟 점을 참고하여 라고 마조레 에피소드를 완성하였다는 것이다. 라고 마조레 섬 중에서도 나폴레옹 외에 여러 유명인들이 방문하여 그 아름다움을 칭송하였던 이졸라 벨라 지역에서의 자연이 작품의 중심이 된다. 라고 마조레 섬에서 빌헬름은 미뇽의 고향으로 여행하던 화가를 만나게 되고, 화가가 이탈리아의 자연을 보고 표현한 그림을 독자에게 설명하는 형식을 취하며, 괴테는 자연을 조형 예술과 언어로 재구성하는 과정을 설명하고 있다. 화가는 미뇽이 살았던 자연 풍경을 그대로 재현하려 한다. 미뇽의 고향으로의 여행은 그들에게 자연이라는 영역으로의 순례 여행[83]이다.

> 그가 빌헬름을 만나기 전에 이곳으로 오는 여행길에서 특색 있는 모든 것들을 그린 어떤 그림이 가장 눈에 띄었다. 황량한 산맥 한가운데 깎아지른 듯한 바위에 둘러싸여 폭포수를 뒤집어쓰면서 유랑의 무리 한가운데 있는 뭐라 말할 수 없는 우아한 모습의 빛을 발하는 한 아이가 있었다. 아마도 무섭고 험난한 심산계곡 속에 이처럼 우아하고 의미 있는 점경 인물이 그려져 있는 경우는 드물 것이다. 형형색색의 집시 무리는 야만적인 동시에 환상적이고 이색적이면서도 비속하고 두려움을 일으키기엔 부족하지만 신뢰감을 일으키기엔 너무 기이하다. (……) 이 독특하고 완결된 그림에 즐거워하지 않을 자 누구겠는가? 이 바윗덩어리의 촘촘한 모습은 강력한 힘을 보여 주고 있었다; 모든 것을 가로지른 듯한 검은 계곡들은 겹겹이 겹쳐져 있어, 외부 세계와의 연결 가능성을 보여 주는 다리 하나가 없었다면, 모든 통로를 막는 것을 위협하는 것 같았다.[84]

계속해서 묘사되는 화가의 그림에서 미뇽과 다른 인물들이 부차적인 인물로 등장하는 그림들은 무시무시한 풍경을 보여 준다. 즉, 「바위들」, 「짐말들」, 「동굴」, 「용의 종족」[85] 들 말이다. 소설 속에 묘사되는 이 부분은 『빌헬름 마이스터의 수업 시대』에 나오는 미뇽의 노래에 묘사되었던 풍경에 대한 회상이기도 하다. 현기증을 일으킬 정도의 절벽이 보이는 위협적인 풍경의 자연은 미뇽이 고향으로 되돌아가는 것을 방해하는 극복할 수 없는 어려움을 말해 주고 있다. 또한 미뇽의 노래에 나오는 〈월계수, 오렌지 그리고 레몬들〉, 이탈리아 식물들, 그리고 풍경의 세세한 것들을 이탈리아에서 직접 본 화가와 빌헬름은 당착어법으로 표현된 〈서글픈 웃음〉[86]을 지을 수밖에 없다. 미뇽에 대한 생각을 하며 두 사람은 그리움에 휩싸이고[87] 비가적인 기분을 느낀다.

빌헬름은 화가의 그림들 속에서 〈초점화하여 모방〉[88]하는 것으로 자연을 보는 법을 배운다. 빌헬름처럼 괴테도 조형 예술가들과 지속적인 관계를 가졌으며 이탈리아 여행 기간에[89] 대략 850점의 스케치들을 남겨 놓았다. 그는 소설 작품을 단지 텍스트로 미학적이거나 감각적으로 완성하려고 하였을 뿐만 아니라, 소설 속의 자연 풍경을 화가의 테크닉으로 접근하고 동시에 언어로 표현하려 했다. 괴테는 로마에서부터 알게 된 유명한 자연 풍경화가 카를 루트비히 카츠Karl Ludwig Kaaz를 1808년 칼스바트에서 만났다. 1813년 6월에는 프라하의 예술가 노이엔도르프Neuendorf와 함께 그림을 그리기도 하였다. 1787년 초 나폴리와 시칠리아 여행 동안에도 괴테는 화가 크니프와 동행하여 이탈리아의 풍경을 스케치했다. 또한 이탈리아에서 필리프 하케르트에게 미술 수업을 받기도 하였다. 1787년 6월 27일에는 콜로나 화랑에서 하케르트와 함께 니콜라 푸생, 클로드 로랭, 살바토르 로사의 풍경화를 감상하였다. 푸생, 로랭, 로사의 그림은 괴테에게 자연을 이해하고 〈자연과 예술에 있어서 지고의 관조적인 개념〉을 발전시키는 데 도움을 주며, 자연과 예술을 비교할 수 있게 해주는 핵심이다. 빌헬름 역시 자연을 화가의 눈으로 보고 예술로 전이시키고 있다. 풍경화는 괴테에게 자연의 〈해설자〉[90]다. 괴테가 이탈리아에서 획득한 예술관은 이상화된 자연을 모방하여 풍경화로 전이시키는 원칙에 따르는 것이다. 예술적 표현은 자연의 영원한 법칙을 반영하는 것이다. 작가이자 화가인 괴테의 작품에는 자연을 시각적으로 인지하고 그림을 구성하는 표현이 자주 등장한다. 풍경화가 괴테는 자연을 완성된 건축학적 구성으로 표현하려고 한다. 〈깊은 곳까지 층을 이룬 그림의 표면과 함께 명쾌하고 조화로운 공간의 구성이 균형을 이룬 전경의 색채가 진한 부분〉[91]은 괴테에게 위대하고 아름다운 세상을 재현할 수 있게 하는 기법이다. 괴테에게 전체의 통일을 표현하는 풍경화는 자연의 풍경이 제시하는 하나의 인상이다. 또한 괴테에게 풍경화는 자연의 풍경이 제시하는 전체적이고 통일된 인상을 재현하는 기법이다.

> 그는 인접해 있는 — 다정한 집들이 맑은 강물에 반사되어 수영하고 있는 듯한 고요한 호수의 전망들에서 느낄 수 있는 명쾌한 고요를 표현하는 데 성공했다; 뒤편에 숲이 무성한 산맥과 차가운 빙하의 만년설이 우뚝 솟아 있는 초록빛 언덕에 에워싸여 있는 물가. 그러한 장면의 색채는 더욱 명랑하고 즐거워 보였다; 부드러운 향기가 마치 휩싸인 듯하고, 안개의 잿빛에 에워싸인 듯 솟구치는 바닥과 계곡들은 솟아올라 있으며 그들의 굽이쳐 오르는 물결을 암시하는 듯하다. (……) 그는 여러 종류의 독특한 특징을 보여 주는, 전면의 그늘진 나무들의 전체 모습에서, 나뭇가지의 모습과 나뭇잎들의 하나하나의 모습에서 암시되고 있는 것을 탁월하게 알고 있었다; 여러 가지 뉘앙스를 주는 신선한 초록빛 들녘에는 부드러운 공기들이 온화한 입김으로 부채질하여 빛들도 동시에 움직이는 것처럼 보였다.[92]

라고 마조레 섬에서 만난 화가의 그림은 괴테가 표현하고자 하는 풍경의 표상과 일치한다. 호수, 숲이 있는 산, 나무, 초원, 빛과 같은 개개의 풍경들은 〈자연의 고귀하고 위대한 전체〉[93]를 표현한다. 풍경은 〈자유스럽고, 명쾌한 관조〉[94]의 도움을 받아 충일되어 있다. 시선은 수직에서 수평으로 옮겨진다. 원경은 아련해지고 근경은 세밀하게 그려져 있다. 다층의 그림 구조는 고전적·감각적 풍경을 보여 준다. 원경, 스푸마토(윤곽을 뚜렷하지 않게 그리는 그림), 전경, 빛, 그늘, 색채의 파노라마는 객관적이고 이상적인 예술 풍경에서 볼 수 있는 것이다.

빌헬름과 화가는 라고 마조레 섬에 있는 미농의 백부 집 근처 호수의 기슭으로 가게 되고, 그곳에서 힐라리에와 아름다운 미망인을 만난다. 화가, 힐라리에, 빌헬름, 아름다운 미망인 등은 라고 마조레 섬에서 「50세의 사나이」에서처럼 잠깐 동안 디오니소스적인 사랑으로 혼란에 휩싸여 고통을 받는다. 도취적인 사랑의 사건이 다시금 변용되고 반복된다. 그리고 결국 그들은 『빌헬름 마이스터의 편력 시대』의 부제목처럼 〈체념자들〉의 결사를 조직한다.

화가는 섬에서 힐라리에를 지도하면서, 그녀가 지닌 화가적 재능을 발견하고 장려한다. 예술적 수업으로 힐라리에는 치유받아, 순간적 활기를 띠면서 내면의 생기를 얻게 된다. 그녀는 〈새로운 청춘이 도래했음에 놀라고 이러한 행복에 덕을 보고 있는 특이한 애정의 감정을 거부할 수 없었다〉.[95] 〈새로운 오르페우스[96]로서 노래를 부르면서 화가는 고대 신화에서처럼 주위 전체에 활기를 불어넣고 동시에 부인들을 유혹하고 있다. 화가, 빌헬름, 힐라리에와 아름다운 미망인의 미묘한 감정 변화의 유희는 원경과 근경이 교차되면서 소리의 크기가 달라지는 화가의 노래 속에 반영되고 있다. 네 사람은 라고 마조레 섬에서 일상의 스트레스를 떨치며, 〈삼일의 천상과 같은 나날을〉[97] 보내고 있다. 섬에서의 마지막 날 〈오르는 밝은 보름달이 (……) 낮에서 밤으로 흘러가는 것을 느끼지 못하게 하고 있다〉.[98] 네 사람은 달빛으로 인한 자연의 비밀스러움에 휩싸여 초인간적인 존재를 느끼게 된다. 그러나 그들은 〈헤어짐의 예감〉[99]에 압도되어 그들의 존재에 대한 한계를 인식한다. 과거의 잃어버린 세계에 대한 화가의 그리움이 담긴 노래는 그들을 동요시킨다. 미농의 노래는 하이폰으로 중단되면서 침묵을 암시한다. 화가의 노래에 대한 힐라리에와 아름다운 미망인의 반응은 죽은 이들에 대한 감정을 패러디한 것이고, 충격과 방어의 양가감정을 보여 준 것이다.[100] 네 사람은 센티멘털한 분위기에 빠져 있다.

〈나 역시 아르카디아에 있었노라〉

앞서 빌헬름과 화가가 미농의 고향 풍경을 보면서 멜랑콜리에 사로잡힌 것처럼 빌헬름, 화가, 아름다운 미망인, 그리고 힐라리에 네 사람도 라고 마조레 섬에서 비가적 분위기에 빠져 버렸다. 이 무상함에 대한 감정은 괴테의 『이탈리아 기행』에서 그가 내세우는 〈나 역시 아르카디아에 있었노라〉라는 모토로 설명할 수 있다. 이 격언은 로마의 코르시나 갤러리아Corcina Galleria에 있는 바로크 시대의 화가 구에르시노Guercino의 그림 주제이기도 하다. 괴테는 구에르시노의 그림을 높이 평가해 그의 스케치 두 개를 소유하고 있다.[101] 구에르시노의 그림에는 두 명의 목동이 〈나 역시 아르카디아에 있었노라〉라는 비명이 써 있는 단 위에 놓인 해골을 바라보고 있다. 쥐 한 마리가 이 두개골을 갉아 먹고 있다. 그림의 배경에는 이상적인 풍경이 보인다. 이 그림은 낙원 아르카디아

위
구에르시노의
「나 역시 아르카디아에
있었노라」(1623)

아래
푸생의 「나 역시
아르카디아에 있었노라」

푸생의 「나 역시
아르카디아에 있었노라」(1630년경)

에서의 짧은 행복의 무상함을 이야기하고 있다.[102] 니콜라 푸생 또한 두 개의 그림에서 이와 같은 상징을 연관시키고 있다. 첫 번째 것은 오늘날 데번셔 컬렉션Devonshire Collection에 있고, 두 번째 것은 루브르 박물관에 있다. 푸생의 첫 번째 본은(1630년경으로 추정됨) 전면에 강의 신 알페이오스Alpheius와 왼쪽에 목동들이 보인다. 그들은 두개골과 비명이 보이는 관을 관찰하며 충격에 휩싸여 있다. 두 번째 본은 첫 번째 작품보다 5~6년 뒤에 만들어진 것으로 추정되며, 목동 중 한 사람은 비명을 읽는 포즈로 바닥에 무릎을 꿇고 있는 장면을 재현한다. 두 번째 인물은 고요히 생각에 사로잡힌 자세로 명상하는 소녀와 이야기하고 있다. 세 번째 인물은 멜랑콜리에 사로잡혀 있다. 푸생의 두 번

글라우어의 동판화
「세 명의 남자와 고대의
무덤이 있는 풍경」

째 본은 무상함에 대한 생각이 명상으로 변용되어 있다. 이 그림들에서 인간들은 죽음과 맞닥뜨려 있다. 괴테는 요한 글라우어의 동판화 「세 명의 남자와 고대의 무덤이 있는 풍경」[103]을 소유하고 있다. 그림 속 고대 복장을 한 세 명의 남자는 방랑하다 이상적 풍경 속에서 휴식을 취하고 있다. 무덤이 배경의 다른 건물들과 비교하여 눈에 띈다. 이 그림은 인간이 죽음과 대질하는 동시에 함께하고 있음을 보여 주며, 죽음을 기억하라는 무상함의 알레고리를 재현시키고 있다.[104]

다음 날 아침 여자들은 남자들보다 먼저 떠나가 버린다. 그러자 낙원은 남자들에게 〈완전히 황폐화된 섬〉[105]으로 변하고 만다. 미학적 풍경과 완결성은 실용주의 시대에는 그 효력을 상실한다. 귄터 자세Günter Sasse는 〈심정의 시문학에 대한 산문의 승리라는 헤겔의 표현이 편력시대의 라고 마조레 에피소드에서 명백해지고 있다〉[106]라고 설명하고 있다. 빌헬름에게도 라고 마조레의 에피소드가 실질적 삶으로의 전환점이 된다. 라고 마조레에서의 체험 이후 그는 사람들에게 실질적 도움을 주는 외과의사가 되기로 결정을 내린다.

라고 마조레 에피소드 속에서 괴테는 화가의 그림을 통해 자연을 보고 형상화하는 작업을 보여 주면서, 조형 예술과 문학 텍스트의 관계를 설명하고 있다. 또한 잠시 동안의 도취적 사랑으로 인해 발생한 심적 혼란이 인간의 무상함에 대한 인식을 통해 해소되는 것을 표현하고 있다.

■ 주

1 Eckermann, *Gespräche mit Goethe in den letzten Jahren seines Lebens*, 18. Januar 1827, MA 19. S. 194.

2 Eckermann, *Gespräche mit Goethe in den letzten Jahren seines Lebens*, 11. April 1827, MA 19. S. 221.

3 *Italienische Reise*, 21. Dezember 1787, MA 15. S. 530.

4 Erich Trunz: *Weimarer Goethe-Studien*, Weimar 1980, S. 7.

5 Vgl. Christian Schuchardt: *Goethes Kunstsammlungen*, 3 Bände in einem Band, Hildesheim-New York 1976.

6 Vgl. Johann Wolfgang von Goethe, *Wilhelm Meisters Wanderjahre*, FA10. S. 985f.

Vgl. Erika Nolan, Wilhelm Meisters Lieblingsbild: *Der kranke Königssohn, Quelle und Funktion*. In: Jahrbuch des freien Deutschen Hochstifts(1979), S. 132-152, hier S. 132f.

7 MA 11.2. S. 449ff.

8 Johann Wolfgang von Goethe, *Brief an Heinrich Friedrich von Diez vom 15.11.1815*, WA 4.26. S. 153.

9 Johann Wolfgang von Goethe, *Bedeutende Fördernis durch ein einziges geistreichesn Wort*, HA 13. S. 38.

10 Vgl. *Philostrats Gemälde*. MA 11.2. S. 449ff.

11 Eckermann, *Gespräche mit Goethe in den letzten Jahren seines Lebens*, 23. Aprik 1829, MA 19. S. 298f.

12 *Italienische Reise*, 6. Setember 1787, MA 15. S. 478.

Vgl. Bernhard Buschendorf, *Goethes mythische Denkform. Zur Ikonographie der "Wahlverwandschaften"*, Franjfurt am Main 1986. S. 31ff.

13 Antik und Modern, MA 11.2. S. 497.

14 Erwin Panofsky: a.a.O., S. 99.

15 Verhältnis, Neigung, Liebe, Leidenschaft, Gewohnheit, FA 22. S. 322.

16 Vgl. Friedrich Strack: *Väter, Söhne und die Krise der Familie in Goethes Werk*, In: Jahrbuch des Freien Deutschen Hochstifts 1984, S. 57-87.

17 MA 11.2. S. 1157.

18 FA 10. S. 265.

19 FA 10. S. 265.

20 FA 10. S. 275.

21 FA 10. S. 274.

22 FA 10. S. 270.

23 FA 10. S. 275.

24 Ruysdael als Dichter, MA 9. S. 645.

25 FA10. S. 273.

26 FA10. S. 272.

27 Ruysdael als Dichter, MA 9. S. 645.

28 Ruysdael als Dichter, MA 9. S. 645.

29 Zitiert nach Hannelore Schlaffer: *Wilhelm Meister. Das Ende der Kunst und die Wiederkehr des Mythos,* Stuttgart 1980, S. 38.

30 Vgl. Hannelore Schlaffer: a.a.O., S. 36-38.

31 FA10. S.1032. und Christian Schuchardt, Bd.1. S. 117. Nr.130.

32 Wolf Eugen: *Macht und Übermacht der Bilder in Goethes Dasein*, In: Neue Folge des Jahrbuches der Goethe-Gesellschaft 24(1962), S. 135-157, hier S. 151.

33 FA 10. S. 296.

34 FA 10. S. 274.

35 FA 10. S. 285.

36 FA 10. S. 279.

37 FA 10. S. 276.

38 FA 10. S. 277.

39 FA 10. S. 285.

40 Claudia Schwamborn: *Individualität in Goethes 〈Wanderjahre〉*, Paderborn 1997, S. 144.

41 Vgl. Gerhard Neumann: "Ich bin gebildet genug, um zu lieben und zu trauern". Die Erziehung zur Liebe in Goethes "Wilhelm Meister" in Liebesroman-Liebe im Roman, Hrsg. von Titus Heydenreich, Erlanger Forschungen, Reihe A Geisteswissenschaft Bd.41, Erlanger 1987, S. 66.

42 FA 10. S. 1032.

43 Vgl. Jörn Göres(Hrsg.): *Goethe in Italien. Eine Ausstellung des Goethe-Museums Düsseldorf*, Mainz 1986.

44 FA 10. S. 1025.

45 Vgl. K.R. Eissler: *Goethe. Eine psychoanalytische Studie 1775-1786, Aus dem Amerikanischen übersetzt von Rüdiger Scholz*, Strömfeld/Stern 1985, S. 1230.

Aus meinem Leben Dichtung und Wahrheit. MA 16. S. 97f.

46 Vgl. K.R. Eissle: a.a.O., S. 1233f.

Aus meinem Leben Dichtung und Wahrheit, MA 16. S. 152ff.

47 FA10. S. 285.

48 Erwin Panofsky: *Studies in Iconolgy, Humanitic Themes in the Art of Renaissance*, New York u.a. 1962, S. 87-107. 여기서는 S. 99와 S. 102ff.

49 Claus Sommerhage: *Familie Tantalos. Über Mythos und Psychologie in Goethes Novelle "Der Mann funfzig Jahren"*, In: Zeitschrift für Deutsche Philologie, Bd. 103. 1984, S.78-105. 여기서는 S. 97.

50 Claus Sommerhage: a.a.O., S. 103.

51 Ernst Bäumler: *Amors vergifteter Pfeil, Kulturgeschichte einer verschwiegen Krankheit*, Frankfurter am Main 1997, S. 21.

52 Edgar Wind: *Heidnische Mysterien in der Renaissance, Mit einem Nachwort von Bernhard Buschendorf. Übersetzt von Chrisrian Münstermann unter Mitarbeit von Bernhard Buschendord und Gosela Heinrichs*, Frankfurt am Main 1981, S. 188.

53 Vgl. Erwin Panofsky, a.a.O., S. 124f und Platte 55 und 56(Abb.102 und 104).

54 Vgl. Christian Schuchardt, Zweiter Teil, S. 11f. Nr. 20.21 und S. 21. Nr. 10. - FA 21. S. 329-330.

55 Erwin Panofsky: a.a.O., S. 104.

56 WA9. S. 44.

57 Vgl. Christa Lichtenstein: *Jupiter-Dionysos-Eros/Thantos: Goethes symbolische Bilderprogramme im Haus am Frauenplan*, In: Goethe-Jahrbuch 112(1995), S. 355.

Doris Strack: *Omnia vincit Amor: Heinrich Meyers Supraporten in Goethes Wohnhaus,* In: Goethes-Jahrbuch 116(1999), S. 365-389, hier S. 365-371.

58 Erich Trunz: a.a.O., S. 283.

Doris Strackö a.a.O., S. 366ff.

Erwin Panofsky: a.a.O., Platte 18(Abb. 32).

59 Jörn Göres: *Goethes Leben in Bilddokumenten*, München 1981, S. 178.

60 Erwin Panofsky: a.a.O., S. 126.

61 Edgar Wind: a.a.O., S. 315ff.

62 Vgl. auch Eckermann: *Gespräche mit Goethe in den letzten Jahren seines Lebens*, 5. April 1829, MA 19. S. 306ff.

63 Eckermann: *Gespräche mit Goethe in den letzten Jahren seines Lebens,* 5.April 1829, MA19. S. 306.

Italienische Reise(1788년 1월 보고), MA15. S. 566f.

64 Eckermann, *Gespräche mit Goethe in den letzten Jahren seines lebens*, 6.April 1829, MA 19. S. 309.

65 Verhältnis, Neigung, Liebe, Leidenschaft, Gewohnheit, FA 22. S. 322.

66 FA 10. S. 436.

67 FA 10. S. 441.

68 FA 10. S. 445.

69 Johann Wolfgang von Goethe, *Goethes Briefwechsel mit Heinrich Meyer*. Hrsg. von Max Hecker Bd.1. Juni 1788 bis Juni 1797.(22. Juli 1788). In: Schriften der Goethe//Gesellschaft. Hrsg. von Wolfgang von Oettingen, Weimar 1917, Bd. 32, S. 6f.

70 FA 10. S. 471.

71 Apuleius: *Der goldene Esel*, Hrsg. und übesetzt von Edward Brandt, München 1958, S. 193f.

72 Erich Trunz: a.a.O., S. 284.

73 *Italienische Reise*, 18.November 1786, MA 15. S. 162 und 16. Juli 1787, S. 448f.

Vgl. Erich Trunz: a.a.O., S. 284.

74 FA 10. S. 1120.

75 Vgl. Claus Sommerhage: a.a.O., S. 96.

76 FA 10. S. 485.

77 Corpus der Goethezeichnungen, bearbeitet von Gerhard Femmel, Bd. 1.Nr.1-318, Von den Anfängen bis zur italienischen Reise 1786, Leipzig 1958, S. 75.(Nr.194) 여기에서 언급한 동일한 그림을 펨멜은 괴테 스케치 모음집에서 괴테의 〈호숫가의 오리나무들〉(1772)이라는 제목으로 기록한 데 비해, 루트비히 뮌츠Ludwig Münz의 『괴테의 스케치와 동판화*Goethes Zeichnungen und Radierungen*』(1949)에서는 바이마르 근교의 〈겨울 달밤 풍경〉(1777)으로 기록하고 있다.

78 FA 10. S. 487.

79 FA 10. S. 487.

80 FA 10. S. 485.

81 FA 10. S. 485.

82 Benno von Wiese: *Johann Wolfgang Goethe. Der Mann von funfzigen Jahren*, In: Die deutsche Novelle von Goethe bis Kafka, Interpretationen 2. Düsseldorf 1965, S. 48.

83 Claudia Schwamborn: a.a.O., S. 128.

Erich Trunz: Goethe als Sammler, Goethe-Jahtbuch 89(1972), S. 39.

84 FA 10. S. 498.

85 FA 10. S. 497f.

86 FA 10. S. 498.

87 Vgl. Günter Sasse: *Der Abschied aus diesem Paradies. Die Überwindung der Sehnsucht durch die Kunst in der Maggiore-Episode in Goethes "Wanderjahre"*, In: Jahrbuch der deutschen Schillergesellschaft 42(1998), S. 95-119, hier S. 103.

88 FA 10. S. 499.

89 Vgl. Karl Otto Conrady: *Goethe. Leben und Werk.* Bd. 1. Hälfte des Lebens, Königstein/ Ts 1982, S. 432.

90 FA 10. S. 500.

91 Jörn Görres(Hrsg.): Goethes in Italien. S. 86.

92 FA 10. S. 506.

93 *Italienische Reise.* (Über die bildende Nachahmung des Schönen, von Karl Phillip Moritz. Braunschweig 1788). MA15. S. 630.

94 *Italienische Reise*, 27. Oktober 1786, MA 15. S. 141.

95 FA 10. S. 509.

96 FA 10. S. 500.

97 FA 10, S. 505.

98 FA 10, S. 510.

99 FA 10. S. 510.

100 Günter Sasse: a.a.O., S. 109.

101 Petra Maisak: a.a.O., S. 183.

102 Erwin Panofsky: *Sinn und Deutung in der bildenden Kunst*, Kökn 1978, S. 359ff.

103 Erich Trunz: a.a.O., Abb. 53.

104 Vgl. Erwin Panofsky: a.a.O., S. 359ff.

105 FA 10. S. 511.

106 Vgl. Günter Sasse: a.a.O., S. 119.

3 화장(化粧) 모티브

화장의 개념사

화장은 우리의 일상생활에서 가장 중요한 문화적 현상의 하나이면서 동시에 삶의 일부분이 되었다. 특히 현대에 와서 화장은 하나의 에티켓이나 이미지를 만드는 의미를 지닌다. 최근에는 영상 매체 속에서 대통령이나 장관들도 때론 화장(혹은 분장)을 하고 등장하며, 남성들도 예전보다 외모에 더 많은 신경을 쓰기 때문에 화장이나 미안술에 관심을 갖는 남자들이 많아졌다. 이런 정황들로 보면 화장은 단순히 치장의 의미가 아니라, 자신의 이미지를 만들기 위한, 혹은 매무새를 다듬어 남들에게 예의를 갖추기 위한 문화의 개념으로 이해할 수 있다. 실상 화장이라는 단어는 독일어에서는 얼굴에 바르는 화장품*die Schminke*과 치장하고 화장한다는 의미의 단어 *schminken*과 *die Kosmetik*[1]라는 화장 또는 치장의 의미뿐만 아니라, 신체를 청결히 하고 얼굴의 피부를 하얗고 부드럽게 가꾸며 모발, 치아, 손톱 등을 다듬어 깨끗하고 단정한 모습을 보여 주기 위한 〈의학적 화장*Cosmetika Medikamenta*〉[2]의 의미로 이해할 수 있다.

색조 화장 혹은 치장은 삶의 중요한 아이템 중 하나로 자리 잡고 있으면서도, 여러 문헌이나 문학 작품 속에서 부정적인 평가를 쉽게 찾아볼 수 있다. 그러나 화장의 영역과 종류는 다양하게 확대되고 그 기법 또한 꾸준히 발전되어 온 것이 사실이다. 또한 〈의학적 화장〉도 시대의 흐름과 의학의 발달에 따라 그 의미가 많이 변화해 왔다. 우선 색조 화장과 의학적 화장의 의미를 살펴보자.

색조 화장 또는 치장

화장이라는 단어가 언급되어 있는 가장 오래된 저서는 플라톤의 대화편 『고르기아스*Gorgias*』다. 이 책에서 소크라테스는 건강과 아름다움은 신체의 단련과 다이어트를 통해 이루어질 수 있는 것인데, 사람들이 화장을 통해 단순히 외적으로만 그럴듯하게 보이려 한다고 비판하고 있다.[3] 이러한 소크라테스의 비판에서 오늘날까지도 거론되는 화장에 대한 비판적 상투어 토포스*Topos*가 발생되었다고 할 수 있다. 화장에 대해 비판론을 제기한 소크라테스에 반해 오비디우스는 화장의 긍정적인 면을 이야기하였다. 그는 시집 『사랑의 기교*Ars Amatoria*』에서 환상을 만들고 유지하기 위해서 화장을 비밀스럽게 이용해야 한다고 언급하고 있다.[4]

필리프 페로Philipp Perrot에 따르면, 화장은 이탈리아 출신의 카타리나 폰 메디치Catharina von Medici 프랑스 왕후에 의해 프랑스 궁전에 전파된 이후, 궁정의 예법 중 하나가 되면서 궁전의 중요한 요소가 되었다. 이러한 화장술이 독일을 포함하여 유럽 전역에 퍼져 나갔다. 루이 14세 통치 시절 절정에 달해 궁전에서는 여성과 마찬가지로 남성들도 화장을 하게 되었다.[5] 중세 이후 화장은 신의 장려함을 지상에 구현하는 것으로 이해되기도 하였다. 백성들에 대해 많은 권력을 행사하는 왕과 귀족들은 자신들의 자만을 과시하려는 의도에서 화장을 하였고 자신을 신과 동일시했다. 지배자의 아름다운 신체는 신의 장려함이 지상에서 반영되는 것으로 파악되었기 때문에, 화장은 정신적-속세 권력의 접점으로 이해되었다. 그래서 그들은 화장을 통해 신과 같은 향기를 내뿜고 신의 광채를 지니고 있음을 백성들에게 보이고자 하였다. 왕의 모습을 연출하는 것은 궁전의 의식에 속했다. 그러한 의미로 궁전에서 화장은 외모를 가꾸기 위한 것뿐만 아니라, 치장한 모습, 의상, 태도, 화술 등과 함께 부를 과시하고 신분의 차이를 구분 짓는 수단이기도 했다.[6]

궁전 의식과 관련해서 화장은 긍정적으로 이해되기도 하였지만, 동시에 신이 주신 자연스러움을 해치는 것으로 이해되기도 하고, 일반 백성들이 화장하는 것은 신의 위엄에 대한 침해로 이해되기도 했다. 이런 의미에서 화장을 한다는 것은 위선과 기만의 의미로 받아들여지기도 하였다. 셰익스피어의 『햄릿』에서 화장은 앞서 소크라테스와 같은 부정적인 맥락에서 기만의 의미로 표현된다. 햄릿은 오필리아Ophelia가 등장하자, 자신의 가장된 광증을 더욱 드러내고, 사랑하는 그녀가 돌아서도록 상처를 주기 위해 다음과 같이 외친다.

> 나도 들어서 알고 있어. 그대들의 얼굴에 덧칠을 한다는 것은 하느님이 주신 얼굴 위에 위선의 탈을 뒤집어쓰는 것이야.[7]

햄릿은 자신의 형을 암살한 뒤 급기야 형의 옥좌를 차지하고는 시치미를 떼고 위선의 탈을 쓰고 있는 삼촌에 대한 증오심, 그리고 게다가 그런 삼촌과 결혼한 어머니로 인하여 세상의 부당함을 느끼고 개탄한다. 그러한 가운데 햄릿은 오필리아의 화장도 인간의 위선적 행동으로 비판한다.

화장과 색조 화장이 대중화되면서 화장은 사회생활의 에티켓을 뜻하게 되었다. 다시 말해 화장은 병이 들거나 늙어서 깨끗하지 않고 추한 것을 가려 주는 의미를 지니게 되었다. 예를 들면 흰머리가 난 머리는 파우더를 써서 가릴 수 있다. 그럼에도 화장은 여전히 부정적으로 평가되었다. 1600년 출간된 의사 토비아스 포겔의 『호기심 많은 피부의 종복*Curiöser Hautdiener*』에서는 화장을 창녀들을 위한 것이라고 비판하고 화장을 부정적으로 평가하면서, 교부 키프리아누스Cyprianus의 말을 인용하고 있다.

> 여자들이 신이 창조한 것을 바꾸려 하면
> 여자들은 신에게 간섭해야 한다: 왜냐하면 여자들은 신을 볼 수 없기 때문이다
> 그대의 눈과 얼굴과 혹은 머리가 신이 창조한 것 그대로가 아니라면 그것은 악마에 의해 더럽혀진 것이다.[8]

당시 일반 가정의 정숙한 여자들은 화장하는 경우가 드물었기 때문에, 화장은 악마적 요소 혹은 유혹의 개념으로 이해되었다.

18세기 중엽부터 색조 화장은 대중들 사이에서 일반화되기 시작하여, 여성뿐만 아니라 남성들도 화장을 하기 시작하였다. 레싱의 작품 『에밀리아 갈로티 *Emilia Galotti*』(1772)에서 백작부인 오르지나Orsina는 마리넬리Marinelli에게 다음과 같이 말한다.

그렇게 생각하는 여자는 화장하는 남자만큼 역겹다.[9]

이 문장에서 남자들이 화장을 하게 되었으며, 또한 화장하는 남자들이 많아졌음을 알 수 있다. 화장을 하는 남자들이 많아졌지만 그럼에도 화장하는 남자들은 비난을 받았다. 이와 같은 평가는 현대까지 계속되어, 화장하는 남자는 동성애자이거나 남자다운 면이 없는 것으로 이해되기도 한다.

의학적 화장

화장은 얼굴 피부의 결점을 없애고 외양을 꾸미는 색조 화장의 의미 외에도, 피부를 청결히 하는 〈의학적 화장〉의 의미를 포함한다. 의학적 화장이 발달하면서 하얗고 부드러운 피부가 건강의 조건이 되었고, 피부의 상태를 청결하게 하는 것이 건강한 피부를 갖는 것을 의미하게 되었다.[10]

중세에는 대중목욕탕이 없었다. 왜냐하면 당시 교회에서는 대중이 함께 옷을 벗는다는 사실에 도덕적인 이의를 제기하였기 때문이다. 또한 16~17세기까지 인간의 피부는 물이 스며드는 특성을 가지고 있다고 생각했기 때문에, 목욕을 거부하는 경향은 더욱 일반화되었다. 사람들은 물속에 병을 옮기는 병균이 있는 것으로 인식하여 두려워하였다. 그래서 자주 몸을 닦는 것과 목욕을 하는 것이 좋지 않다고 충고하기도 하였다. 그래서 물로 몸을 닦는 것을 포기하면서 신체를 청결하게 하는 방법은 건조한 상태에서 몸을 닦는 것이었다. 그리고 몸에서 나는 냄새는 화장수로 제거하려 하였다.[11] 괴테의 작품 『파우스트』 II부에서도 메피스토가 얼굴의 기미를 제거하는 방법을 묻는 여자들에게 〈개구리 알과 두꺼비 혀로 즙을 내서 보름달 빛으로 정성껏 증류시켰다가 / 달이 기울거든 깨끗하게 바르도록 하시오〉[12]라고 민간요법을 말해 준다. 여기서 메피스토가 말하는 민간요법은 피부에 바르거나 얼굴을 닦는 일종의 화장수를 의미한다.

의학사가 퇼너Richard Toellner가 18세기를 〈과도기의 시대〉[13]라고 말한 것처럼, 18세기 말에 의학이 발달하면서 물에 대한 개념이 달라지기 시작하였다. 의사들이 찬물로 목욕하는 것이 피부를 강화하는 방법이라고 추천하기 시작하면서 물이 몸을 깨끗하게 한다고 이해되기 시작하였다. 이후 사람들에게 깨끗해지기 위해서 매일 비누와 물로 몸을 닦는 것을 권장하였다.

의사인 뤼벡Johann Carl Lübeck은 『화장서*Toillettenletüre*』(1813)에서 화장의 개념에 신체와 피부의 청결 유지와 미안술, 즉 〈의학적 화장〉을 포함시키고 있다. 조르주 비가렐로George Vigarello도 그의 『물과 비누, 파우더와 향수, 신체 관리의 역사』에서 화장에 청결의 개념을 포함시키고 있다. 이것을 통해 청결의 개념이 발전된 의학과 문화의 지식에 의해 변하고 있음을 알 수 있다.[14] 비가렐로는 노르베르트 엘리아스Norbert Elias의 문명 이론이 나오기 이전에, 위생학을 문명화 과정의 영역으로 이해하였다. 또한 청결에서 정서의 조절에 대한 요구가 증대되어, 외적인 강요에서 내적인 강요로 바뀌어 가고 있음을 말하고 있다. 그러한 과정을 거치면서 18세기 말 이후, 화장은 여성뿐 아니라 남성에게도 단정함의 의미로 이해되었다.

괴테의 화장 개념

교양의 개념과 화장

19세기 독일에서 교양이라는 개념은 단순히 교육적 측면만 고려하는 것이 아니라, 사람들의 생활 전반에 걸친 삶의 질을 높이는 의미로 활용되었다. 훔볼트는 〈인간의 진실한 목표는 인간의 능력을 전체적으로 지고의 상태와 균형된 교양의 상태로 바꾸는 것이다〉[15]라며 교양의 개념을 정의하고 있다. 괴테도 교양을 계몽주의 철학의 맥락에서 개인의 자연스러운 능력을 완성시키는 개념으로 보며, 화장을 훔볼트적인 교양의 의미처럼 또는 계몽주의의 중심 개념인 〈교양〉의 맥락에서 이해하고 있다. 그는 계몽주의 철학의 맥락에서 교양을 개인의 자연스러운 능력을 완성시키는 중심 개념으로 설명한다.

괴테의 『빌헬름 마이스터의 편력 시대』 중에 포함되어 있는 단편 소설 「50세의 사나이」는 처음에는 『1818 여성을 위한 포켓판*Taschenbuch für Damen auf* *das Jahr 1818*』이라는 잡지에 실렸다. 괴테와 코타 출판사는 이 잡지를 〈포켓판 캘린더*Damentaschenbuch*〉로 일컬으며, 당시 점차 확대되는 여성 독자층을 대상으로 삼았다. 출판사는 이 잡지에 유행하는 의상 삽화들을 싣는 것을 지양하고 문학 작품들을 실으면서 기존 잡지들과 차별화하려고 하였으며, 1818년에는 실러, 푸케Fouqué, 장 파울Jean Paul 등도 이 잡지에 기고하였다.[16] 괴테는 「50세의 사나이」가 이러한 의도를 가진 잡지에 실릴 작품인 만큼, 이 작품 속에서 화장의 개념을 단순히 유행의 의미로 파악하지 않고 인간의 내적인 의미와 연관시켜 교양의 개념으로 전개시키고 있다. 소령이 50세가 되어서도 젊음을 유지하고 있는 배우인 친구에게 그 비결을 묻자, 친구는 자신의 외모를 치장하고 가꾸는 화장을 다음과 같이 설명한다.

> 속이 텅 빈 알맹이 없는 천성의 사람이라고 해도 어떤 외관을 만들어 나갈 수 있는 거야. 그리고 유능한 인간이라면 얼마 안 있어 외면에서 내면으로 자기 자신을 형성할 수 있는 걸세.[17]

배우는 화장을 내적으로 자신을 형성*bilden*할 수 있는 교양*Bildung*의 개념으로 설명하고 있다. 또한 배우는 〈자기 자신과 자기 존재에 대한 기쁨〉[18]을 위해 자신의 외모를 가꾸는 〈색조 화장〉 혹은 치장, 그리고 〈의학적 화장〉에 대해 이야기한다. 그는 자신의 외모를 가꾸는 것이 사회로부터 허영심*Eitelkeit*이라고 비판받기도 한다고 말한다. 그러나 그는 〈자기 자신과 자기 존재에 바치는 기쁨의 표현이 너무도 강해서 다른 사람들이 그와 같은 기쁨과 표현을 방해하는 경우에만 그러한 표현은 비난〉[19]받아야 한다고 말한다. 여기에서 배우는 화장의 내포 개념*Konnotation*으로도 이해되는 허영심을 사교와 교양의 테두리에서 이해하고 있다. 자신과 상대방에 대한 기쁨은 사회와 내부적 · 상호적으로 결부되어 있기에 허영심을 숙고해야 된다는 것이다. 즉, 품위 있는 사회에서는 자신에 대한 기쁨과 외경도 서로에 대한 배려, 상호 관계 내지는 에티켓이 바탕이 되어야 한다는 것이다. 이것은 화장이 단순히 외적인 면에만 그치지 않고 사회 속에서 서로를 배려하고, 참된 의미로 사회적 덕성을 지니고 발전되어야 하는 것을 의미한다. 여기에서 배우가 말하는 허영심의 개념을 괴테는 그의 『시와 진실』에서 다음과 같이 정의하고 있다.

> 우리 독일인들은 허영심이라는 단어를 너무도 자주 오용하고 있다: 왜냐하면 이 단어는 곧잘 자신이 무의미하다는 개념으로 발전되기 때문이다. 그래서 자기 자신이 아무것도 아니라는 것과, 자신이 드높은 존재이기 때문에 즐거워하는 마음을 숨기지 않는 것이 거의 같은 뜻으로 사용되기 때문이다.[20]

인용문에서 읽을 수 있는 괴테의 의도는 자신이 지니는 가장 작은 존재 가치를 부풀려 과시하고 과장하는 것과 자신의 진정한 가치를 내보이는 것은 구분되어야 하며, 자신의 존재를 인정하고 자신을 가꾸는 것까지도 허영이나 겉치레로 봐서는 안 된다고 파악하는 것이다. 괴테는 이러한 의미를 『빌헬름 마이스터의 수업 시대』에서 라에르테스와 멜리나 부인의 대화를 통해서도 설명하고 있다. 멜리나 부인과의 대화에서 라에르테스는 다음과 같이 말한다.

> 「바로 그렇기 때문에 여인들하고 어울리는 것이 즐겁단 말이오, 여인들은 절

대로 있는 그대로의 자기를 보여 주지 않으니까.」

이에 멜리나 부인은 이렇게 응답한다.

「남성들은 자연이 낳아 준 그대로의 자기를 가지고도 벌써 충분히 남의 사랑을 받을 만한 가치가 있노라고 우쭐해하고 있거든요.」[21]

자신의 외모를 가꾸지 않는 것이 남성적인 것이라고 자부심을 느끼는 남성들의 생각을 멜리나는 일종의 허영심이라고 꼬집는다.

괴테의 『빌헬름 마이스터의 편력 시대』에 나오는 「교육주Pädagogische Provinz」에서는 〈자기 자신에 대한 기쁨*Freude an sich selbst*〉[22]으로 화장을 이해하는 것이 〈자기 자신에 대한 외경*die Ehrfurcht vor sich selbst*〉[23]의 개념, 즉 종교적 개념으로 승화된다. 빌헬름은 「교육주」에서 3인회 사람들과 종교에 관해 대화를 나눈다. 종교에서 특별히 무엇을 신봉하느냐는 빌헬름의 질문에 3인회 사람은 다음과 같이 대답한다.

세 개의 외경에서 최고의 외경, 즉 자기 자신에 대한 외경이 생깁니다. 그리고 이 자기 자신에 대한 외경에서 또한 아까 언급한 세 개의 외경은 발전하게 되고, 이렇게 하여 인간은 자신이 도달할 수 있는 최고의 경지에 도달하고, 자기 자신을 신과 인간이 만들어 낸 가장 좋은 것이라고 간주하는 것이 허락될 뿐 아니라, 자만과 이기심에 의해 또다시 비천한 것으로 끌려 내려가는 일 없이, 이러한 높이에 머물러 있을 수 있는 것입니다.[24]

자신에 대한 외경은 인간이 스스로 신이 만들어 준 가장 훌륭한 존재라고 인식함으로써 자신이 도달할 수 있는 지고의 상태를 유지할 수 있는 힘을 얻는 것을 뜻한다. 괴테는 세속적인 의미에서 〈자기 자신에 대한 기쁨〉으로 이해되는 화장의 개념을 종교적이고 정신적인 의미로 확대하여 〈자기 자신에 대한 외경〉으로 파악하고 있다.

「50세의 사나이」 속에 나타나는 화장 기법과 의미

「50세의 사나이」는 다양한 화장 기법을 언급하면서 화장이 내적인 의미를 보여 줄 수 있음을 이야기한다. 「50세의 사나이」에서 소령은 지위가 낮은 귀족이자 퇴직을 앞둔 군인으로, 그의 상황이나 사회적 지위로 보면 평소에 화장이나 미안술 등에 관심을 가질 처지가 아니다. 그의 누이인 남작부인도 배우의 〈작은 상자들이나 작은 갑들, 그리고 병들을 찾아주어야 했지만 무엇에 쓰는 것인지 알 수 없었다〉[25]라고 이야기하는 것으로 보아, 당시에 화장이 아직 대중적이지 않았음을 알 수 있다. 배우도 소령에게 화장법의 어려움을 다음과 같이 말한다.

> 사람들은 가르쳐 준 대로 곧 스스로 할 수 있는 것이 아닐 뿐더러, 또한 저것과 이것이 서로 어떻게 맞으며, 어떤 상황에서, 어떤 순서로 사용하면 좋은가, 거기에는 연습과 연구가 필요하다.[26]

이처럼 당시의 일반인들에게는 화장 도구와 화장술이 생소하였다. 그러나 소령은 젊은 힐라리에의 사랑을 알게 되자, 나이 들어 주름진 얼굴과 흰머리를 화장술로 보완하고, 젊어지기 위해 배우에게서 〈안료나 포마드와 향유〉[27]를 얻으려 한다.

또한 소령은 배우의 하인을 〈미용 교사*Schönheitserhaltungslehrer*〉[28]로 삼아, 자신의 외모를 보다 젊고 건강하게 보이려고 노력한다. 하인은 소령에게 목욕하는 방법, 피부를 건강하게 하는 방법, 머리를 손질하는 방법, 손과 손톱 그리고 눈썹 손질 방법, 잠옷에 필수적으로 썼던 나이트캡 사용법 등 여러 가지 화장 방법을 일러 준다. 괴테는 색조 화장과 의학적 화장을 할 수 있는 도구들을 〈효험 있는 화장 도구*die heilsame Toilette*〉[29]로 표현하여, 색조 화장과 의학적 화장을 결부시켜 이해하고 있다. 배우는 소령에게 젊고 건강해 보이는 화장술을 이야기하고 있는데, 이것은 〈의학적 화장〉에 속하는 신체의 청결과 미안술의 개념인 것이다. 하인은 소령에게 미안술의 개념을 다음과 같이 이야기한다.

> 단지 외관상 건강하다는 것을 목표로 할 뿐만 아니라, 건강 그 자체를 올바르게 보존하게 해야 한다.[30]

이처럼 건강 자체를 유지하는 것이 회춘 방법이라는 것은 『파우스트』에서도 언급된다. 파우스트는 〈마녀의 부엌〉에서 메피스토에게 회춘하기 위해서 인위적이 아닌 자연스러운 수단이 없느냐고 질문한다. 이에 메피스토는 다음과 같은 방법을 제시한다.

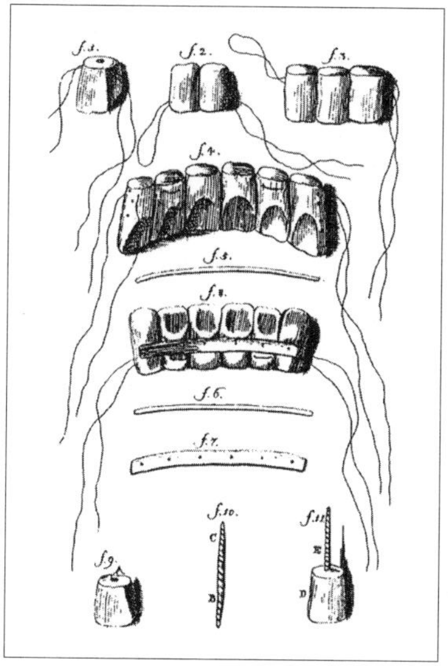

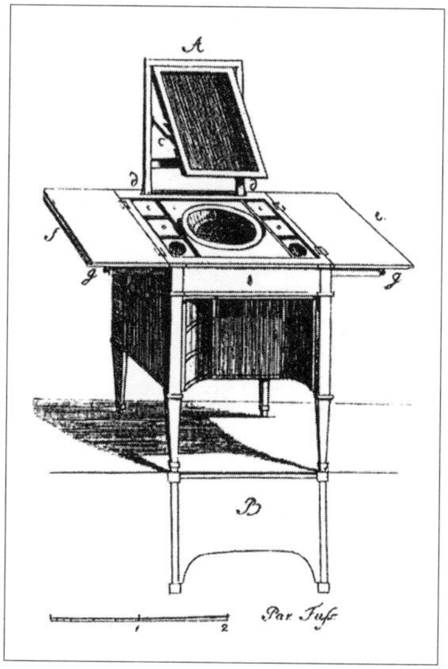

왼쪽
18세기 의치

오른쪽
영국의 이발용
화장대(남성용)

그것은 돈도
의사도 마술도 없이 얻을 수 있는 방법입니다.
당장에 들로 나가서 밭을 갈고 파헤치기 시작하십시오.
그리고 몸도 마음도 극히 한정된 범위에다 가두어 두어야 합니다.
순수한 음식으로 몸을 보양하고
가축과 함께 가축처럼 살며 자기가 거둘 밭에
스스로 거름 주는 것을 불평하지 않는
그것이 여든 살까지
젊게 있을 수 있는 가장 좋은 방법입니다.[31]

괴테는 메피스토의 말을 통하여 들로 나가 노동을 하고 또한 자연에서 기른 유기농 음식을 먹는 것이 젊음을 유지하는 길이라고 설명한다. 「50세의 사나이」의 하인은 또 다른 건강 유지법을 소령에게 권유하는데, 이 또한 당시 의사인 뤼벡의 저서에서 찾을 수 있다. 뤼벡의 저서에는 〈목욕은 간단히 아침 식사를 즐기고 난 후 2시간 정도가 적당하다〉라고 표현되어 있다. 하인은 소령에게 〈가벼운 아침 식사를 하고 난 뒤, 미리 준비되어 있는 목욕탕에 들어가야 한다〉[32]고 말한다. 그리고 이 모든 과정을 〈서서히 그리고 편안하게*lansam und behaglich*〉[33] 할 것을 권유한다.

〈의학적 화장〉에는 피부, 두발, 손과 손톱, 치아 관리도 포함된다. 하인이 소령에게 권하는 화장의 첫 번째 단계는 피부 관리다. 배우는 〈회춘과 미용의 효과가 발휘되는 제일 적당한 시기는 밤〉[34]이라고 이야기하며 저녁에 얼굴에 마스크를 씌워 밤 동안 그 영향력을 발휘하도록 권한다.

중세부터 18세기까지 서구의 사람들은 일반적으로 물로 몸을 잘 씻지 않았다고 한다. 우스꽝스럽게도 자주 씻는 부인들은 정숙하지 않은 것으로 이해되었다. 사람들은 머리를 잘 감지 않았기 때문에, 〈파우더가 머리의 기름기를 없애는〉[35] 역할을 했다. 머리를 다듬는 일은 머리를 감는 것을 의미하는 것이 아니라, 빗고 자르는 것이 대부분이었다. 이러한 경향은 18세기 말에 물과 비누로 몸을 씻는 것이 신체를 건강하게 유지하는 길이라고 밝혀지면서 바뀌었다.[36] 또한 19세기 중엽에 자연스러움을 강조하는 것으로 유행이 바뀌면서, 머리에 파우더를 뿌리는 유행이 사라지게 되었다. 이러한 과정은 괴테의 작품에서도 찾아볼 수 있다. 소령은 파우더를 쓰던 세대에 속하는 사람이다. 그래서 그는 힐라리에의 사랑을 알게 되자, 씻는 것과 파우더를 병행한다. 작품에서는 다음과 같이 표현되어 있다.

그는 예전보다 더 자주 씻고 파우더를 발랐다.[37]

뤼벡은 화장의 범주에 손톱 정리도 포함시키고 있다.

손톱은 넓은 것보다는 길어야 한다. 그러나 손보다 더 길어서는 안다. 손의 피부가 손톱 밑에 두드러져 보이면 좋은 현상이다.[38]

「50세의 사나이」에서 하인은 소령의 손톱이 〈가장 아름다운 모양으로 그리고 적당한 길이〉[39]로 유지되어야 한다고 설명한다.

19세기에는 밤에 잠옷과 나이트캡을 함께 쓰는 것이 일반적인 경향이었다. 그러나 추위와 더위로부터 보호하기 위해 쓰는 것으로 알려졌던 나이트캡이 오히려 가발이나, 파우더와 함께 피가 통하는 것을 막아 두피에 해를 끼친다고 밝혀졌다. 그러나 사람들은 나이트캡 쓰는 습관을 갑자기 버리기가 쉽지 않았기 때문에 그대로 유지하려고 하였으며, 다른 방법들을 모색하려고 시도조차 하지 않았다.[40] 「50세의 사나이」에서 하인이 소령에게 〈나이트캡을 직접 머리에 닿게 해서는 안 되며, 우선 그물을 쓰든지 그렇지 않으면 더 부드러운 가죽으로 된 모자를 쓸 것〉[41]을 권하는 대목에서 이 시대의 배경을 이해할 수 있다.

〈미용 유지법 교사〉는 소령에게 머리, 손, 치아, 손톱 다듬는 법 등 일반적인 미용 비법들에 대해 알려 주면서 젊어 보이는 기법을 설명한다. 그러나 그는 소령을 떠나기 전에, 젊음을 유지하는 화장 비법을 익히는 것도 중요하지만, 더욱 중요한 것은 마음의 평정을 잃어버릴 상황에서도 〈절도*Maß*〉를 지키며 즐겁게 사는 것이라고 강조한다. 소령은 화장술의 도움을 받아 회춘하려고 노력하였으나 앞니가 빠지자, 힐라리에와의 결혼을 포기하고 체념하면서도, 마음의 평정을 잃고 괴로워한다. 그러나 괴테는 소설의 부제목 〈체념자들〉의 의미를 부각시키면서 소령으로 하여금 체념의 의미를 이해하게 하고, 그에게 아름다운 미망인과의 새로운 관계를 제시하면서 긍정적인 결말을 이끌어 내려고 한다.

나이 50세의 의미

괴테는 『젊은 베르터의 고뇌』에서 신체적인 상황과 정신적인 상황의 연관성을 강조한다. 목사 부인은 다음과 같이 말한다.

> 감정이란 우리 마음대로 되는 것이 아닙니다. (……) 그래요, 감정이란 얼마나 육신의 상태에 좌우되는지 모르겠더군요. 몸이 불편하면 마음도 아주 이상하게 되어 아무것도 제대로 되는 게 없더군요.[42]

「50세의 사나이」의 하인도 소령에게 〈단지 외양만을 목표로 삼지 말고 건강 그 자체가 제대로 유지되어야 한다〉[43]고 말한다. 이 말은 영혼의 상태가 외적인 모습에 영향을 미치며 인간의 신체와 외양은 인간 자체의 실재를 말해 준다는 의미다.

그러므로 주인공의 나이가 제목으로 채택된 「50세의 사나이」에서 괴테는 노년에 도달한 인간의 신체와 영혼의 상태를 표현하고 있음을 이해할 수 있다. 괴테는 50세를 인간의 삶의 경계선으로 표현하고 있다. 괴테는 다른 작품들에서도 50이라는 나이를 변혁의 상황으로 이해하고 있다. 예를 들어, 파우스트가 메피스토를 처음 만났을 때의 나이는 50세로 추정할 수 있다. 그러나 메피스토는 파우스트를 80세는 되어 보인다고 조롱하며[44] 그를 30세는 젊어 보이게 해 주겠다고 호언장담한다. 그리고 다시 20대 청년이 된 파우스트는 메피스토와 생의 여러 가지 새로운 모험을 한다. 『빌헬름 마이스터의 편력 시대』의 「순례하는 어리석은 여인Die pilgernde Törin」에 나오는 르반Herr von Revanne 씨의 나이도 50세다. 괴테는 「빙켈만Winckelmann」이라는 논문을 1804/1805년에 썼다. 빙켈만은 1768년에 살해되었는데, 그때 그의 나이가 50세였다. 괴테는 『시와 진실』에서 빙켈만의 사건을 언급하고 있다. 괴테가 「50세의 사나이」를 구상하여 여러 가지 기록을 남기던 시기도 바로 이때다. 괴테는 이 논문의 마지막 부분에서 빙켈만의 〈죽음*Hingang*〉을 다음과 같이 묘사하면서, 50세라는 나이의 개념을 말하고 있다.

> 그는 인생의 정점에서 하늘나라로 올라갔다. (……) 그는 노년의 질병, 정신력의 쇠퇴를 느끼지 않았다. (……) 그는 남자로 살았었고 이성적 인간으로서 하늘로 갔다.[45]

빙켈만이 50세의 나이에 죽었지만 강인한 정신력을 지닌 인물이었음을 말하는 대목은 독일 문학과 예술계에 지대한 영향력을 끼친 인물에 대한 존경과 예의에서 나온 것이라고 할 수도 있다. 그러나 여기에서 50세의 나이는 괴테 스스로 논문 「빙켈만」에서 밝히듯, 인생의 〈정점〉[46]이기도 하지만 노년이 시작되는 모순된 시기다. 괴테는 「50세의 사나이」에서 50세가 되어 인생의 전환기에 이르렀지만 신체적으로는 쇠퇴기에 이른 소령이 느끼는 감정을 정신적인 상황과 연관시켜 표현하고 있다. 소령은 화장을 통해 청춘을 되돌리고 회춘하려 한다. 그러나 치아의 복원이 현대처럼 용이하지 않던 시절에 치아의 상실은 소령의 감정과 삶에 대한 관점에서 하나의 분수령이 된다. 다시 말해 아직 마음은 젊은 여인의 사랑을 받아들일 수 있는 힘을 가지고 있다고 생각하는 소령도 죽음을 생각할 정도로 처절한 감정을 경험한다. 소령의 모습을 통해 괴테는 인생의 가장 큰 변화 경계선에서 또 다른 발전, 그리고 변형 단계를 표현한다. 괴테는 소령의 에피소드를 통하여 독자에게 아버지의 넓은 사랑과 동시에 인생에 대한 깊은 이해심을 체험케 한다.

움베르토 에코Umberto Eco가 화장을 문화의 과정으로, 소통의 과정으로 표현하고 있는 것과 같이,[47] 화장은 단순히 색조 화장이나 외양을 꾸미는 것이 아니라, 인간의 삶을 표현하는 하나의 문화적 현상으로 이해될 수 있다. 괴테는 화장의 개념을 통해 인간관계의 의미, 그리고 인생에서 매 순간의 의미를 꼬집고 있다.

■ 주

1 Vgl. Gisela Dane: *"Die heilsame Toilette". Kosmetik und Bildung in Goethes 'Der Mann von funfzigen Jahren'*, Göttingen 1994, S. 50f.

2 Georges Vigarello: *Le propre et le sale. L'hygiénem du corps depus le moyen âge*; Paris; (dt.: Waaser und Seife, Puder und Parfüm. Geschichte der Körperhygiene seit dem Mittelalter, aus dem Französischen von Linda Grätz, mit einem Nachwort versehen von Wolfgang Kaschuba, Frankfurt/New York/Paris, 1988), S. 307.

3 Platon: *Gorgias oder über die Geredsamkeit. In der Übersetzung von Friedrich Schleiermacher mit der Stephanus Nurerierung*. Hrsg. von Walter Otto et al., Reinbek bei Hamburg 1957, S. 20. Kap. 456, b-d.

4 Zitiert nach, Gisela Dane: a.a.O., S. 68.

5 Vgl. Dane, Gisela: a.a.O., S. 69.

6 Eduard Fuchs: *Illustrierte Sittengeschichte vom Mittelalter bis zur Gegenwart*, Berlin 1910, Bd.2: Die galante Zeit, S. 156ff.

7 셰익스피어, 『햄릿』, 일신서적, 박현미 옮김, 1996, 60면.

8 zitiert nach, Gisela Dane: a.a.O., S. 77.

9 Gottsched Ephraim Lessing: *Emilia Galotti. Ein Trauspiel in fünf Aufzügen*, in: ders., Werke Bd.2: Trauerspiele, Nothan, Dramatische Fragmente Hrsg. von Herbert C. Göpfert, München 1971, S. 181.

10 Johann Carl Lübeck: *Die Toilette der Grazien oder die Kunst, die Schönheit der Damen zu erhalten, erhöhen, die mangelhafte zu ersetzen und die verlorene herzustellen. Ein Geschenk als Lesebuch für alle gebildeten Frauenzimmer*, Frankfurt/M. 1815, S. 7.

11 Gisela Dane: a.a.O., S. 86f.

12 HA 3. S. 194.

13 Richard Toellner: *Medizin in der Mitte des 18. Jahrhunderts*, in Wissenschaften im Zeitalter der Aufklärung. Aus Anlaß des 250-jährigen Bestehens des Verlags Vandenhoek und Ruprecht, Hrsg. von Rudolf Vierhaus, Göttingen 1985, S. 200.

14 Georges Vigarello: a.a.O., S. 10.

15 Wilhelm von Humboldt: *Ideen zu einem Versuch, die Gränzen der Wirksamkeit des Staats zu bestimmen*, in: der Werke in fünf Bänden, Hrsg. von Andreas Filtner und Klaus Giel, Darmstadt 1981, Bd.I. S. 64.

16 Vgl. Gisela Dane: a.a.O., S. 18.

17 HA 8. S. 175.

18 HA 8. S. 175.

19 HA 8. S. 175.

20 HA 10. S. 64.

21 HA 7. S. 118.

22 HA 8. S. 175.

23 HA 8. S. 157.

24 HA 8. S. 155f.

25 HA 8. S. 177.

26 HA 8. S. 176.

27 HA 8. S. 176.

28 HA 8. S. 199.

29 HA 8. S. 174.

30 HA 8. S. 199.

31 HA 3. S. 76.

32 Johann Carl Lübeck: a.a.O., S. 242.

33 HA 8. S. 178.

34 HA 8. S. 178.

35 Johann Georg Krüntz: *Oeconomische Enzyklopädie oder allgemeinen System der Land-, Haus-, und Staats-Wirthschaft*, Berlin 1775-1848, Bd. 118. S. 523f.

36 Journal des Luxus und der Mode, Weimar, Bd. 1. H II, S. 421.

37 HA 8. S. 171.

38 C(onrad) Anton Zwierlein: *Der Arzt für die Liebhaberinnen der Schönheit*, 9. ganz umgearbeitete Aufl. Heidelberg 1789, S. 215.

39 HA 8. S. 199.

40 Vgl, Gisela Dane: a.a.O., S. 93.

41 HA8. S. 178.

42 HA 6. S. 63.

43 HA 8. S. 199.

44 HA 3. S. 76.

45 HA 12. S. 128f.

46 HA 12. S. 128.

47 Umberto Eco: *Einführung in die Semiotik*, München 1972, S. 185ff.

4 정원 모티브

19세기 유럽의 정원 열풍

17~18세기부터 유럽에 정원 조성 붐이 일기 시작하였다. 프랑스에서 루이 14세가 베르사유의 정원을 당대 프랑스 최고의 정원 설계사 앙드레 르 노트르André Le Notre에게 만들게 하면서, 유럽의 모든 군주들이 베르사유 궁전을 모방하여 정원을 만들기 시작하였다. 독일에서도 레오폴트 프리드리히 프란츠 폰 데사우Leopold Friedrich Franz von Desau 공작이 1768년에 뵈를리츠Wörlitz에 공원 조성을 계획하면서부터 조원(造園)에 대한 관심이 확대되었다. 공원과 정원의 조성은 계속적으로 활기를 띠기 시작하여, 폰 브륄Hans Moriz von Brühl 백작과 그의 부인 티나Tina는 드레스덴의 자이페르스도르프Seifersdorf 계곡에 열의를 다해 공원을 만들고, 가족이나 문학과 연관된 여러 가지 시설물을 설치하여 일종의 문학 정원을 조성하였다. 1834년 『조원에 대한 시사 *Andeutungen über Landschaftsgärtnerei*』를 쓴 퓌클러-무스카우Hermann Ludwig Heinrich von Pückler-Muskau 백작의 영국풍 풍경화식 정원에 대한

열광은 정원에 대한 당시의 관심을 가장 잘 보여 준다. 그는 40여 년간 공원을 만들다 결국 파산하자, 결혼 지참금을 목적으로 부유한 영국 여인과 결혼하기 위해 자신의 부인에게 동의를 구해 이혼까지 하려고 했었다. 그의 에피소드는 정원 열풍의 단적인 예를 보여 준다. 물론 그의 계획은 실현되지 않았다.[1]

퓌클러뿐만 아니라 빌헬름 슐레겔Wilhelm von Schlegel도 1801년부터 1802년까지 문학과 예술에 대해 강의하면서 많은 부분을 정원 예술에 할애했다. 슐레겔과 퓌클러보다 먼저 공원과 정원의 풍경에 관심이 많았던 괴테도 퓌클러의 공원에 경탄을 표하였다. 퓌클러는 정원에 대한 열정으로 유럽의 반을 여행하면서, 부인에게 보내는 편지 속에서 도시 한가운데에 인간의 의지와 힘에 의해 인위적

무스카우 정원

으로 조성된 공원이 마치 자연처럼 보이는 것에 경탄하고 있다. 이는 자연이 인간의 문화 속에 융화되는 정원이 지니는 예술적 가치에 대한 높은 평가를 말하는 것이다.[2] 정원과 공원의 풍경 조성을 위한 귀족들의 과도한 노력이 시민들의 조롱을 불러일으키기도 하였지만, 반면에 시민 계층의 감상적 문화에 많은 기여를 하였다고 평가되고 있다.[3] 특히 정원의 풍경과 자연 속에서 주인공들이 자신들의 감정을 토로하는 것은 괴테의 작품에서 쉽게 찾아볼 수 있다. 바리히Wahrig 사전에 따르면 공원은 커다란 정원이며, 채소밭은 과일과 채소를 경작하는 정원이다. 묘지는 그리스 시대 이후로 꽃이 만발한 묘지공원으로 조성하고 있다. 그러므로 정원, 공원, 묘지공원, 그리고 채소밭을 정원의 큰 테두리로 묶을 수 있다.

문학적 정원: 영혼과 감정의 영역

정원의 자연

괴테에게 자연은 신의 섭리를 구현하고, 모든 것을 포괄하는 힘이면서 예술 창작의 근원적 힘이다. 특히 괴테는 자신의 문학에서 정원 속의 자연 풍경과 그 풍경의 효과에 대해 자주 언급하고 있다. 괴테는 1778년 루이제Luise 공작부인 생일날 공연하였던 「감상주의의 승리Triumph der Empfindsamkeit」에서 감상적인 왕자를 통해 광활한 자연의 단점을 다음과 같이 표현하고 있다.[4]

> 의사들이 몸에 유해하다고 하는 아침과 저녁의 이슬. (……) 감기에 쉽게 걸리게 하는 계곡의 습기 찬 바람! 그리고 가장 아름답지만, 가장 덥기도 한 달밤에는 모기들이 가장 견디기 어렵다.

그리고 계속해서 그는 외부에 위치한 자연이 지니는 단점을 보완해 주는 공간으로서 자신의 방 안에 자연보다 더 아름다운 숲들과 동굴이 있는 정원을 만들려고 계획한다. 감상적인 왕자를 통해 괴테는 정원을 현대 사회 속에서 순수하고도 근원적인 자연을 체험할 수 있는 장소로서 표현하고 있다.

낙원으로의 정원

공원과 정원이 활발히 조성되면서, 괴테의 『젊은 베르터의 고뇌』와 『빌헬름 마이스터의 편력 시대』의 「누가 발설자인가」 등과 같은 작품에서 공원의 시설물과 자연 풍경 속에서 시민들이 느끼는 감정이 많이 언급된다. 『젊은 베르터의 고뇌』의 첫 번째 편지에서 베르터는 가족의 일을 처리하기 위해, 그리고 레오노레 자매와의 개인적인 문제로 고향을 떠나 발하임이라는 고장에 도착했음을 밝히면서, 이 도시에서 편안함을 느끼지는 않으나 그럼에도 불구하고 도시를 둘러싼 자연의 아름다움을 본다.

> 이 낙원과 같은 고장에서 고독은 내 마음에 매우 귀중한 진정제가 되어 준다. 게다가 이 싱싱한 청춘의 계절은 자칫 겁먹기 쉬운 나의 마음을 매우 훈훈하게 해준다.(1771년 5월 4일 편지)[5]

그는 환희의 감정으로 자연 풍경을 묘사한다. 〈낙원과 같다〉는 부가어에서 낙원은 신이 인간에게 준 최초의 정원을 암시한다. 계속해서 베르터는 M 백작

이 만든 정원의 인공적인 풍경에서 자신이 느낄 수 있는 최고의 기쁨을 찾고 있음을 밝힌다.[6]

> 정원은 간소하며, 그 속에 들어서는 순간 원예학에만 밝은 정원사가 만든 것이 아니라, 감정이 풍부한 사람이 자기 스스로 마음껏 즐기기 위하여 만들었다는 것을 알게 될 것이다.[7]

괴테의 작품에서는 인간이 손질하여 문명화된 아름다운 자연인 정원과 공원 속에서의 풍경 그리고 쾌적함을 주는 도시의 풍경들이 낙원으로 명명된다. 또한 괴테는 정원이 풍요로운 바이마르를 낙원이라 칭한다.[8] 그리고 그의 『이탈리아 기행』 중 1787년 3월 16일 나폴리 근교의 카세르타Caserta에서 보낸 편지에서도, 낙원이라는 표현이 다시 나온다. 괴테는 카세르타의 〈논밭에 경작되고 있는 온갖 식물들과 포플러가 자라고〉 〈화단처럼 고르고 매끄럽게 손질된〉 풍성한 자연에 대해 경탄하면서, 나폴리를 〈낙원〉이라 칭한다.[9] 그리고 1787년 4월 7일 자 편지에서는 향기로운 수목들과 금붕어와 은빛 물고기가 가득한 연못이 있는 팔레르모의 정원을 〈경이로운 정원 *Wundergarten*〉[10]으로 일컫는다. 또한 1810년 6월 오스트리아의 황후 마리아 루도비카Maria Ludovica가 칼스바트를 방문한 것을 계기로 쓴 헌정 시 「황후의 도착Der Kaiserin Ankunft」[11]에서는 칼스바트를 낙원으로 부른다.

장 파울은 『젊은 베르터의 고뇌』에 나오는 자연과 풍경 묘사가 높게 평가받아야 하는 근거를 『미학 입문*Vorschule der Ästhetik*』(1804)에서 다음과 같이 설명하고 있다.

이탈리아 카세르타 레자 궁전의
나폴리 여왕을 위해 1780년에 만든 풍경화적 정원

인간의 감정은 말로 표현할 수 없다. 그러나 가까이에 있는 자연은 마치 향기처럼 생성되어 언어로 표현하게 한다.[12]

그리고 인간의 감정은 말로 표현하기 어렵지만, 『젊은 베르터의 고뇌』에서 베르터의 시적인 풍경 묘사를 통해 인간의 감정을 보여 주기 때문에, 독자는 베르터와 함께 공감할 수 있다고 파울은 설명하고 있다.[13] 파울의 분석처럼 베르터에게 정원의 자연, 혹은 정원은 그 대상 자체가 문제가 아니라, 자연과 연관되는 감정이 중요하다. 『젊은 베르터의 고뇌』에서 베르터는 정원의 자연 풍경을 배경으로 하여 감상적 심정을 많이 토로하고 있다. 베르터는 봄날 아침의 즐거움에 대하여 이야기하고(5월 10일 편지), 불안을 느낄 때면 〈영원히 집어삼키고 영원히 되새김질하는 마귀(8월 18일 편지)〉[14]와 같은 자연을 이야기한다.[15] 또한 정원의 테라스에서 샤를로테와의 이별을 자연의 풍경을 매개로 하여 표현한다(9월 10일 편지). 베르터는 샤를로테와의 이별을 예감하고 자연 풍경을 보며 감상에 젖는다. 그리고 곧 나타난 샤를로테는 높이 치솟은 너도밤나무, 정자, 해가 지고 달빛이 비치는 정원의 풍경 속에서, 돌아가신 어머니를 회상하며 멜랑콜리한 감정에 빠져 든다.

괴테의 『젊은 베르터의 고뇌』가 공전의 히트를 하자, 이 작품을 패러디한 작품도 등장하였다. 크리스토프 프리드리히 니콜라이Christoph Friedrich Nicolai는 『젊은 베르터의 즐거움*Freuden des jungen Werthers*』에서 『젊은 베르터의 고뇌』를 패러디하면서 베르터의 감상주의적 자연 도취를 조롱한다. 이 작품 속에서 한 영국인이 자신만의 환상적인 정원을 만들기 위해 자연을 파괴하고, 그로 말미암아 그사이 성실한 가족의 아버지가 된 베르터가 애써서 만든 정원과 채소밭이 파괴되었음을 그리고 있다.

> 그는 산 너머에 대단히 큰 강을 소유하고 있다. 그는 산의 이쪽 편에 있는 가파른 계곡에 폭포를 흐르게 하기 위하여 물방아를 이용하여 강물을 높이 끌어 올리려 한다. 폭포가 수백 년 된 떡갈나무들 사이로, 그리고 암반 위로 흘러넘치며, 큰 물결을 이루어 쏟아져 내려오자 그의 마음은 환호성을 울릴 지경이었고 그의 영혼은 전율한다. 그러나 사람들이 이 광경을 보기도 전에, 베르터의 정원에 심어져 있는 나무들은 떠내려가 버려, 그의 작은 정원은 파괴되어 버린다. 그리고 채소밭과 사랑스러운 튤립 밭도 파괴된다.[16]

『빌헬름 마이스터의 편력 시대』의 「누가 발설자인가」에서도 괴테는 자연 풍경과 정원을 주인공이 영혼의 상태와 본질을 표현할 수 있는 공간으로 활용한다. 루친데Lucinde의 소박하면서도 조화로운 성격은 그녀의 〈아침 기도 장소〉인 〈백양나무와 오리공원 사이를 흐르는 시냇물과 가까우며, 아래쪽으로 펼쳐진 초원과 위쪽으로 펼쳐진 밭 옆에 있는〉[17] 풍경의 묘사로 설명된다. 아래위 양쪽으로 펼쳐진 밭은 부드러운 시냇물로 생기를 얻어 루친데의 성격처럼 균형을 이룬다. 루치도어Lucidor도 숲 속의 〈유달리 높은 곳〉[18]에 있는, 정원의 풍경을 반사시키는 마법과 같은 분위기를 연출하는 거울의 방에서 그 분위기에 취해 버려, 루친데를 사랑하지만 표현하지 못하는 안타까운 마음을 자신도 모르게 발설한다.

『젊은 베르터의 고뇌』에서 발하임의 낙원과 같은 풍경과 「누가 발설자인가」의 자연 풍경은 소박한 자연 그대로의 목가적인 곳, 즉 고대의 아르카디아적 표상과 일치한다. 『파우스트』 II부의 3막에서 파우스트가 헬레나와 만나는 대목과 괴테의 연작시 열다섯 편과 산문으로 구성된 『빌헬름 티슈바인의 전원생활』에서도 괴테는 아르카디아를 노래한다. 아르카디아에 대한 괴테의 표상은 전형적이다. 덤불이 무성한 숲, 과일과 음식이 풍요로운 곳, 양들과 염소들이 초원 위에 뛰어다니며 판Pan, 아이들 그리고 요정들이 평화로이 사는 곳이다. 특히 양들과 염소들이 뛰어다니고, 덤불이 무성한 숲, 우유와 음식이 풍요로운 이 곳은 구약 성경에 나오는 낙원의 모습과 일치한다. 고난도, 눈물도, 전쟁도, 분쟁도 없는 아르카디아적 삶은 손수 채소를 가꾸고 바로 그 채소를 식탁에 올리는 목가적 전원생활을 영위하는 발하임 사람들의 소박한 삶으로 구현되고, 베르터가 동경하며 항상 즐겨 읽는 호메로스의 문학을 매개로 하여 호메로스 시대의 자연이 설명된다(6월 21일 편지).[19] 다음 장에서 다룰 『친화력』에서는 베르터가 꿈꾸는 자아와 세계가 합일된 발하임의 목가적 삶이 직접 정원을 가꾸는 샤를로테를 통하여 구체화된다.

풍경화식 정원: 아르카디아적 풍경

괴테는 『친화력*Die Wahlverwandschaften*』 속의 자연 풍경을 통하여 아르카디아적 풍경의 아름다움과 환상을 독자에게 펼쳐 보인다. 『친화력』은 주인공 샤를로테와 에두아르트의 이야기에서부터 시작된다. 『친화력』의 주인공 샤를로테와 에두아르트는 일찍부터 사랑한 사이였으나 부모의 뜻에 따라 각기 다른 상대와 결혼하게 된다. 그 후 각기 혼자되자 두 사람은 다시 결합하게 된다. 그리고 그들은 〈시골 생활〉,[20] 즉 목가적인 전원의 삶을 선택하고 평온한 삶을 누린다. 『친화력』에서의 자연은 자연과 더불어 느끼고 소유하는 감정을 표현하는 베르터와 달리 현실 속에 존재하는 대상으로서 나타난다.[21] 소설의 첫 부분은 정원사가 소설 속의 사건이 진행되어 가는 풍경의 지형학에 대하여 남작에게 묘사하는 것으로 시작된다.

(사모님은) 저편 새로 만드신 정원에 계십니다. 사모님이 저택 맞은편 바위산

에 세우신 그 이끼로 덮인 오두막은 오늘로 완성될 것입니다. 모든 것이 참으로 훌륭하게 지어졌습니다. 남작님도 보시면 아마 마음에 드실 것입니다. 아래쪽으로는 마을이 있고, 약간 오른편에는 교회가 있는데 풍경이 아주 멋집니다. 바로 맞은편의 저택과 정원을 볼 수 있지요. 자칫하면 시선이 오두막으로 쏠려 교회의 탑은 못 보고 지나치기가 쉽습니다.[22]

『친화력』의 처음 장면에서 정원사는 마을과 교회, 그 맞은편의 저택과 정원, 그리고 골짜기와 나무숲으로 덮인 풍성한 풀밭이 있는 광활한 풍경을 설명한다. 남작은 정원사와 헤어져, 온실 사이를 통과해 성 맞은편에 있는 완만한 오르막길을 지나 샤를로테의 오두막에 도착한다. 이끼로 덮인 오두막에서 샤를로테는 〈액자 안에 있는 아름다운 그림을 보여 주듯이, 여러 가지 아름다운 풍경들을 창 너머로 볼 수 있는 곳〉[23]에 에두아르트를 앉게 한다. 에두아르트가 액자를 통해 볼 수 있는 풍경은 에두아르트가 정원사와 대화하던 이편과 샤를로테의 오두막이 있는 저편의 풍경이다. 액자 속의 풍경은 이쪽과 저쪽에서 볼 수 있는 무한한 공간으로 완성된다. 작품의 처음 부분에 나타나는 에두아르트의 정원은 괴테가 이상적 풍경[24]을 완성하기 위해 필요하다고 지적하는 요소들을 모두 담고 있다. 후에 남작은 대위와 함께 동판화가 들어 있는 영국식 정원기를 바탕으로 정원을 가꿀 계획을 한다. 영국식 정원은 고대 그리스의 정신이 지배하는 곳으로 이상적 자연, 자연 그대로의 자연을 되살리는 것이다. 예술사가 게르슈텐베르크Kurt Gerstenberg도 이상적 풍경을 그리기 위한 필수적인 것으로, 윤곽이 뚜렷하지 않게 그리는 것*Sfumato*, 무한함*Unendlichkeit*[25] 등을 꼽고 있는데, 이러한 요소들은 정원사가 묘사한 풍경에서 찾아볼 수 있다. 여기에서 언급되는 계절은 〈아름다운 4월의 오후 한때〉[26]로, 봄의 태양빛으로 인하여 공간이 흐릿하게 처리되는 스푸마토 기법이 드러난다. 또한 괴테는 미학 논문 「풍경화Landschafmalerlei」에서 클로드 로랭의 풍경화를 〈광활하고, 아련하고, 밝으며, 전원적이고, 매혹적이고-건축학적인〉 것으로 높이 평가하고 있는바, 앞서 말한 〈무한함〉은 〈광활하고 아련하고〉의 부분과 일치한다.[27] 괴테는 미학 논문 「시인으로서의 루이스달 Ruysdael alsDichter」에서 이상적 풍경 속에서 가장 중요한 역할을 지니는 〈부차적 인물*Staffage*〉[28]을 〈전면에서 등을 돌리고 있는〉 인물로 설명하고 있는바, 여기에서 설명되는 부차적 인물이 바로 『친화력』의 처음 장면에서 볼 수 있는 아름다운 풍경 속의 에두아르트와 정원사라고 할 수 있다.

샤를로테와 에두아르트의 사랑은 한때 낭만적이었다. 그러나 현재 결혼 생활은 애정이 식었고 두 사람은 고요한 시골 생활에 무료함을 느끼고 있다. 그들이 영위하는 아르카디아적 전원생활은 『빌헬름 마이스터의 수업 시대』에서 빌헬름이 아름다운 자연 풍경 속에서 읊조리는 구아리니의 『충실한 양치기 *Pastor fido*』적 특성을 지녔다. 괴테는 이탈리아 시인 조반니 바티스타 구아리니Giovanni Battista Guarini의 오페라 『충실한 양치기』를 일찍부터 알고 관심을 가지고 있음을 여러 군데에서 밝히고 있다. 괴테는 그의 누이에게 보내는 1765년 12월 편지[29]에서도, 그가 젊은 시절에 구아리니의 『충실한 양치기』를 이탈리아어로 읽었다고 쓰고 있다. 『충실한 양치기』의 내용은 『빌헬름 마이스터의 수업 시대』 II부 3장에서 마이스터의 감정과 결부되어 다시 등장한다. 〈참아 온 괴로움이 모조리 영혼에서 씻겨 나갔다. 완전히 명랑한 기분이 된 그는 여러 시의 구절들, 특히 『충실한 양치기』를 몇 구절 읊조렸다〉라는 대목이 바로 그것이다. 빌헬름은 마리안네가 성실하지 못했음을 알고 난 후 실연의 상처를 안고 여행을 떠난다. 그리고 낭만적인 장소에 도달한다. 이곳은 빌헬름으로 하여금 마리안네의 불성실에 반하여, 구아리니의 『충실한 양치기』 속에 나타나는 아르카디아에서의 성실한 생활을 기억케 한다. 괴테가 『충실한 양치기』의 구절을 말하는 것처럼 오틸리에와 대위가 나타나기 전 그들의 결혼 생활은 도덕적으로 충실한 전원생활로서 에로티시즘적 요소는 결여되어 있다고 볼 수 있다.[30] 투룬츠의 주석(HA VII, S. 724)에서도 〈괴테의 아버지는 두 종류의 『충실한 양치기』를 가지고 있었는데 특히 구아리니의 오페라를 가지고 있었다. 구아리니의 오페라는 4권으로 된 베로네제 판이었다. 괴테는 이 작품을 바이마르로 가지고 왔다〉라고 언급되어 있다. 샤를로테는 에두아르트와의 결혼을 〈참으로 편안하고, 재치와 여유가 있고, 그리고 아늑하게〉 〈함께 쌓아 올린다〉[31]고 생각한다. 그러나 에두아르트는 샤를로테에 의해 만들어진 〈오두막〉을 〈약간 갑갑하게〉[32] 느껴 자신의 친구인 대위를 초대하자고 제안한다. 그에 대해 샤를로테는 〈친구, 형제, 연인, 부부의 사이가 우연이나 고의로 어떤 새로운 인물이 끼어들어 완전히 변해 버리거나 그 상황이 전복되어 버리는 것을 제 눈으로 목격한 적이 있습니다〉[33]라고 경고하며, 자신들의 결혼과 시골 생활의 정숙함이 깨질 것을 두려워한다. 그러나 에두아르트의 은밀한 속내와 태도가 대위의 초대 문제를 논하는 대화 속에서 드러나면서, 목가적이고 도덕적·문학적 성격을 지녔던 작품의 내용은 에로티시즘 문학의 형태로 전환된다. 그는 아내의 마음을 설득할 수 있음을 느끼면서 자신의 뜻을 관철하여 대위와 오틸리에를 자신의 집으로 부른다. 그 후 샤를로테와 에두아르트의 평온한 아르카디아적 무대에는 대위와 샤를로테, 오틸리에와 에두아르트의 사랑의 감정으로 인해 에로티시즘적 분위기가 감돌게 되면서, 사랑, 이별 그리고 죽음에 대한 이야기가 전개된다.

묘지공원

아르카디아에서의 죽음과 삶

『친화력』에서는 샤를로테가 조성하는 묘지공원을 통하여 인간의 죽음과 삶을 성찰하게 한다. 그러나 괴테는 고대 그리스의 이상적인 아르카디아에서도 죽음이 존재한다는 것을 전제로 한다. 처음으로 아르카디아에 대한 시를 쓴 사람은 고대 그리스 시인 테오크리토스Theokritos다. 그는 아르카디아의 아름다운 초원, 덤불 그리고 부드러운 바람들에 대한 시를 썼다. 그 후 로마 시대에 들어와서는 오비디우스Ovid와 베르길리우스가 아르카디아에 대한 글을 썼다. 오비디우스는 아르카디아에 사는 사람들을 원시적 야만인으로 그린 반면, 베르길리우스는 아르카디아를 예술가들이 생각하는 정신적 고향으로 이상화시키며 아르카디아의 이상적이고 복된 자연 속에 살고 있는 이들도 인간의 한계, 즉 깨진 사랑으로 인한 슬픔과 죽음을 느끼게 되는 인간의 괴로움을 그리고 있다.

베르길리우스의 작품에 따르면, 아르카디아와 같이 이상적이고 복된 곳에서도 깨진 사랑과 죽음이 있기에 〈달콤하고 슬픈〉 우울함[34]이 감돌고 있다고 말한다. 베르길리우스의 작품처럼 샤를로테와 에두아르트가 살고 있는 낙원과 같은 곳에서도 이별과 죽음에 대한 논의가 있다. 소설 마지막에서 오틸리에와 아이가 죽으면서, 다시 한 번 죽음에 대한 사념이 펼쳐진다. 그런 의미에서 샤를로테가 꾸미는 묘지공원에 대한 논의는 인간이 사후에 휴식을 취할 수 있는 묘지를 미학적으로 조성하는 일과 동시에 죽음에 대한 인간의 대응 방식으로서 그 의미를 살펴볼 수 있다.

묘지공원 조성의 의미

『친화력』에서는 에두아르트, 샤를로테, 대위 그리고 오틸리에의 사랑이 주된 이야기이면서도 샤를로테가 조성하는 묘지공원 이야기가 논의되면서 죽음에 대해 많은 시사점을 주고 있다. 『친화력』의 처음 부분에서, 에두아르트가 농장에서 일하다 아내가 일하는 정원을 향해 가는 모습이 다음과 같이 묘사되어 있다. 그는 〈묘지를 넘어 바위산 쪽으로 똑바로 난 한쪽 오솔길을 그대로 두고〉, 〈왼쪽으로 조금 비켜서 우아한 풀숲 사이를 구불거리며 완만하게 올라가는 길〉[35]을 간다. 이 대목은 그가 죽음에 대한 두려움으로 묘지로 가는 길을 선택하지 않고 완만한 다른 길을 택하면서 편안함을 원하는 것으로 이해할 수 있다. 에두아르트는 샤를로테가 묘지를 정리한 것을 보고 센티멘털한 감정을 느낀다.

1825~1827년에 조성된 바이마르 대공가의 영묘. 카를 아우구스트 공작의 요청으로 괴테와 실러도 여기에 묻히게 되었다

샤를로테가 여기에서도 감정이라는 것에 마음을 쓴 것을 발견하고 그는 얼마나 놀랐는지. 옛 기념물을 가능한 한 아끼면서도 눈과 상상력이 즐겨 머물 수 있도록 모든 것을 비교하고 정리하여 놓을 줄 알고 있었다.

가장 오래된 돌에도 그녀는 나름대로 경의를 아끼지 않았다. 담벽에 쌓인 돌들이 연대순으로 정리되거나 끼워지고 혹은 그 밖의 방법으로 정리되었다. 교회의 높은 초석도 다양한 돌들로 다양하게 장식되었다. 에두아르트는 작은 문으로 들어섰을 때 깜짝 놀랐다: 샤를로테의 손을 잡은 그의 눈에는 눈물이 고여 있었다.[36]

샤를로테에 의해 〈담벽에 쌓인〉 묘비는 북유럽에서 볼 수 있는 하나의 형태로, 그리스 시대의 석비와 비교할 수 있다. 파노프스키는 아티카의 석비에서 볼 수 있는 헤어지는 사람에게 손을 내미는 전형적인 모습을 다음과 같이 설명하고 있다.

> 헤르메스-프시코포모스에 의해 저승사자 하데스의 손에 이끌려 가며, 머리는 부드럽게 체념하듯 고개를 숙이고 있다, 남편 혹은 친구와 헤어진다. (……) 아들과 딸들이 그들의 부모와 헤어진다. 물론 이것은 불가능할 수도 있지만, 묘비의 예술은 회상하는 의미였으며, 때때로 죽은 이들은 산 자와 거의 구별할 수 없다.

아테네에서 250년에 순교한 티모테우스Timotheus, 펠레우스Peleus와 파노크리테Panokrite가 새겨져 있는 성유 항아리의 그림도 이와 유사한 의미를 보여 준다.[37] 즉, 묘석을 정리한 샤를로테의 손을 잡고 눈에 눈물이 가득해지는 에두아르트의 모습은 죽음에 직면해 명상에 잠겨 고개를 숙인 채, 이별의 고통을 섬세하게 보여 주는 그리스의 아티카 석비의 변용이라 할 수 있다. 『친화력』은 계속해서 이별과 죽음에 대해 암시한다.

『친화력』의 2부에서 샤를로테는 묘비의 위치를 변경하여, 평탄한 길을 내고 꽃들을 심어 사람들이 휴식을 취할 수 있도록 아름다운 묘지공원을 조성한다. 그러자 조상의 묘지 위치가 바뀐 것에 이의를 제기한 가족의 의뢰를 받은 젊은 법학도가 그녀를 찾아온다. 이를 계기로 샤를로테, 법학도 그리고 건축가는 함께 묘지공원의 의미와 죽음에 대처하는 마음가짐에 대하여 논쟁한다. 그들의 대화에서 우리는 그들이 묘지공원을 이해하는 방식이 바로 죽음에 대한 인간의 두려움을 해소하는 각기 다른 방법임을 알 수 있다. 법학도는 묘비는 죽은 사람이 잠들어 있다는 자리를 표시하는 역할을 가지고 있다고 주장한다. 그는 죽은 이가 묻혀 있는 장소를 인식하고 있다는 사실이 살아남은 자들에게 〈낯선 사람과 악의 있는 사람들을 물리치고 멀리할 권리를 주고〉 〈사랑하던 고인에게 제물을 차려 주며〉 혹은 〈언젠가는 바로 그들 곁에서 쉴 수 있다는 위안을 주는 희망〉[38]을 안겨 주는 것으로 해석하고 있다. 이에 대해 샤를로테는 다음과 같이 말한다.

> 여러 가지 인간관계, 여러 가지 애착, 그리고 삶의 관계 등과 같은 것에 집착하여 끝까지 지켜 가려는 당신의 말씀보다는 죽은 뒤에는 모두 최종적으로 평등하게 되는 것이라고 순수한 마음으로 말할 수 있다면 그 편이 우리의 마음을 편안하게 해줄 수 있을 것이라고 생각해요.[39]

이와 같은 샤를로테의 대답은 죽은 자의 힘을 빼고자 하는 고대 시대부터 이어져 온 사람들의 희망을 의미한다.[40] 샤를로테는 묘지공원을 조성하면서 그 안의 건물들을 예술적으로 장식하는 데 도움을 준 건축가에게 묘지공원 조성의 의미에 대한 의견을 묻는다. 이에 대해 건축가도 샤를로테의 생각과 마찬가지로 묘비 위치를 바꾸는 것은 문제가 되지 않으며 오히려 죽은 이를 추억할 만한 표식이나 문자를 예술적으로 장식하는 것이 더욱 의미 있다고 말한다. 또한 이러한 묘지공원을 조성하는 데 〈엄숙한 대상에서 명랑한 기분을 나타내고, 슬픈 대상을 다룰 때 슬픔에 몰입하지 않도록 하는 것〉이 필요하다는 의견을 피력한다. 그리고 그는 〈인간의 가장 아름다운 기념은 자신의 초상화〉이기 때문에, 죽은 사람의 〈살아 있는 모습을 그대로 유지하고 (……) 다시 생명을 불어넣는 것〉[41]으로 초상화가 가장 적합하다고 말한다. 이어서 그는 살아 있는 자로서 죽은 자에 대한 추억을 가지고 예술적으로 장식하는 의미를 강조하면서, 죽음과 삶을 미학적으로 결부시키려 한다. 그러나 샤를로테는 〈초상화가 언제나 저를(그녀를) 몰래 비난하는 느낌〉[42]이 들어, 자신이 죽은 사람을 소홀히 한 것 아닌가 하는 생각이 든다고 이야기한다. 이 말은 그녀가 죽은 자에 대한 두려움을 지니고 있음을 의미한다. 계속해서 샤를로테는 〈죽은 자에 대해서는 그렇게 끝도 없이 찬사를 아끼지 않으면서, 살아 있는 사람들에 대해서는 언제나 일종의 경계심을 갖고 말하나요?〉[43]라고 말하고 있다. 죽은 자에 대한 끊임없는 찬사란 그리스의 철인 디오게네스의 말 〈죽은 사람에 대해서는 좋은 말만 하라*De mortuis nihil nisi bene*〉와 같은 뜻으로, 살아 있는 자에게 해를 줄 수 있는 죽은 이들에 대한 두려움에서 제식과 같은 찬사로 방어한다는 것을 의미한다.[44]

죽음에 대한 인간의 두려움은 『친화력』의 마지막 장면에서 오틸리에의 죽음으로 다시 거론된다. 소설 마지막 부분에서 에두아르트는 오틸리에의 죽음을 인정하지 않으려 한다. 그는 그녀가 〈살아 있는 사람으로 다루어져야 한다〉[45]고 고집한다. 〈죽었다기보다 잠든 듯한 언제까지나 아름다움이 변하지 않는〉[46] 것으로 묘사된 오틸리에의 모습은 성녀의 차원으로 상승되고 있다. 오틸리에도 임종 자리에서 에두아르트에게 〈살아 있겠다고 약속해 주세요〉[47]라고 다짐한다. 이 말은 〈죽음을 기억하라*memento mori*〉에 대립되는 〈살아야 한다는 것을 기억하라*memento vivere*〉를 연상케 한다. 살아 있겠다고 약속하라는 말은 역설적으로 인간은 죽음을 거부할 수 없음을 뜻한다.

괴테는 『친화력』에서 미학적으로 꾸며진 묘지공원이 살아 있는 사람들과 죽은 이에게도 휴식처임을 밝히고 있다. 동시에 괴테는 묘지공원을 통해 독자들에게 죽음에 대해 고찰케 한다. 즉, 인간은 죽음을 두려워하지만 거부할 수 없으며, 그럼에도 죽음과 삶을 미학적으로 결합하여 죽음으로 인한 고통과 두려움을 부드럽게 표현할 수 있는 것이 바로 묘지공원의 의미다.

명상의 장소

노년의 괴테의 정원

괴테에게 정원은 명상의 장소인 동시에 정신의 창조 능력을 펼칠 수 있는 공간이다. 정원의 이러한 의미는 괴테의 『중국-독일의 사계절과 하루의 시간들 *Chinesisch-Deutsche Jahres und Tageszeiten*』에서 찾을 수 있다. 괴테는 이 책을 쓰는 동안 중국의 문학 작품들을 읽었으며, 중국 소설에 나타난 자연과 인간의 상호 영향력에 대하여 경탄하였음을 1827년 1월 31일 에커만과의 대화에서 밝히고 있다.[48] 『중국-독일의 사계절과 하루의 시간들』은 총 열네 편의 연작시로 구성되어, 봄부터 가을까지 계절과 시간의 변화에 따른 정원과 연관된 자연의 풍경을 묘사하고 있다. 특히 괴테는 멀리 중국 풍경을 상상하면서, 자신의 정원과 가까이에 있는 제후의 공원을 나무, 꽃, 동물 들이 있는 자연 풍경과 더불어 묘사하고 있다. 그는 이 연작시에서 자연의 풍경들을 그리면서 자연의 아름다움과 자연의 근원적인 현상들에 대하여 설명하고, 영원한 자연의 법칙을 자연 과학자의 시선으로 관찰하거나 시인의 마음으로 관조하려 한다. 이 시에서 괴테는 홀로 명상하거나 정신의 창조 능력을 펼칠 수 있는 공간으로 정원을 묘사하고 있다. 14개의 시 중에서 첫 번째 시와 마지막 시에서 우리는 노년에 이르러 모든 일상의 업무와 사교계에서 벗어나, 정원의 물가와 초원에서 생각에 잠겨, 한가로이 글을 쓰고자 하는 그의 소망을 엿볼 수 있다. 연작시의 첫 번째 시 내용은 다음과 같다.

> 우리 고관들이 힘겹게 통치하고,
> 지치도록 봉사하기 위해서는, 무엇을 해야 하는지 말해 주오.
> 이러한 따스한 봄날에
> 북녘에서 벗어나 물가와 초원에서
> 한 잔씩 그리고 하나씩
> 즐거이 마시고, 정신적으로 글을 쓰는 것 외에,
> 할 수 있는 일이 무엇이 있는지를 말해 주오.[49]

70세가 된 괴테는 중국에 관심을 가지고, 옛 중국의 〈고관*Mandarin*〉이 되어 바이마르 공직 사회의 격무에서 벗어나 업무에 지친 심신을 회복하기 위해 자연으로 되돌아왔다. 그는 봄날에 자신의 바이마르 정원에 앉아 즐겁고 평안한 시간을 보낸다. 괴테는 이 시에 나오는 북쪽을 중국에서는 베이징의 궁전, 독일에서는 바이마르로 생각한다. 그는 자신의 은신처인 북쪽 바이마르의 정원 속에서 멀리 중국의 풍경, 상상의 전원을 그리고 있다. 〈하나씩*Zug in Zug*〉

이라는 중국 한자를 붓으로 한 자씩 쓰는 작업을 연상케 하며, 괴테는 중국의 시인처럼 글을 쓰고자 하는 의욕을 밝힌다.[50] 그런데 여기에서 시를 쓰는 장소는 전원적 장소인 〈물가와 초원〉이다. 초원에 있는 물가에서 혹은 나무들이 비치는 물가에서 술을 마시며 시인은 한가로이 작품을 쓴다.

첫 번째부터 열한 번째 시에서는 계절의 변화에 따른 현상들, 즉 봄에 나타나는 자연 현상, 낙원의 모습, 빛의 근원 형상, 공원의 공작새, 여름의 꽃들과 밤의 풍경, 장미의 아름다움, 그리고 마지막으로 이런 자연을 자연 과학 현상으로도 파악하고 있음을 말한다. 그런 가운데 그는 자연을 관조하며 고요히 살고자 하는 마음을 열두 번째 시에서 다음과 같이 표현한다.

> 그대는 옛 꿈속에 깊이 잠겨,
> 소녀와 현자들 대신에
> 장미와 희롱하고, 나무와 이야기하는구나!
> 그것은 찬양받을 수 없으리니,
> 동무들이 다가와
> 그대 곁에 서려고 오니,
> 초원에서 화필과 색채와 포도주로
> 그대와 우리에게 봉사할 길을 찾을지어다.[51]

괴테는 말년에 복잡한 현실 세계에서 벗어나, 정원의 아름다운 풍경 속에서 꽃과 나무와 꿈속에서 대화를 나누며 고독의 세계 속에 안주하려 한다. 그러나 이러한 괴테의 태도는 시의 의미로 유추해 보면 주위 사교계 사람들에게 〈찬양

받을 수 없을 것이다〉.[52] 당시 바이마르 최고의 시인을 주위 사람들이 가만 놔둘 리 만무할 것이다. 사교계 사람들은 그의 고요한 은둔의 세계로 다가와 예술적 주장을 하거나, 화필과 염료를 가지고 그림을 그리기 위해 다가오기도 하며 함께 술을 즐기기 위해 시인에게 다가온다.[53] 열세 번째 시에서 시인은 그들에게 다음과 같이 대답하고 있다.

그대들은 조용한 기쁨을 방해하려는가?
날 술자리에 머물도록 해주오
사람은 사람들과 더불어 가르침을 받을 수는 있으나,
홀로 있을 때만 영감을 받을 수 있으니.[54]

괴테는 자신의 평화를 방해하는 친구들과 동료들과의 사교 모임을 거부한다. 계속해서 그는 자신의 정원 물가 혹은 초원에서 홀로 한 잔의 포도주를 즐기며 글 쓰는 것에 대해 언급한 첫 번째 시의 의미를 되풀이한다. 괴테는 공동의 생활이 중요한 것일지는 모르나, 홀로 있을 때만 정신은 풍요롭고 영감을 받을 수 있다고 말한다.[55]

독락당: 한국 선비의 정원

고즈넉하고 아름다운 풍경이 있는 정원에서 창조적 능력을 발휘할 수 있다는 괴테와 마찬가지의 경우를 우리나라 조선시대 선비의 예에서도 찾을 수 있

베를린에 있는
서울 정원

다. 조선일보 2005년 11월 8일 자에 따르면, 최근 독일 베를린의 마르찬 Marzahn 지역 자유 공원 내에 907평 규모로 한국 조선시대 정원 양식의 〈베를린 서울 정원〉이 완공되었다. 〈서울 정원〉은 조선 시대 성리학자 회재 이언적이 낙향해 학문을 닦으며 은거하던 경북 경주시 안강읍에 있는 독락당(1516년 건립. 보물 제413호)를 본떠 만든 것이다. 박인로는 경주 옥산서원에 가서 회재가 거처하던 독락당을 보고, 그의 『노계집』 3권에 「독락당」이라는 가사를 적었다. 그는 회재의 독락당을 사마광이 은둔하여 살던 독락원과 비교하기도 한다. 그는 이 작품 속에 독락당 주변의 〈층암절벽〉, 〈백척 징담(깊고 맑은 못)〉, 안개에 싸인 〈청계(깨끗한 시내), 조기(낚시터)〉 등의 경치와 이언적이 손수 심은 소나무를 향기 나는 식물에 비유하며 칭송하였다. 또한 벼슬에서 물러나 독락당에서 한가하고 고요한 가운데 생각하고 깨달음을 얻던 이언적이 방 안 가득 책을 놓아둔 모습을 안증과 유하를 좌우에 거느린 공자에 비유하였다.[56] 이런 의미에서 서양과 동양의 문인들에게 정원은 명상의 장소이자 정신의 창조 능력을 펼칠 수 있는 곳이다.

채소밭의 유용성

채소밭도 정원의 범위에 포함시킬 수 있다. 현대인들은 현실의 각박한 삶에서 벗어나기 위해 텃밭 또는 전원주택을 소유하고자 하는 경향을 지니고 있다. 이런 채소밭에 대한 관심은 고대에도 쉽게 찾을 수 있다. 정원에서 꽃, 과일나무, 야채 들을 기르는 일에 관심을 가진 고대인 중 대표적인 사람은 정치가이자 철학자 키케로Marcus Tullius Cicero(B.C. 106~B.C. 43)이다. 그는 『노년에 관하여*De senectute*』에서 장미 가꾸는 일, 농사의 즐거움과 성실을 실행하는 것과 연관되는 작업의 필요성을 역설한다.

이제 나는 나 스스로 믿을 수 없을 정도의 즐거움을 얻게 된 농사일에 입문하게 되었다. 그리고 이 즐거움은 노년이기 때문에 방해받지 않을 것이고, 나는 가장 현자다운 삶을 누리는 것처럼 느끼게 되었다. 즉, 현자의 삶에 가장 가까운 것이다. 사람들은 한 번도 명령을 거부하지 않고, 받은 것에 덧붙여서, 때로는 작지만

대부분 더욱 많은 수확물을 되돌려 주는 대지와 함께해야 한다.[57]

노년의 키케로는 스스로를 농장 소유주로 생각하면서, 노후의 취미 생활에서 작지만 물질적 소득을 얻을 수 있을 것으로 희망하였다. 농장의 열매들은 그의 생에서 이루어 낸 작업의 결실을 상징하여, 키케로는 생의 결실보다 대지의 열매가 더 쉽게 얻을 수 있는 것임을 깨닫는다. 키케로는 노년에 관직에서 물러나 인간이 베푸는 수고와 노력의 대가를 거짓 없이 인간에게 돌려주는 농사의 즐거움과 영혼의 불멸에 대한 믿음을 자연을 통해 영원히 다시 싹트는 과정에서 확인한다. 즉, 자연의 순환이 노년의 지혜와 정원의 일 사이에서 이루어지는 연관성을 만들어 내는 것이다.

말년에 농사일을 하여 결실을 보고 즐거움을 찾던 키케로에게서 보다 실용적인 측면을 보완한 경우는 괴테의 『빌헬름 마이스터의 편력 시대』의 백부의 예다. 백부는 노후의 즐거움을 넘어서 농장에서 농사를 지어 유용한 일을 하고자 한다. 백부는 신의 축복으로 인간이 돌보지 않아도 항상 비옥하고 아늑한 이상적이고 목가적인 정원보다는 자연을 경작하는 농사일, 즉 과일과 채소들을 심고 그 이득을 취하는 실용적인 정원을 염두에 두고 있다. 나아가 그는 채소밭에서 단순히 농사일을 하는 일을 현대적 의미로 발전시키고자 한다. 빌헬름과 펠릭스가 잠시 머물렀던 백부의 큰 정원은 인류에게 유용한 농작물과 과일나무를 재배하며 그 결실을 인근 지역 사람들에게 판매함으로써, 소득과 부의 증대를 획득할 수 있는 장소다. 백부는 단순히 즐기는 유원지나 미학적이고 관조적인 공원에는 관심이 없고, 사람들이 먹을 수 있는 과일과 야채를 경작하는 일, 즉 유용한 일에 봉사하고자 한다.

「타키눔 사니티티스」에 나오는 세밀화: 향수를 만들기 위해 장미꽃을 따는 여인-약초 식물/약초 정원

괴테의 작품에는 대비되는 인물이 자주 등장한다. 『파우스트』 속에서는 파우스트와 메피스토펠레스, 헬레나Helena와 추녀 포르키아스Phorkyas를 대비시키기도 한다. 「성 요셉」의 요셉과 백부도 서로 대조를 이룬다. 『빌헬름 마이스터의 편력 시대』에 나오는 과거에 의존해 사는 성 요셉과는 대조적으로 백부는 미래와 현재의 의미를 중시한다. 그는 〈종교, 전설, 신화, 구비문학 혹은 우화〉[58]를 암시하는 그림을 그의 저택에서 치우게 한다. 그리고 성 요셉과 그의 중세적이고 신화적 종교성의 세계를 거부한다. 「순례하는 어리석은 여신」에 나오는 폰 르반이 중세적인 개념으로 토지를 관리하는 것과 달리, 그는 자신이 구상하는 토지 관리와 개발에 자본주의 체계를 도입한다. 미국에서 돌아온 후 백부는 가족 농장을 경제적인 의미로 재구성하고, 그것을 〈자유로운 사고방식〉으

시인이자 정원사인 앙주의 왕 르네가
정원으로 문이 난 방에 앉아 있다

로 관리하여 〈쓸모없어 보이는 방대한 인접 지역을 사들였다〉.[59] 그에게 경작지를 개척하는 것은 유용하고 실질적인 일이다. 그는 자신의 경작지가 〈공유재산〉이라 말하면서도, 〈높은 담〉과 〈깊은 도랑〉[60]으로 외부의 침입으로부터 농작물을 보호할 필요성을 느낀다.

이러한 실용적 의미의 정원 개념에 대해 『친화력』의 샤를로테는 대단히 비판적이다. 샤를로테는 옛 시대 그대로의 상태를 더 좋아해, 어떤 담도 벽도 없어서 〈강요를 기억하게 하지 않고〉, 사람은 〈완전히 자유롭고 무조건 숨을 쉴 수 있어야 한다〉[61]고 말한다. 그리고 계속해서 조수의 말을 통해 〈유용성〉과 실익을 강조하여 울타리를 세우고 〈자신의 토지에서 이익을 얻으려는 사람〉[62]들을 비판하며, 미학적인 관점에서 정원을 가꾸고, 정원을 인간이 휴식을 취하고

라 켕티니가 그린 왕실 채소밭/실용적인 정원

평온을 찾는 장소로 파악하고 있다.

백부는 모든 종교적 그림을 배제하고 성실한 사람들만의 초상화가 걸려 있는 화랑을 소유하고 있다. 왜냐하면 그는 보이는 것과 잡을 수 있는 것에서 의미를 찾기 때문이다. 그래서 그는 기꺼이 역사적 개인의 초상화를 수집한다.[63] 〈필적〉과 〈성유물〉은 그에게 〈시 자체〉[64]다. 왜냐하면 이것이 과정 속에서 분명한 자리를 보장하기 때문이다. 이런 의미에서 그는 베카리아Cesare Bonesana Marchese di Beccaria와 벤탐Jeremy Bentham의 공리주의 의미를 받아들인다. 그는 〈최대 다수에게 최고의 것을〉이라는 낙천적인 표어를 변형시켜 〈많은 사람에게 원하는 것 *Vielen das Erwünschte*〉[65]을 제한한다.[66]

공리주의를 추구하는 백부는 그러나 단순히 자본주의적 이득만을 추구하지

르 노트르가 가장 좋아했던
샹틸리 성의 미로에서 열린 파티/유원지

않는다. 백부는 그의 소유를 지키는 것이 다른 이의 도움으로 이루어졌기 때문에, 그의 소유물로 취득한 이득을 많은 이들에게 분배코자 한다.

> 자본은 어디서도 공격받아서는 안 된다. 왜냐하면 이득은 세계적 추세에 따라 모두에게 속하기 때문이다.[67]

그는 군주 이상으로 그의 농장을 관리한다. 그 대표적인 예로, 백부는 조카인 레나르도Lenardo의 유럽 여행에 돈을 대기 위하여, 미납금 이자를 지불할 능력이 없는 경건하지만 무능한 소작농을 쫓아내기도 한다.[68] 백부는 〈소유와 토지〉에서 발생하는 이득을 분배하여 단순히 가난한 이들을 돕는 방식보다, 그들이 자신을 〈관리인〉[69]으로 간주하는 편이 더 나은 결과를 볼 것이라고 생각한다.[70] 그는 중세적 관계에서 자본주의적 목표를 추구하고 있기 때문에, 농장의 주민들은 중세 시대와 마찬가지로 백부의 관리를 받으면서 동시에 자본주의적 이윤을 추구한다. 즉 〈그의 이웃은 그로부터 분명한 제한을 허용받기〉 위해서, 〈인내〉와 〈고려〉[71]를 증명해야 한다. 그는 경제적·사회적으로 새로운 질서를 이룩하기 위해서, 과거부터 내려오던 관계를 강압적으로 전복하는 방법을 택하지 않고, 진화론의 방법으로 목표에 도달하고자 노력한다. 그렇기 때문에 백부의 농장에서는 중세 제도의 잔재가 남아 있어, 주민들은 공동체 의식을 지닐 수 있다. 농장의 주민들은 일요일이 되면 정규적으로 함께 모여, 공동체 내부에서 가장 나이 든 사람의 조언을 듣는다. 또한 날씨가 좋을 때면 〈가르침을 받기 위해〉 〈보리수나무 아래에서〉 주민들이 모여 장로회의를 열며, 〈젊은 이들은 댄스를 즐긴다〉.[72] 그 외에 조그마한 방에 앉아 고독 속에서 그들의 양심을 시험해 보기도 한다. 이 행사들은 중세적인 공동체 사회 내부에서 그들이 다음 주일에도 힘차게 유용한 일에 헌신할 수 있도록, 도덕적 선도 역할을 해주는 일종의 종교적인 의미를 지니는 것이다.

백부는 자본주의적 이념에 근거하여 자신의 넓은 채소밭에서 농산물을 경작하여 이윤을 추구하면서, 동시에 중세적 공동체 속에서 주민들이 함께 공유하고 공생할 수 있는 이상적이면서도 실용적인 정원을 추구한다.

괴테에게 자연은 무한한 신의 섭리를 체험할 수 있고, 모든 것을 포괄하면서 예술을 창작해 낼 수 있는 근원적 힘과 영감을 주는 곳이다. 자연의 풍경은 인간의 노력으로 정돈되어, 정원이나 공원의 형태로서 가상적 낙원을 형상화할 수 있으며, 낙원은 고대의 아르카디아적이고 이상적 표상과 일치하기에, 괴테에게 정원이라는 공간은 매우 중요한 의미를 지닌다. 특히 정원의 건축 양식과 자연 풍경에 일찍부터 관심을 가졌던 괴테는 동시대에 특히 독일에서 귀족들의 관심과 노력으로 조성된 영국식 정원에 대해 감탄을 표현하기도 하였다. 공원에 대한 당대 귀족들의 열정은 당시 시민의 감상적 문화에 많은 기여를 하였으며 동시에 그 시대의 시민 문화를 엿보게 한다. 괴테는 정원의 풍경 속으로 확대된 내면과 내면에 숨겨진 정원의 풍경들을 다양한 모습과 양상으로 그의 작품들 속에 구현하고 있다.

■ 주

1 Hannelore Schlaffer: *Klassik und Romantik*. 1770-1830. Epochen der Deutschen Literatur in Bildern, Stuttgart, 1986, S. 61-65.

2 Vgl. Eva Bosshardt: *Goethes späte Landschaftslyrik*, Zürich 1962, S. 14.

3 Vgl. Hannelore Schlaffer: a.a.O., S. 60.

4 Vgl. Eva Börsch-Supan: *Das Motiv des Gartenraumes in Dichtungen des neunzehnten und frühen zwanzigsten Jahrhunderts*. In: Deutsche Vierteljahrschrift für Literaturwissenschaft und Geistesgeschichte, Stuttgart, 1965, S. 87f.

5 GW 5, S. 8.

6 Wolf von Engelhardt: *Goethe im Gespräch mit der Erde. Landschaft, Gesteine, Mineralien und Erdgeschichte in seinm Leben und Werk*, Weimar 2003, S. 5.

7 GW 5, S. 8.

8 Vgl. Arthur Henkel: *Goethe und die Bilder des irdischen Paradieses*. Heidelberg 1982, S. 10.

9 GW 10, S. 214.

10 GW 10, S. 248.

11 Wulf Segebrecht: *Das Gelegenheitsgedicht. Ein Beitrag zur Geschichte und Poetik der deutschen Lyrik*, Stuttgart 1977, S. 299f.

12 Zitiert nach Hannelore Schlaffer: a.a.O., S. 66f.

13 Vgl. Wolf von Engelhardt: a.a.O., S. 5.

14 GW5, S. 54.

15 Vgl. Wolf von Engelhardt: a.a.O., S. 250.

16 Zitiert nach Hannelore Schlaffer: a.a.O., S. 65f.

17 GW 7, S. 96f.

18 GW 7, S. 96.

19 GW 5, S. 30.

20 GW 5, S. 172.

21 Vgl. Wolf von Engelhardt: a.a.O., S. 250.

22 GW 5, S. 168.

23 GW 5, S. 168.

24 Vgl. GW 5, S. 214.

25 Zitiert nach Bernhard Buschendorf: *Goethes mythische Denkform. Zur Ikonographie der "Wahlverwandtschaften"*, Frankfurt am Maun 1986, S. 74.

26 GW 5, S. 168.

27 *Landschaftsmalerei* HA XII, S. 222.

28 *Ruysdael als Dichter* HA XII, S. 140.

29 HA I, S. 22f.

30 Vgl. Bernhard Buschendorf: a.a..O., S. 93.

31 GW 5, S. 172.

32 GW 5, S. 168.

33 GW 5, S. 173.

34 Vgl. Erwin Panofsky: *Sinn und Deutung in der bildenden Kunst*, Köln 1975, S. 352-357.

35 GW 5, S. 168.

36 GW 5, S. 179.

37 Vgl. Erwin Panofsky: *Grabplastik, Vier Vorlesungen über ihren Bedeutungswandel von Alt-Ägypten bis Bernini*, Köln 1964, S. 22ff.

Vgl. Bernhard Buschendorf: a.a.O., S. 115ff.

38 GW 5, S. 291f.

39 GW 5, S. 292.

40 Vgl. Bernhard Buschendorf: a.a.O., S. 120.

41 GW 5, S. 293.

42 GW 5, S. 294.

43 GW 5, S. 294.

44 Vgl. Bernhard Buschendorf: a.a.O., S. 120.

45 GW 2, S. 416.

46 GW 2, S. 420.

47 GW 2, S. 416.

48 MA 19, S. 205.

49 GW 2, S. 209.

50 Vgl. Eva Bosshardt: a.a.O., S. 148.

51 GW 2, S. 213.

52 Vgl. Andreas Anglet: *Die lyrische Bewegung in Goethes "Chinesisch-Deutschen Jahres- und Tageszeiten"*, In: Goethe-Jahrbuch, Bd. 113 1996, S. 178-198. hier, S. 193.

53 Vgl. Eva Bosshardt: a.a.O., S. 177.

54 GW 2, S. 213.

55 Vgl. Eva Bosshardt: a.a.O., S. 178.

56 김문기 역, 『국역 노계집』, 역락, 1999, 164면.

57 zitiert nach Hannelore Schlaffer: *Das Alter. Ein Traum von Jugend*, Frankfurt am Main 2003, S. 41f.

58 GW 7, S. 66.

59 GW 7, S. 85.

60 GW 7, S. 46.

61 GW 5, S. 348.

62 GW 5, S. 349.

63 André Gilg: *Wilhelm Meisters Wanderjahre und Ihre Symbole*, Zürich 1954, S. 51.

64 GW 7, S. 82.

65 GW 7, S. 68.

66 Marianne Henn: *Goethes Verhältnis zum Überlieferten in seinem Alterswerk*, Heidelberg 1986, S. 177.

67 GW 7, S. 71.

68 Vgl. GW 7. S. 133f.

69 GW 7, S. 71.

70 Marianne Henn: a.a.O., S. 177f.

71 GW 7, S. 84.

72 GW 7, S. 85.

5 시와 그림 : 『빌헬름 티슈바인의 전원생활』

시인과 화가의 공동 작업사: 『빌헬름 티슈바인의 전원생활』 성립사

빌헬름 티슈바인은 독일 헤센 지방의 화가 집안 출신이다. 그는 괴테가 로마에 오기 전부터 편지 교환을 하였으며, 괴테가 1786년 로마에 도착하면서 그들의 우정 관계는 본격화되었다. 캄파냐Campagna의 폐허 사이에 여행복 차림으로 그려져 있는 괴테의 초상화는 그를 모델로 하여 그린 티슈바인의 유명한 작품 중 하나이며, 괴테의 초상화 중 가장 유명하다.[1] 이 그림은 그리스 시대의 옷을 걸친 괴테가 멀리 보이는 그리스 로마 시대의 폐허 속에 앉아 있는 모습을 그린 것으로, 화가의 실수로 괴테의 두 발이 왼발의 형태로만 되어 있는 것으로 더욱 유명하다.

괴테는 『이탈리아 기행』의 1786년 11월 20일 자 글 속에서 〈시인과 예술가가 원천에서부터 하나의 일체감을 형성하기 위해 함께 일해야 한다는 티슈바인의 대단히 갈채를 받을 만한 생각〉[2]을 언급하고 있다. 티슈바인의 이러한 아이디어에 대해 괴테도 당시에 기꺼이 동참하려 했으며, 〈새로운 것을 시작하려는 두려

티슈바인의
표지 스케치

움이 나에게는 없었다〉라고 말하고 있다.[3] 그러나 그들의 공동 프로젝트는 두 개의 표지 동판화 스케치만 남겨 놓았을 뿐 중단되었다. 티슈바인의 표지 스케치들은 『빌헬름 티슈바인의 전원생활』의 성립사에 대해 암시하고 있는데, 괴테와 티슈바인은 나폴리로 여행을 가서 베수비오 화산의 폭발을 목격하였다. 『이탈리아 기행』에 이 일을 상세히 기록했으며, 베수비오 화산의 폭발 장면을 직접 그리기도 하였다. 티슈바인의 표지 스케치 중 하나는 수평선 앞에 나폴리의 베수비오 화산으로 추정되는 배경이 있고,[4] 그 전면에는 전원시*Idylle*를 *Idlie*로 잘못 표기한 돌판이 과일나무에 기대어 있다.[5] 또 다른 하나는 자연 풍경 속에서 한 여자가 큰 돌판 위에 〈괴테 역시 이곳에 있었으며 우리에게 한 편의 전원생활을 노래해 주었다*Auch Goethe war hier und sang uns eine Idille*〉라는 제

티슈바인의 자화상

목을 쓰고, 다른 여자는 돌판에 기대어 그 장면을 바라보는 그림이다.[6]

괴테와 티슈바인은 1787년 1월 로마에서 나폴리로 여행을 떠났다. 괴테는 티슈바인과 함께 시칠리아로 갈 계획을 세웠으나, 티슈바인은 직장을 구하기 위해 나폴리에 남게 되었다. 대신 괴테는 티슈바인이 소개해 준 32세의 크리스토프 하인리히 크니프를 동반하였다.[7] 공동체 생활에서 으레 나타나듯 괴테는 티슈바인에게서 예술가의 이기주의를 발견하게 되어, 두 사람의 우정은 1788년 괴테가 바이마르에 되돌아온 이후에는 지속되지 않았다. 그 후 괴테는 헤르더에게 보내는 1789년 3월 2일 자 편지 속에 티슈바인에 대해 날카로운 비평을 하였고, 그 후 그들의 우정은 결렬되었다.[8]

수년이 지난 후 괴테와 예전 관계를 회복하려고 노력한 것은 티슈바인이었다. 그는 1805년 자신의 스케치들이 가득 들어 있는 책을 안나 아말리아 폰 바이마르Anna Amalia von Weimar 공작부인에게 보냈고, 그녀는 티슈바인을 높이 평가해 후원자가 되었다. 그러면서 그는 괴테도 다시 만나게 되었다. 괴테는 화가 친구와 로마에서의 우정 관계를 약간의 유머를 곁들여 언급하는 티슈바인에게 보내는 네 편의 헌정 시(「그대가 생각하는 모든 것Alles, was du denkst」, 「우선 독일인Erst ein Deutscher」, 「선을 위하여Für das Gute」, 「인간 대신에Statt den Menschen」)를 썼다. 이 시들은 괴테가 그림을 보내 준 티슈바인에게 감사의 마음을 표현하고, 과거를 기억하면서 티슈바인이 잘 지내기를 바란다는 내용을 담고 있다. 그 외에 두 사람은 짧은 편지 교환도 하였다.[9] 그러나 이 시 속에도 옛 관계를 되살리고자 하는 괴테의 의지는 표현되지 않고 있다. 1821년까지는 두 사람의 관계가 완전히 회복되지 않았다.[10]

1821년 3월 1일 티슈바인은 괴테에게 편지를 보냈다. 편지 속에서 그는 1807년부터 자신을 고용한 올덴부르크 공작을 위해 유화로 완성한 50여 개의 〈전원생활〉 그림들에 대해 설명하면서,[11] 그의 편지 가장자리에 「안개의 요정」(15번 그림)을 펜으로 그려 보냈다.[12] 괴테의 편지와 일기에 따르면, 그는 1821년 6월 27일 아델레 쇼펜하우어와 함께 이 그림을 보았다. 그 후 6월 3일 자 티슈바인에게 보내는 편지 속에 그는 대단히 즐거운 마음으로 그림을 보았다고 적고 있다. 괴테는 티슈바인에게 다른 그림들도 보내 줄 것을 요청하였다. 그리하여 그해 티슈바인은 〈전원생활〉의 주제를 중심으로 그린 수채화들 중에서 작은 크기(33×27cm)의 그림 열일곱 점을 포장하여 바이마르로 보냈다.[13] 원본은 올덴부르크 공작의 소유여서 수채화를 초록색 표지로 제본하여 바이마르에 보냈던 것이다.[14] 그러나 현재 우리가 보는 티슈바인의 전원생활의 그림들은 초록색 화집의 것이 아니다. 괴테는 이 초록색 화집을 티슈바인에게 되돌려보냈다. 괴테는 자신의 탁월한 기억력에 대해 믿음을 가지고 있었기 때문이다.[15] 초록색 화집은 올덴부르크 공작의 소유가 되었다. 그러나 이 화집은 후에 소실되었으며, 티슈바인의 그림들은 여러 곳에서 개별적으로 출판되었다. 그 후 에리히 트룬츠Erich Trunz는 티슈바인의 스케치들과 괴테의 시들을 함부르크의 출판사 〈책들의 친구들〉에서 출판하였다. 트룬츠에 의해 출판된 그림들은 올덴부르크가 소지한 유화의 재생본이다.[16] 괴테는 이 그림을 보고 시를 쓰고자 하는 영감을 얻었고, 로마에서 계획했던 전원생활에 대한 산문도 완성하였다. 괴테는 산문과는 별도로, 하나하나의 그림에 대한 시를 자필로 완성하여, 1822년 잡지 『예술과 고대에 대하여*über Kunst und Altertum*』에 실었다.[17] 그 후 괴테는 1827년 〈빌헬름 티슈바인의 전원생활〉이라는 제목으로 그 시들을 자신의 시집에 첨부하였다.[18]

시인과 화가의 예술론

괴테의 『빌헬름 티슈바인의 전원생활』에 실린 시와 산문, 그리고 이에 해당되는 티슈바인의 그림들의 주제는 〈전원생활〉이다. 괴테와 티슈바인의 작품은 시인과 화가가 서로의 우정을 바탕으로 시작하여 탄생된 작품이다. 또한 괴테의 산문과 시 작품은 티슈바인의 그림들에 대한 괴테의 예술서 내지는 설명서라고 평할 수 있다. 〈전원생활〉이라는 테마에 대해 티슈바인은 스케치로 시작하여 유화로 완성하고, 괴테는 21개의 짧은 스케치적 성격을 지닌 시를 창조하고, 이어서 산문으로 티슈바인의 그림과 시의 내용과 상황을 묘사하고 설명하고 있다. 그는 티슈바인이 그린 그림의 구성과 색채, 그리고 그의 예술의 특징과 본질에 대해서는 언급하지 않는다. 트룬츠가 티슈바인의 그림과 함께 괴테의 〈빌헬름 티슈바인의 전원생활〉이라는 제목으로 출간한 저서에서 설명한 것처럼, 괴테는 티슈바인이 제공한 그림들 중에서 전원적 자연, 목양신, 케이론, 요정들 그리고 친구의 모티브를 중심으로 시로 전환시키고 산문으로 부연 설명하고 있다. 리머Riemer가 괴테에게 보낸 1821년 10월 17일 자 편지는 이 작품에 대한 정확한 이해를 제시한다.

> 전원생활에 대한 공동 작업은 일반적으로는 생각할 수 없는 것이나 결과적인 면에서 생각해 보면 그 효과가 서정적이고 대단히 재치가 있다. 그 작업은 인간의 가장 중요하고 가장 진지한 순간들, 그리고 인간이 존재하기 오래전에, 그리고 그에 앞서서 존재했던 것, 그리고 인간이 존재하고 난 뒤에 그렇게 계속 머물러 있을 것을 고려할 때 요구되는 정서와 감정 속에서 탄생되는 것이다. 그 외에도 나는 시의 모든 것이, 아니 대부분이 특이한 것을 표현하고 있다고 말하고 싶다. 언어로 표현해야 한다면; 이 속에서 어떤 일반적인 것, 보다 높은 것이 오성의 작업을 통해서 개념으로, 이미지와 정서의 작업을 통해서는 개인적인 변용으로, 다시 말해 시적인 표현으로 구성되며, 마침내 어떤 특별한 것을 다시금 자극하는 것이다.[19]

리머가 지적한 것처럼 티슈바인과 괴테가 〈전원생활〉이라는 주제를 가지고 공동 작업을 통하여 그림, 시, 산문으로 표현한 것은 당시엔 새로운 양식이었다. 우정, 예술, 문화와 자연의 대립, 풍경, 자연 과학 그리고 원소로서의 자연, 신화 속의 인물, 즉 목양신과 케이론, 물과 공기의 요정들, 새벽의 여신, 시간과 계절의 여신 그리고 인간의 만남과 이별 등을 티슈바인은 그림으로, 노년의 괴테는 시어로 표출해 냈다. 다시 말해 화가와 시인은 인간에게 오래전부터, 그리고 항상 내재되어 있는 일반적이면서도 특별하다고 할 수 있는 인간의 근원적 정서와 감정을 때로는 개념으로 때로는 시적인 변용의 형태로 표현하고 있다.

괴테와 티슈바인의 우정의 역사

괴테는 『빌헬름 티슈바인의 전원생활』의 서시를 부연 설명하는 산문에서 호메로스 시대의 영웅적이고 목가적인 풍경에 관심을 가지고 있는 티슈바인의 예술 세계를 설명하고 있다. 그리고 시에서 접속사 〈~처럼〉의 뜻을 지닌 〈*wie*〉를 쓴 두 구문을 통해, 그가 〈청년 시절부터〉[20] 〈산과 계곡〉[21]을 지나 〈티베르 강〉이 있는 로마로 여행하는 〈활기찬 삶의 과정〉[23]에서 교양을 획득했음을 말하고 있다. 그러고 나서 곧이어, 보고 경험한 것을 표현해 내는 티슈바인의 능력이 언급된다. 괴테가 여기에서 언급한 교양과 경험은 1822년 카를 구스타프 카루스Karl Gustav Carus가 그에게 보낸 두 통의 편지 내용과 상응한다. 카루스의 편지들은 그 후 1831년 책으로 출간되었는데, 이 편지들은 풍경화와 풍경화가에 대한 일종의 이론서로 평할 수 있다. 카루스는 이 책에서 풍경화를 그리는 화가는 〈높은 교양과 경험〉을 지니고 있어야 한다고 말하고 있다.

괴테는 산문에서 계속 두 사람이 로마에서 가졌던 공동의 과거, 즉 화가 티슈바인이 시인에게 풍경을 보고 그리는 법을 가르쳐 주었던 일과 서로의 긴밀했던 우정에 대해서 말한다. 즉, 〈친구와 친구는 똑같이 사랑했었고〉[24] 〈서로 다정하게 가르침을 주면서 지속적인 관계〉[25]를 유지하고 있었다는 것이다. 그리고 괴테는 티슈바인이 자신에게 작품을 보내 생기를 불러일으킴으로써 작품을 쓰게 되었음을 자세히 설명하며, 〈이러한 열정이 아직도 영향을 주었다〉[26]라고 표현하고 있다. 마지막으로 괴테는 티슈바인이 자신이 체험한 것을 눈에 보이고 이해 가능한 세계로 표현하기 위해 신화 속의 인물인 목양신과 여성의 모습으로 〈시적·조형학적〉[27]으로 형상화시키고 있다고 밝히고 있다. 그러나 애석하게도 서시에 해당하는 티슈바인의 그림은 트룬츠 전집에서는 찾아볼 수 없다.

문화의 무상함과 자연의 영원함

서시와 마찬가지로 1번 시에 해당하는 티슈바인의 그림 또한 현재는 찾을 수 없다. 괴테의 1번 시는 다음과 같이 시작한다.

> 고귀하고 화려한 건물은 무너져 버리고,
> 담은 쓰러져 있고, 아치만이 남아 있다.[28]

괴테는 유한한 인간과 무한한 자연의 만남을 대립적 관계로 파악한다. 그는 인간이 만든 작품들은 영원히 지속적으로 존재할 수 없다는 사실을, 건물과 담은 모두 무너져 버리고 아치만이 남아 있는 초현실적인 형상으로 그려 내고 있다. 그러나 자연은 이와 반대로 소멸과 생성을 되풀이하며 지속된다. 괴테는 이를 다음과 같이 표현하고 있다.

땅에는 새로운 씨앗들이 흩어져 있고,
(……) 자연은 그대로다.[29]

계속해서 시의 두 번째 부분은 어머니 대지인 자연은 파괴된 것과 사라진 것에 힘을 주고 생기를 부여하는 내적인 힘을 지니고 있음을 다음과 같이 말하고 있다.

그리고 모든 이에게 삶의 향유를 부여하며,
당신의 아이들 모두 어머니, 대지의 품으로 보듬어 주는도다.[30]

어머니 대지의 모습은 새끼를 위해 처마에 보금자리를 마련해 주는 어미새의 모습으로 형상화된다. 이어서 풍경의 모티브는 또다시 시간의 문제와 연관된다. 시간의 개념은 자연의 영원함과 문화와 예술의 무상함으로 구분된다.

그대는 과거의 고귀한 폐허들을
수리하는가.

그러나 시인은 두 개념이 결국에는
함께 어우러져 있음을 깨닫고 다음과 같이 말한다.

(……) 오 인간이여, 묘석 위에서 즐길지어다.[31]

괴테는 이 문장을 통해 죽을 수밖에 없는 인간은 변화를 계속하지만 영원함을 유지하는 자연 풍경 속의 묘석을 바라보고 관조하며 무상함과 영원을 생각하고 있음을 말하고 있다. 1번 시는 자연 풍경을 묘사하고 끝을 맺는다.

자연의 풍경

이상적 자연

괴테의 2번 시와 이에 해당되는 티슈바인의 그림 또한 문명과 동떨어지지 않은 숲, 강, 산 그리고 태양이 있는 자연의 풍경을 그리고 있다. 2번 시의 내용은 다음과 같다.

> 숲들과 강이 있는
> 밖으로 우리를 인도하는,
> 인간의 정신은 아름답도다.
> 가파른 산허리에,
> 태양이 뜨고 지며
> 신과 자연을 경배하도다.[32]

어깨동무를 한 두 목동
티슈바인의 스케치

숲과 강이 있는 언덕, 그리고 태양이 있는 문명화되지 않는 이상적 풍경 속에서 우리는 자연의 신성함을 만날 수 있다. 괴테는 풍경을 통하여 현현되는 신, 즉 자연을 찬양하고 있다. 괴테는 산문 텍스트에서 시의 내용을 보충하면서 티슈바인의 그림을 설명하고 있다.

> 바다에서 태양이 지고 두 명의 젊은 친구들이 다정하게 어깨동무를 하고 높은 곳으로 올라간다. 그들은 마지막 햇살을 받으며, 풍성한 그 지역을 바라보면서 서로 그리고 함께 생기를 북돋워 준다.[33]

티슈바인의 그림에서 고대인의 복장을 한 두 목동은 관찰자에게 등을 돌리고, 숲에서 태양이 지는 바다의 풍경 속으로 걸어 들어간다. 괴테의 설명과 마찬가지로 티슈바인도 의도적으로 목동의 모습을 전면에 배치시켜 놓고, 독자들에게 등을 보이며 풍경을 바라다보는 그들의 자세를 통해 화가의 관심이 바로 배경에 있는 풍경임을 이야기하고 있다.

정원의 자연

3번 시에 해당되는 티슈바인의 그림에서 화가는 2번 시의 풍경 속에 있던 세 가지 종류의 그림만[34] 독립시켜 다시 한 번 그 나무들을 그리고 있다. 제목은 〈프라스카티에 위치한 알도브란디니 별장 공원의 나무들〉이다.

숲 속의 나무와 나무들이,
형제처럼 가까이 있다면,
방랑하는 것이 허용되고
꿈은 방해받지 않을 것이다
그러나 하나하나의 친구들이
서로 장식하려 한다면
아름다운 전체가 되리라[35]

이 시는 인간의 손이 닿지 않은 자연과 정원의 인공적이고 장식적인 풍경을 묘사하는 두 개의 부분으로 구성되어 있다. 시의 처음 부분에서 괴테는 자연 속

알도브란디니 별장 공원의 나무
티슈바인의 스케치

에서 다른 종류의 나무들이 〈형제처럼〉 결합되며 성숙하는 것을 그리고 있다. 괴테는 숲 속의 나무들을 하나씩 개별적으로 보지 않고, 전체적인 숲의 의미로 보고 있다. 그러면 나무는 숲이 되고, 숲은 환경을 조성하여 방랑과 꿈을 가능케 한다는 것이다. 접속사 〈그러나〉 다음 구절에서는 방랑과 꿈에 대한 구체적 언급은 되어 있지 않으며, 나무의 또 다른 풍경을 말한다. 괴테가 티슈바인의 그림 제목을 〈프라스카티에 위치한 알도브란디니 별장 공원의 나무들〉라고 하였듯이, 시의 두 번째 부분은 알도브란디니 공원에 자라는 나무들의 풍경, 즉 정원사에 의해 예술적으로 조성된 공원의 나무에 대해 말한다. 〈하나하나〉의 나무들은 개별적이면서도 서로를 장식하고 서로에게 종속되면서 〈아름다운 전체〉를 형상화한다는 것이다.

풍경의 의미

사교적인 모습을 찬양하는 3번 시와 고독의 이미지를 그리는 4번 시는 서로 대조를 이룬다. 3번 시는 세 그루의 나무가 마치 한 형제인 듯한 다정한 모습으로 묘사되면서, 인간이 사회 속에서 영위하는 사교적인 삶의 모습을 보여 주며 삶의 찬양으로 끝맺는다. 4번 시는 고독하게 서 있는 한 그루의 떡갈나무를 묘사한다. 괴테 스스로 〈의인화된 시〉[36]라고 언급하는 4번 시와 이에 해당되는 티슈바인의 그림은 3번 시와 그림에 나타나듯이 서로 모여 있는 나무들의 형상과 달리 습기 찬 물속에서 홀로 성장하는 떡갈나무[37]를 묘사하고 있다. 티슈바인의 그림 제목은 〈어느 호숫가의 떡갈나무*Eiche an einem See*〉다. 이 그림에 대한 산문에서 괴테는 떡갈나무의 고독한 모습을 의인화하고 있다.

> 습기 찬 물속에서 고독하게 성장하는 늙은 나무는 어두운 숲에서 빛을 발하며, 거울과 같은 수면 위에 스스로를 비추고 있다.[38]

티슈바인의 그림 속에 묘사된 떡갈나무는 마치 군주와도 같이 위엄 있는 모습으로, 많은 것에서부터 떨어져 고독하게 물 한가운데서 자신의 발아래 하늘과 자신의 모습을 반사하고 있는 모습이다. 괴테는 이러한 떡갈나무에 대해 다음과 같이 묘사한다.

> 그렇게 삶을 즐겨라,
> 고독은 지고의 자산이다.[39]

떡갈나무
티슈바인의 스케치

괴테는 대가로서 자신이 말년에 친지들과 동떨어져 외로움을 즐기려는 모습을 떡갈나무에서 찾았을 것이다. 이처럼 4번 떡갈나무의 시는 후기의 다른 시들[40]에서 자주 볼 수 있는 격언적 어투로 끝맺고 있다. 예를 들어 괴테의 시 「중국-독일의 사계절과 하루의 시간들」에서도 괴테는 〈그대여, 오늘 활동적인 것을 여기 이곳에서 정진하도록 하여라〉라며 현재에 대해 격려하고 자극하는 격언적 말투로 끝맺고 있다.

이상적인 자연이나 인위적으로 조성된 자연의 풍경 속에서 괴테는 하나하나 삶의 의미를 찾아가고 있다. 자연은 때로는 신성한 신의 모습으로, 때로는 고독하지만 군주와 같이 고고한 떡갈나무의 모습으로.

인간의 사교 모임

4번 시에서 고독을 즐기려던 시인은 곧바로 5번 시에서 사교 모임의 의미를 이야기한다. 5번 시에 대한 티슈바인의 그림은 존재하지 않고 초록색 화집의 원본은 분실되었다. 그러므로 우리는 괴테의 묘사를 통해서 티슈바인의 그림 내용을 유추할 수밖에 없다. 산문 텍스트에서 괴테는 목동과 판이 피리를 불며 음악으로 대결하는 모습과, 이 음악에 맞추어 요정들이 춤추는 모습을 그려 내고 있다. 시인은 다음의 시로 음악의 세계를 펼치고 있다.

> 그대들이여 아름다운 이들이
> 귀를 통해 마음을 사로잡고자 하는 것을 보았는가?
> 피리는 아름다운 이들을 위해 울려 퍼진다,
> 다른 이들을 위해서는 판의 피리 소리가 울려 퍼진다.[41]

목동과 판이 피리를 불며 대결하는 모습
티슈바인의 스케치

산문에서는 〈이 그림은 우리로 하여금 고독에서 재빨리 벗어나게 하여 활기차고 편안한 모임으로 이끌어 간다〉[42]라고 말하며 사교 모임에서 춤과 음악의 의미를 강조한다. 괴테는 이 시를 통하여 앞의 시들이 보여 주는 고독한 자연 풍경을 음악과 춤이 있는 사교 모임의 세계로 전이시키고 있다. 그러면서 산문 텍스트에서 목동의 피리와 판(목양신)의 피리가 울려 퍼지니 음악에 귀 기울일 수 있게 이제 〈침묵하자〉[43]고 말하며 끝을 맺는다. 5번 시의 목동과 판의 피리 소리는 다음 6~8번 시에서 교육의 의미로 연결된다.

목양신과 케이론: 교양과 교육

괴테는 목양신에 대해서 6번 시와 7번 시에서도 교육과 교양과 연관 지어 형상화시키고 있다. 괴테가 스스로 산문 텍스트에서 일컫듯이 〈성 가족〉[44]에 대한 그림과 관련된 6번 시와 7번 시의 내용은 다음과 같다.

오늘도 낙원의
초원에서 양들이 풀을 뜯고,
염소들은 바위 사이를 뛰어다닌다;
우유와 과일은 영원히
노인과 어린이의 자양분;
어머니의 팔은 어린아이의 요람
아버지의 피리 소리는 귓가에 울려 퍼지고,
자연은 예전과 다름없도다

그들이 사랑하는 이들에게 열중하는 동안
은빛과 황금빛, 대지와 하늘
그러기에 성실하고 자유로이 느끼리라
친구여 행복하기를! (6번 시)[45]

목양신이 그의 아이에게 피리 부는 법을 가르쳐 주고 있다.

어른들은 피리를 불고,
그 소리는 아이의 마음을 사로잡는다;
아버지들이 노래 부르는 것을
명랑한 아이들이 따라 부르고,
오! 그렇게 아름다움에
일찍부터 일찍부터 익숙해져 있다,
그렇게 양의 다리,
양의 귀를 하고 그들은 태어났음에도 불구하고. (7번 시)[46]

괴테의 6번 시와 이에 해당되는 티슈바인의 그림은 아르카디아의 상태를 묘사한다. 그림의 내용은 〈성 가족〉, 즉 요정과 같은 아이들, 어머니 그리고 아버지 목양신과 숲이 있는 풍경이다. 양들과 염소들이 뛰어다니고, 우유와 음식이 풍부한 전원의 모습은 구약 성경에 나오는 낙원의 모습과 일치한다. 『파우스트』의 아르카디아에 대한 찬양의 노래도 이 시의 내용과 흡사하다.

〈성 가족〉
티슈바인의 스케치

산등성이에는 뾰족한 산봉우리가
태양의 싸늘한 광선을 견디고 있고
바위에는 푸르스름한 빛이 보이며,
염소들은 모자라는 먹이를 뜯어먹고 있나니
(……)
목양신 판은 그들을 보호하고 요정들은
덤불이 무성하여 축축하고 신선한 공간의 계곡에 살고 있나니
빽빽하게 들어선 자그마한 나무들은
보다 높은 곳을 향하여 동경에 넘쳐 바라보고 있다
(……)

그리고 고요한 숲의 그늘에서는 어머니 품과 같이
아이와 양들을 위해 준비된 따뜻한 우유가 솟아오르고 있도다;
대지의 풍요로운 음식인 과일이 가까이 있고
그리고 움푹 파인 등걸에서는 꿀이 흘러내리고 있다.(9526ff)[47]

아르카디아에 대한 괴테의 표상은 전형적이다. 덤불이 무성한 숲, 과일과 음식이 풍요로운 곳, 양들과 염소들이 초원 위에 뛰어다니며, 목양신과 아이들 그리고 요정들이 평화로이 사는 곳이다. 이 시는 색채의 묘사가 독특하다. 〈은빛과 황금빛, 대지와 하늘〉. 이 시구는 대지는 은빛이고 하늘은 황금빛이거나 대지와 하늘이 있는 곳에서 은빛과 황금빛을 볼 수 있을 것으로 유추할 수 있다. 다시 말해 형용사가 어떤 명사에 결부되는지가 불확실한 점이 이 시의 매력을 더한다. 은빛 톤은 안개 같은 증기가 있음을 느낄 수 있는 색으로, 풍경의 형태를 불분명하게 보이도록 한다.[48] 고전주의 화가들은 풍경을 그릴 때 스푸마토, 즉 윤곽이 뚜렷하지 않게 그린다. 이런 기법을 통해 고전주의 화가들은 색깔을 잘 조절하여 뿌옇게 채색된 색채로 꿈속에서 볼 수 있는 아련한 이상형을 그리는 것이다. 6번 시에서 7번 시로 넘어가면서 풍경보다는 〈성 가족〉이 그림의 중심에 서고, 작품의 내용은 더욱 교훈적이 된다.

7번 시에 해당되는 티슈바인의 그림 내용은 아이가 어머니의 품에 안겨 있고, 아버지 목양신은 피리를 불며 옆에 앉아 있다. 그림은 가족의 전원생활에 초점을 맞추고 있다. 아버지 목양신의 머리는 그림 중앙에 있으면서 그림의 구성상 축을 이룬다. 아버지의 팔과 다리의 선은 산의 허리와 평행을 이루는 사선이다. 어머니와 아들의 시선은 그들이 앉아 있는 바위의 선과 또 다른 대각선을 이룬다. 바위 위에 열매가 놓여 있다. 그림 오른쪽의 소나무 가지는 반복적이며 단조롭게 구성되어 있다. 고요한 자연의 풍경은 풍경이라는 무대 장식에 의해 에워싸여 있는 인물들을 장식하는 역할만 할 뿐이다. 왜냐하면 이 작품의 중심은 인간이고 괴테가 산문 텍스트에서도 지적한 것처럼, 인간의 〈도덕의 시작〉[49]을 말하는 것이기 때문이다. 괴테가 자신의 산문 텍스트에서도 강조하듯이, 목양신은 염소의 다리와 귀를 가진 조야한 모습을 지녔으나, 신화 속 역할처럼, 〈드높은 교양〉[50]과 예술의 아름다움을 자녀에게 가르쳐 주는 교육의 의미를 보여 주는 역할을 한다.

7번 시에 나오는 교육의 문제는 8번 시에 등장하는 신화 속에서 반인반마지만 교육자인 케이론Cheiron에 대한 묘사와 더불어 반복된다. 케이론은 의술과 사냥에 뛰어나, 헤라클레스와 아스클레피오스·이아손·디오스쿠로이·아킬레스·악티온 등 많은 영웅들의 스승이었다. 『파우스트』 II부의 케이론에 대한 묘사는 다음과 같다.

> 당신은 위대한 분, 고귀한 교육자, 영웅적인 민족을 교육하여 명성을 높였소.(7337f)[51]

『파우스트』에서도 케이론은 현자로 등장하는바, 7번 시에서도 〈고귀한〉[52] 모습과 〈진지한〉[53] 눈빛을 지닌 것으로 묘사되는 신화 속의 반인반마 케이론은 위대한 교육자의 원형이다.

이별

연인들의 사랑과 이별

티슈바인의 9번 그림은 목동과 여자 목동인 두 연인이 현재의 성스러운 사랑의 환희를 향유하면서도, 환희 뒤에 곧 다가올 이별을 생각하며 슬퍼하는 모습을 표현한 것이다. 티슈바인이 배경을 어둡게 하고, 센티멘털한 연인을 환하게 보여 주려 했던 의도를 괴테는 다음과 같이 설명하고 있다.

> 서로 위로하고 있도다,
> 고통조차 환희로 느낄 수 있는 것은
> 성스러운 사랑[54]

괴테는 산문 텍스트에서 다음과 같이 설명한다.

예술가는 서로 얽혀 있는 목동의 나선형 지팡이의 손잡이를 바닥을 향하여 놓고 있기에, 연인들은 외롭지 않다.[55]

괴테는 두 연인이 느끼는 이별의 아픔이 그림에서 표현된 부드러운 선을 통하여 완화되고 있음을 말한다. 서로를 감싸는 연인의 손에서 느낄 수 있는 부드러운 곡선, 머리를 구부리고 있는 두 마리 양의 머리 모양, 서로 얽히고 연결되어 있는 바구니의 조직 등이 그것이다. 괴테는 풍경에 대하여는 더 이상 이야기하지 않으려는 의도를 산문에서 다음과 같이 설명하고 있다.[56]

그렇게 우리는 전원생활의 영역을 마치려 합니다. 동물적인 것을 감각적으로 다루는 예술가에게 감사하기보다는, 아니 오히려 우리가 전원생활에서 걸어 나와 보다 높은 것, 초인간적인 것에 더욱더 친근함을 느끼고 수용하며 즐기는 것입니다.

그리고 계속해서 시에서 〈그러나 동경과 그리움은/지상의 것이며 가까이에 있도다〉라고 말하고 있다. 이 말은 전원생활에 대한 묘사는 여기에서 끝낸다는 것이며, 그뿐만 아니라 인간적이고 지상적인 것을 보다 높은 형상으로 표현하려는 자신에게 초자연적인 것과 자연적인 풍경을 통하여 인간적인 것을 표현하려는 티슈바인의 그림이 낯설다는 뜻이다. 괴테는 이러한 현상이 그로 하여금 티슈바인과 연관해서 작품을 계속 쓸 수 있는 동기를 유발시키지 못하게 한다고 16번 시에서 다음과 같이 언급하고 있다.

이별을 생각하며 슬퍼하는 연인
티슈바인의 스케치

시인의 시선은 수줍고 혼란스러워
그리고 칠현금은 침묵하도다.[57]

티슈바인과의 결별

괴테는 티슈바인의 9번 그림에서 볼 수 있듯이, 연인들이 이별을 예감하는 모습과, 시인인 자신과는 다른 감각을 지닌 화가 친구와의 내적 이별을 다음과 같이 말하고 있다.

우리가 기쁘고 감사하게 느끼는 것이,
마지막에 고통을 준다면,
우리가 갈망하던 것이
마음과 사념에 부족한 것이라면
커다랗게 형성된 명랑한 지역이여!
젊음이 친구의 가슴 위로 걸어간다.[58]

실러가 사망한 후, 괴테는 젊은 시절 실러와 함께했던 마음과 사념을 그리워했을 것이다. 그리고 티슈바인과 다시 만난 늙은 괴테는 이탈리아의 풍경 속에서 젊음과 성스러운 우정과 사랑에 바탕을 두고 함께 예술을 논하고 그림을 그렸던 것처럼, 그들의 공동 작업과 우정이 다시 재현되기를 바랐다. 그러나 괴테는 두 사람의 예술관 차이를 깨닫고, 결국은 결핍의 감정을 숨기지 않는다. 그리고 9번 그림 이후 자연을 모두 의인화하여 공중에 떠 있는 여성의 몸으로 표현하는 티슈바인의 그림들에 대한 거부감을 〈과욕은 오히려 고통만을 불러일으키니〉(17번 시)[59]라는 문장으로 표현하고 있다. 그럼에도 괴테는 마지막 행에서 화가에게 명예를 부여하고 있다.

노래와 그림은 사라져 가나,
그럼에도 그것은 마음속에 남겨져 있구나.(9번 시)[60]

티슈바인은 예술적·장식적 알레고리를 추구하고, 괴테는 상징을 추구하므로, 두 사람의 예술관 차이에서 오는 이별은 당연한 결과일 것이다.[61]

켈러는 티슈바인과 괴테의 예술관 차이를 4번 시 「떡갈나무」를 예로 들어 설명한다. 티슈바인이 떡갈나무를 묘사하는 기법을 괴테는 떡갈나무 자체에서 뿜어져 나오는 위대함과 고독의 감각적 표상으로 전환시키고 있다는 것이다. 9번 이후의 그림 속에서 자연을 의인화하여 신화의 여신들로 표현하는 티슈바인에 반하여, 괴테는 그림과 다른 내용의 시를 창조하면서 티슈바인의 형상화 작업에 대한 자신의 비판을 내비치고 있다.

물과 공기의 요정

괴테의 서시에서 〈여신들은 모든 시구마다 등장하고 있다〉[62]라고 설명하듯이, 10~11번 시는 물과 공기의 요정, 12~13번 시는 새벽의 여신, 14번 시는 시간(질서)과 계절의 여신들을 티슈바인의 그림에서처럼 사랑스러운 여성의 모습으로 알레고리화하여 형상화하였다. 괴테의 10번 산문 텍스트는 티슈바인의 그림을 다음과 같이 상세히 묘사하고 설명하고 있다. 두 명의 물의 요정 중 벌거벗은 요정은 독자에게 등을 돌리고 갈대 위에 앉아 있는 한 마리 새를 바라보고 있는 아름다운 모습이고, 다른 물의 요정은 바위 동굴 속의 어둠 속에 있는 늙은 여인의 모습이다. 그러나 괴테의 10번 시는 티슈바인의 그림과 동떨어진 것을 표현하며, 화가와는 다른 표상으로 다른 풍경을 일깨우고 있다. 이러한 상황을 괴테도 〈이중적 의미가 있다〉[63]고 표현하고 있다. 괴테는 시에서 한 샘물에서 갈라진 한 명의 물의 요정은 〈무더위〉[64] 속에서 방해를 받지 않고 흘러가고 있으며, 다른 요정은 물방앗간에서 연인을 찾는다고 묘사하고 있다. 괴테 시에 나

등을 돌린 채 앉아 있는 요정
티슈바인의 스케치

타나는 냇물과 방앗간은 일반적으로 전원생활에서 필수적으로 나타나는 요소다.[65] 그러나 티슈바인의 그림에서는 냇물과 방앗간을 찾아볼 수 없다.

11번 시와 그림은 공기의 요정에 대한 것이다. 티슈바인의 그림에는 버드나무와 포도덩굴에서 나와, 공중에 떠 있는 S 형태의 덩굴 위에 한 요정이 부끄러운 듯 벗은 몸으로 앉아 있다. 티슈바인의 그림은 장식적이고 기교적인 형상이다. 괴테는 〈땅에 머물고 에테르 속으로 솟아오를 수 없는〉[66] 여성의 모습이 티슈바인의 조형 예술 속에서는 에테르가 되어 공중에 떠 있는 모습으로 표현된 것을 보고 〈솟아오르는 것을 보라〉[67]며 믿을 수 없는 그의 형상화 작업에 놀라워한다. 그러면서도 괴테는 곧 〈예술가의 의지는 그것을 용이하게 만든다〉[68]고 말하면서, 티슈바인의 표현 양식에 대해 이해할 수는 없지만 자신과 다른 예술

덩굴 위에 앉아 있는 요정
티슈바인의 스케치

가의 표현 스타일을 인정할 수밖에 없음을 말하고 있다. 그리고 산문 텍스트에서 티슈바인의 그림을 〈새로운 수공업의 개념〉[69]에 의존하는 예술의 세계라고 설명하며, 더 이상 티슈바인의 그림에 대한 시를 전개시키지 않는다. 10~11번 시에서 물과 공기의 요정을 이야기하면서 괴테는 티슈바인과의 예술관 차이를 더욱더 확고하게 느낀다.

새벽의 여신과 시간과 계절의 여신

티슈바인의 12번 그림은 괴테의 시에서 나타나듯이, 물결치는 베일을 쓰고 웃음을 지으며 공중에 떠 있는 여성 주위를 수많은 장미가 둥그렇게 에워싸고 있다. 장미 다발을 연상시키는 12번 그림은 장미의 손가락을 하고 있다는 신화 속의 에오스(아우로라), 새벽의 여신을 표현한 것이다. 괴테의 13번 시도 새벽의 여신을 알레고리화시키고 있다.

인간의 부족함이 없이,
즐거운 감각을 지녀 신과 같도다
이끼와 물의 표면에 이슬이 맺혀
그 위를 올라가고, 떠돈다.
오늘 그들은 어제처럼 떠나간다,
예술의 여신의 품에서 벗어나;

새벽의 여신을 표현한 그림
티슈바인의 스케치

아, 그들에게는 힘겨워하는 누이들이 있다,
우리는 고통스러워하며 그들에게서 떨어진다.[70]

〈이끼와 물의 표면에 이슬이 맺혀〉라는 묘사에서 우리는 이 시의 시간이 새벽임을 알 수 있다. 새벽의 여신은 시간이 흐르면서 어머니인 예술의 여신과 이별한다. 그와 동시에 그들의 형제인 시간과 계절의 여신처럼 지나가는 시간과 세월의 흐름에 대해 관조하게 된다. 뒤이어 14번 시는 시간(질서)과 계절의 여신에 대해 다음과 같이 묘사하고 있다.

마음이 살며시 그리고 서서히 움직여,

사랑스러운, 사랑스러운 만남이 이루어진다,
쪽지, 가장 긴 삶의 봉투,
헤어지며, 다가서며, 인사하며, 축복을 내리는도다.[71]

〈쪽지, 가장 긴 삶의 봉투〉를 주고받게 한다는 구절은 괴테가 시간의 흐름을 단순하게 덧없이 흘러가는 것으로 파악하려 하지 않음을 보여 준다. 괴테는 시간과 더불어 사상과 창작 활동으로 생의 활기를 찾는 것이다. 티슈바인은 시간과 계절의 얽힘을 표현하기 위해 두 명의 여신이 얽혀 있는 상태에서 등을 돌려 서로를 바라보는 모습으로 표현하고 있으나, 괴테는 그림과 상관없이 〈쪽지〉, 〈봉투〉라는 메타포를 사용하며 보다 활기찬 삶의 모습을 영위하는 또 하나의 삶을 표현하고 있다.

「호워드 명예 기념물」

티슈바인의 15번 그림에는 바다와 바다에 떠 있는 태양, 태양광선을 배경으로 오른쪽에는 바위와 장미, 전면에는 아름다운 몸매를 지닌 세 명의 여성, 그리고 그중 한 명이 들고 있는 술잔과 항아리가 그려져 있다. 괴테는 티슈바인의 15번 그림에 대해서 시를 쓰지 않았다. 대신 15번 산문 텍스트에서 세 명의 형상이 바위에 피는 식물들에게 촉촉이 생기를 주는 안개와 구름을 의인화한 것이라고 설명하고 있다.[72] 그리고 괴테 스스로 산문에서 밝힌 것처럼, 티슈바인의 그림에서 세 명의 인물은 그의 시 「호워드 명예 기념물Howard Ehrengedächtnis」에 나타나는 구름의 구분에 상응한다.[73] 호워드는 자연 연구가로서 구름의 형태를 구분하고 학문적으로 묘사하고 있으며,[74] 괴테는 호워드의 구분에 따른 구름의 종류를 그의 시에 수용하고 있다.

티슈바인의 15번 그림에 상응하는 괴테의 시 「호워드 명예 기념물」의 내용은 다음과 같다.

층운

고요히 물 표면에서 반사되어
평평한 융단과 같은 안개가 떠오른다.
현현의 물결 속에 떠오르는 달,
망령이 망령들을 형상화하는 듯
그러고 나서 우리 모두는 존재한다, 그것을 우리는 단지 고백할 뿐이다.
생기를 주어라, 기쁨에 넘친 아이들이여, 오 자연이여!
그러고 나서 산에 떠올라, 뭉치듯이 넓게
대지에 낮게 퍼져, 사방은 아직 암흑으로 뒤덮여 있다.
중간 높이에서 서로 기울어
떨어지며 물에 잠기거나 혹은 공기 중으로 상승하기도 한다.

적운

저 위 드높이
쌓아 올린 듯한 구름이 부름을 받은 듯
높이 떠 있다, 장려하고 둥글게 뭉쳐
확고하게 힘의 완력을 보여 준다.
그리고 그대들이 두려워하며 체험한 것이
하늘 저 위의 두려운 명령이리라,
하늘의 뜻이 아래로 울려 퍼지고 있다.

안개와 구름을 형상화한 그림
티슈바인의 스케치

권운

그러나 고귀한 충동은 더욱더 높이 상승하도다!
성스러이 가벼이 떠오르도록 내린 명령이 구원인저.
겹쳐진 것이, 깃털처럼 흩어진다,
양처럼 종종걸음을 걸어, 가벼이 덩어리가 된다.
아래에서 가벼이 형성된 것이 마지막으로 흩어진다,
저 위 아버지의 무릎과 손 안에 있도다.[75]

이 시는 1820년에 출간되었다. 티슈바인의 그림에서도 표현되고 괴테도 부연 설명한 바, 인물들 중 한 명은 수평, 다른 한 명은 대각선, 그리고 또 다른 한 명은 수직으로 떠오르고 있다. 괴테는 세 명의 공기의 요정을 알레고리적으로 파악하여 「호워드 명예 기념물」 속에서 세 가지의 구름 모습, 즉 층운, 적운, 권운으로 표현한다. 구름의 세 가지 형태는 다음과 같다. 낮게 떠다니는 〈공기의 요정 *Sylphiade*〉[76]은 〈층운*Streifwolke*〉[77]이며, 그 뒤에 대각선으로 상승하는 공기의 요정은 〈둥글게 뭉친*geballt*〉 〈적운〉, 그리고 마지막에 그림의 맨 위에 그려져 있는 요정은 〈흩어지는*zerstiebend*〉 〈권운〉으로 표현된다.

층운이 지상 가까이 떠 있는 안개구름인 것처럼, 티슈바인의 그림에서 수평으로 떠 있는 요정은 지상과 가장 가까이 있다. 이 요정의 손에는 〈술잔〉과 〈항아리〉가 있다. 이 물건들이 지상에 속하는 것처럼, 층운의 안개도 지상과 가까운 것이다. 또한 술잔과 항아리 속에 들어 있는 것은 안개의 물기 혹은 습기와 연관되며, 〈아침 공기의 촉촉함〉[78]을 느끼게 한다. 두 번째 요정은 힘차게 솟아오르는 모습으로 표현되어 있다. 층운은 쌓아 올린 듯한 두껍고 윤곽이 분명한 구름의 형태이므로, 괴테는 이 두 번째 요정을 〈확고하게 힘의 완력〉을 지닌 모습으로 표현하고 있다. 세 번째 요정은 시에서 표현되듯이 가장 높은 〈저 위〉에 떠 있으며, 공기 중에 〈깃털처럼 흩어지는〉 권운처럼 그림의 가장 높은 곳에서 모습이 흐려지는 듯한 느낌으로 표현되어 있다. 15번 시에서 괴테는 자연을 풍경이 아닌 원소로 파악하고 있다.

원소로서의 자연

괴테는 2, 3, 4번 시에서 이상적 자연이나 정원 속의 자연을 이야기하면서 그 속에 담긴 의미를 이야기하고 있다. 그리고 또다시 15번 시에서는 자연을 원소로서 이해한다. 괴테는 1827년 티슈바인의 〈전원생활〉에 대한 시와 산문 중, 산문을 제외하고 그의 시 전집에 열다섯 편의 시를 포함시키고 있다. 여기에서 원래 16번 시에 번호 15를 붙이고 있다. 왜냐하면 15번에는 시가 없기 때문이다. 괴테의 시 전집의 15번 시는 다음과 같다.

조용한 물결, 두려운 동굴,
산꼭대기의 진지한 빛이,
우리의 영혼에
기이하게도 전율적인 소리로 말하는도다.
자연은 그렇게 나타나고

예술가의 시선만이 그것을 인지한다.[79]

자연은 물-대지-빛-공기 들의 원소로 구현되어, 풍경의 모습이 아니다. 물은 고요하고, 동굴과 산의 높이는 서로 대립되어 인간에게 다가온다. 빛은 진지함으로 인간에게 다가오고, 바람은 인간에게 전율을 일으킨다. 고요하고, 두렵고, 진지하고 전율적인 자연은 〈예술가의 시선〉으로만 파악된다.

화가에 대한 배려

괴테의 자필로 기록된 시들이 들어 있는 초록색 화집을 가지고 있던 프리드리히 폰 알텐은 다음과 같이 설명하고 있다.

16번 시는 일곱 명의 여성이 있는 그림에 대한 것이며, 세계로 향해 있으며, 조화를 이루고 있다. (……) 17번에 해당되는 그림은 또 다른 일곱 명의 여성의 모습이 그려진 것으로 앞의 것과는 대조를 이룬다. 섬세하고, 감정이 넘치며, 멜랑콜리하다. 18번은 후에 괴테의 9번 산문이 되는 것이다. (……) 19번은 공중에 떠 있는 우아의 여신들에 대한 것이다. 20번은 티슈바인이 여러 가지 모티브를 나란히 편집한 스케치를 위한 것이다. 21번은 아름다운 계곡이 있는 풍경에 대한 것이다.[80]

트룬츠의 전집에서는 티슈바인의 16~21번 그림과, 괴테의 시와 산문이 포함되어 있지 않다. 또한 그가 산문으로 부연 설명한 다른 시들 속에 나타났던 형상과 상징성이 부족하다. 이 시 속에서 괴테는

시인의 시선은 수줍고 혼란스러워(16번 시)[81]
과욕은 오히려 고통을 불러일으키니(17번 시)[82]
순간에 모든 것이 어우러지는 것은 아니니(18번 시)[83]

라며, 티슈바인의 그림 속에 표현된 여성 인물들의 숫자에 대해 조롱하며 비판적으로 적고 있다.

티슈바인은 자신의 방식에 따라
시선들을 놀랍게 분리시켰도다.(20번 시)[84]
세상은 얼마나 장려하고, 아름다운지!
그것을 본 이들에게 구원 있을지어라.(21번 시)[85]

그러나 조롱하면서도 그는 21번 시에서처럼 외경의 표현으로 작품을 마치고 있다. 이처럼 괴테는 이 시 속에서 1~15번 시에서 표현되고 있는 시적 형상화 작업 대신에, 티슈바인의 작품 세계와 예술 감각에 대해 가혹하게 비평하기도 하고 극단의 찬사를 집중적으로 표현하고 있다.

트룬츠는 괴테가 15번까지 시를 쓰고 난 후 16~21번 시를 다시 집필한 것을 티슈바인에게 호의를 베풀기 위함이라고 지적하면서, 동시에 이 작품을 〈가볍게 첨부된 유희〉[86] 또는 사교 모임 속의 유희[87]라고 평가 내리고 있다. 즉, 이

시들은 괴테의 후기 시들처럼 격언적이며 기회시의 특징을 보여 준다. 화가 티슈바인은 우화적이고 신화적인 것을 그림으로 표현하여 시각 콘텐츠를 통해 현실 속에서 이해 가능한 형상학적인 세계로 표현하고 있고, 시인 괴테는 시어로 형상화시키고 있다. 앞에서 지적한 바와 같이, 괴테는 16~21번 시에서 티슈바인 작품에 대한 전반적인 평가를 내리고 있을 뿐, 집중적인 작업과 변용을 통해 형상화시키지 않고 있다.

괴테는 티슈바인의 그림에 자극을 받고, 그의 그림에 산문과 시로 형상화시키면서 괴테 특유의 신화의 세계를 펼쳐 나가며, 삶의 다양한 모습을 전개시키고 있다. 괴테는 〈빌헬름 티슈바인의 전원생활〉이라는 제목으로 자신의 전집에 포함시켰듯이, 우리는 이 작품에서 티슈바인과 괴테의 공동 관심사와 예술, 그리고 삶의 태도를 살펴볼 수 있다.

■ 주

1 WTI S. 43.

2 *Italienische Reise.*(20.11.1786). MA15. S. 166.

3 Ebd.

4 Vgl. Aquarell von Goethe, Sommer 1787, Corpus VI B, Nr 64.

5 Vgl, Christoph Michel und Isabella Kuhn(Hrsg.), *Insel Almanach aus dem Jahr 1982*, Johann Wolfgang Goethe zu Bildern, Insel Verlag 1982, S. 225.

6 Vgl. Petra Maisak(Hrsg.), *Goethe und Tischbein in Rom, Bilder und Texte*, Frankfurt am Main und Leipzig 2004, S. 23 und S. 57.

Vgl. Oppel Margarete(Auswahl, Einleitung und Katalog), *Johann Heinrich Wilhelm Tischbein. Zeichnungen aus Goethes Kunstsammlung*, Weimar 1991, S. 55.

7 Vgl. Eva Bosshardt, *Goethes späte Landschaftslyrik*, Phil. Diss. Zürich 1962, S. 66.

8 Vgl. Eva Bosshardt: a.a.O., S. 66.

9 Vgl. Eva Bosshardt, a.a.O., S. 66f. VA S. 374.

10 Vgl. Eva Bosshardt: a.a.O., S. 67f.

11 WTI S.37. und Vgl Erich Trunz: *Weimarer Goethe-Studien*, Weimar 1980, S. 34.

12 WTI S. 37.

13 Vgl. Petra Maisak(Hrsg.): a.a.O., S. 24.

14 Vgl. WTI S. 46f.

15 Vgl. WTI S. 47.

16 Eva Bosshardt: a.a.O., S. 68.

17 WTI S. 47.

18 WTI S. 49.

19 Riemer an Goethe, 17. Oktober 1821, in: Briefe von und an Goethe, Hrsg. F.W. Riemer, Leipzig 1846, S. 217. Zitiert nach Eva Bosshardt: a.a.O., S. 108f.

20 WTI S. 6.

21 WTI S. 6.

22 WTI S. 5.

23 Vgl. Erich Trunz: *Weimarer Goethe-Studien*, Weimar 1980, S. 184.

24 WTI S. 5

25 WTI S. 5.

26 WTI S. 6.

27 WTI S. 6.

28 WTI S. 7.

29 WTI S. 7.

30 WTI S. 8.

31 WTI S. 7.

32 WTI S. 9.

33 Vgl. Margarete Oppe:, a.a.O., S. 58f.

34 WTI S.12.

35 Zitiert nach Eva Bosshardt: a.a.O., S. 82.

36 Vgl. Margarete Oppel, (Auswahl, Einleitung und Katalog): a.a.O., S. 56f.

37 WTI S. 14.

38 Eva Bosshardt: a.a.O., S. 179.

39 WTI S. 15.

40 WTI S. 14.

41 WTI S. 15.

42 WTI S. 15.

43 WTI S. 16.

44 WTI S. 18.

Vgl. Margarete Oppe:, a.a.O., S.59f.

45 *Faust.* In: Goethe, Johann Wolfgang, Goethes Werke in zwölf Bänden. Hrsg. von den nationalen Forschungs und Gedenkstätten der klassischen deutschen Literatur in Weimar 1981. (Im folgenden zitiert als: GW mit Bandausgabe), In: GW Bd.4. S.490f.

46 Vgl. Eva Bosshardt: a.a.O., S. 90ff.

47 WTI S. 18.

48 WTI S. 18.

49 GW Bd.4. S. 416.

50 WTI S. 21.

51 WTI S. 21.

52 WTI S. 24.

53 WTI S. 23.

54 WTI S. 24.

55 Vgl. Werner Keller: *Goethes dichterische Bildlichkeit. Eine Grundlegung*, München 1972, S.270f.

Vgl. Eva Bosshardt: a.a.O., S. 100.

56 WTI S. 6.

57 WTI S. 26.

58 WTI S. 26.

59 Vgl. Eva Bosshardt: a.a.O., S. 100f.

60 WTI S. 28.

61 WTI S. 26.

62 WTI S. 26.

63 WTI S. 31.

64 WTI S. 33.

65 WTI S. 33f.

66 WTI S. 33.

67 Vgl. WTI S. 55.

68 Gedichte: In: Goethe, Johann Wolfgang von, Gedichte, Vollständige Ausgabe, Stuttgart 1659. (Im folgenden zitiert als: VA), VA S. 544.

69 WTI S. 33.

70 WTI S. 33.

71 WTI S. 34.

72 WTI S. 35.

73 WTI S. 57.

74 Vgl. WTI S. 57.

75 WTI S. 47

76 Jung: *Psychologie und Alchemie*. S. 18, 32, 33.

77 Vgl. Buschendorf, Bernhard: *Goethes mythische Denkform. Zur Ikonographie der "Wahlverwandschaften"*, Frankfurt am Main 1986, S. 20f.

78 GW8, S. 357

79 Vgl. Alice Raphael: a.a.O., S. 22.

80 GW8, S. 366ff.

81 SG2, S. 45.

82 MA 19, S. 337.

83 Zitiert nach Alice Raphael: a.a.O., S. 170f.

84 Vgl. Alice Raphael: a.a.O., S. 16.

85 GW4, S. 232.

86 Eckermann: *Gespräche mit Goethe in den letzten Jahren seines Lebens*, 16. Dezember 1829, MA 19. S. 338f.

87 GW4, S. 399f.

6 연금술과 신화

『파우스트』 II부의 연금술적 형상들

『파우스트』 II부 속에는 연금술적 비유 또는 형상들, 그리고 그리스 로마 신화의 형상과 개념들이 대거 등장한다. 괴테는 이러한 형상으로 우주와 인간의 삶과 창조의 법칙, 그리고 자신의 예술 창조에 대한 갈망을 표현한다.

카를 구스타프 융Carl Gustav Jung은 『심리학과 연금술*Psychologie und Alchemie*』에서 연금술의 표현 형식이 된 신화의 심벌리즘은 인간의 심리적 경향에 호소하는 것이고, 이것이 신비적 연금술을 성립시켰다[1]고 지적하고 있다. 미술사학자인 바르부르크Aby Warburg는 유럽의 문화와 인간적 표현의 극대화된 가치를 보여 주는 고대 그리스 로마를 문화의 저수지로 비유하였다. 고대 그리스 로마의 계속적인 유지는 유럽 문화와 교양의 전통이라고 표현할 수 있다.[2] 바르부르크가 지적한 것처럼 후세 사람들은 신화의 전통적 상징에서 문화 창조의 에너지를 찾고 있다.

괴테는 『시와 진실』 8장에서 연금술사 파라켈수스Theophrastus Paracelsus와 발렌티누스Basilius Valentinus, 발렌티누스의 제자 헬몬트Johann Baptist van Helmont, 그리고 17세기 연금술사 슈타르키Georg Starckey의 저서들을 읽었다고 밝히고 있다.[3] 그리고 신비주의 철학자이자 연금술사인 트리트하임Johannes Tritheim의 제자 네테스하임Heinrich Cornelius Agrippa von Nettesheim의 작품을 빌려 보았다는 기록도 있다.[4] 계속해서 괴테는 연금술에 관심을 갖게 된 이유를 밝히고 있다. 그가 라이프치히에서 병을 얻어 집에서 요양할 때, 헤른후트파Herrnhuter Brüdergemeinde의 일원이었던 메츠 박사Dr. Johann Friedrich Metz가 염류가 포함되어 있는 약을 조제해 주었는데, 이 약을 먹고 급속히 호전되었다. 이때부터 그는 자연의 물질 속에 포함되어 있는 성분에 관심을 갖게 되었다. 괴테는 계속해서 헤른후트파의 클레텐베르크Susanne von Klettenberg에게 영향을 받아 신플라톤학파의 이론에 기초를 둔 연금술, 신비주의 사상가들 그리고 카발라에 대한 저서를 읽었다고 적고 있다.[5]

괴테는 연금술과 관련된 비유적 표현을 자주 사용하면서, 연금술에 대한 관심을 보이고 있다. 1799년 2월 10일 자 실러와의 편지 교환에서도 그러한 예가 보인다. 즉, 괴테는 〈자연은 분리된 수은 덩어리처럼 빨리 쉽게 결합한다〉라는 연금술적 표현을 쓰고 있다.[6] 1829년 12월 6일 자 에커만과의 대화 기록에서도 연금술적 비유를 찾아볼 수 있는데, 괴테는 에커만에게 『파우스트』 II부 2막 첫 장면을 읽어 주면서 『파우스트』가 발전해 가는 과정을 연금술적 비유를 써서 다음과 같이 표현하고 있다.

나의 젊은 시절에 대단히 작았던 은과 구리돈이 세월이 지나가면서 더욱더 많은 의미를 갖게 되었소. 그래서 젊은 시절에 소유했던 것이, 마지막에는 순수한

금 덩어리가 되었음을 알게 되었소.[7]

『파우스트』 II부에서 괴테는 창조의 개념과 연관된 연금술적 용어들을 많이 사용하고 있음을 우리는 볼 수 있다.

수집가 괴테

2장 〈조형 예술과 문학〉에서 언급한 것과 같이 괴테는 일생 동안 수많은 그림과 동전들, 조각된 보석들을 수집하였다. 괴테가 수많은 예술품과 책들을 수집한 노력의 흔적은 현재 바이마르에 있는 괴테의 집에서 볼 수 있다. 그가 수많은 물건들을 수집한 결과 그의 후손들은 그리 풍족하게 살지 못했다고 한다. 그러나 바이마르의 집을 방문한 사람들은 괴테가 독일 문화와 예술에 끼친 지대한 영향력과 그에 대한 독일 국민의 사랑과 자부심을 느낄 수 있을 것이다.

괴테가 연금술에 지대한 관심을 가지고 연금술에 관한 논문을 구입하려고 노력하였음은 그의 편지 기록에서도 찾을 수 있다. 1817년 5월 16일 보이그트 Christian Gottlob Voigt에게 보낸 괴테의 편지 내용은 다음과 같다.

우리의 도서관에 포함시킬 마술에 관한 저서를 위해 내가 자제하지도 못하고 52달러나 지불하려는 사실에 대해, 당신이 분명히 웃으시리라 생각됩니다. 제목은 첨부한 것에 적혀 있습니다. 나는 4주 전에 이미 값을 깎으려 하였습니다. 그러나 마지막에 가서 손을 들고 말았습니다. 너이슈타트 근처 우푸르크에 사는 연금술사가 몇 년 전부터 그것을 대단한 보물로 여기고 비밀리에 간직하고 있었으나, 결국은 세상에 알렸기 때문입니다. 왜냐하면 믿음은 점차 줄고 어려움은 커져 갔기 때문인 것 같습니다. (……) 그러나 나는 이야기되는 것처럼 그리 오래된 것으로 여기지는 않습니다. 그럼에도 불구하고 그것은 도서관을 찾는 이들에게 신비로운 것에 관한 놀라운 논문에 경탄을 유발시키기에 충분히 특별한 것입니다.

괴테의 편지에서도 그가 연금술에 지대한 관심을 가지고 연금술에 관한 논문을 구입하기 위해 노력했음을 알 수 있다.[8]

현자의 돌

괴테의 『파우스트』 II부의 시대적 배경은 중세이며, 호문쿨루스가 창조되는 바그너의 연구실도 중세 연금술사의 실험실을 연상시킨다. 중세의 연금술사들은 비금속을 황금으로 바꿀 수 있는 물질이 있다고 믿었는데, 이 물질이 현자의 돌 혹은 철학자의 돌이다. 중세의 연금술사들이 현자의 돌을 찾고, 현자의 돌을 가지고 금을 만들어 가는 과정에서 가장 중요한 것은 실험실의 불로 인해 창조되는 변환의 과정이다. 그리고 연금술사들은 그들이 원하는 물질을 만들어 내는 과정에서 확실치 않은 상태를 어떻게 이해하고 이런 과정에서 어떤 이들의 도움을 받았는지 다음 장에서 살펴보고자 한다.

바이마르 공원에 있는 「뱀의 돌」

연금술의 의미

괴테가 이탈리아에 머무르는 동안 카를 아우구스트 공작은 1787년 마르틴 고틀리프 클라우어Martin Gottlieb Klauer로 하여금 바이마르 공원에 「뱀의 돌Schlangenstein」을 만들게 하였다. 괴테도 여행에서 돌아온 후 이 작품에 대단한 관심을 보였다고 한다. 이 돌에 새겨진 글은 〈*Genio huius loci*〉로 〈이 장소의 정신〉이라는 뜻이다. 돌을 감싸고 있는 뱀의 모습은 흔히 연금술에서 자기의 꼬리를 입에 물고 있는 뱀의 모습, 즉 우로보로스*Ouroboros*이다. 연금술사들에게 우로보로스는 〈하나에서 전체로*ex uno omnia*〉라는 표어로 설명된다. 연금술 철학의 핵심을 나타내 주는 우로보로스는 물질의 단일성을 표현하는 상징이다. 즉, 모든 물질은 근본적으로 하나며 각각의 요소가 전체와 연관되어 있다. 물질은 그 구성 요소의 비율 등 사소한 것들이 다를 뿐이며, 다시 같아질 수 있다는 믿음을 나타낸다는 것이다. 철이나 구리 같은 금속들로 황금을 만들 수 있다는 생각도 이와 같은 믿음에서 나온 것이다.

연금술의 불

중세 연금술사들은 불의 장인으로서, 불을 조절하는 능력을 소유하며, 불의 힘으로 새로운 물질을 창조하는 능력을 지녔다. 파우스트도 중세 연금술사처럼 불을 조절하는 능력을 가지고 있다. 『파우스트』 II부 1막 〈널찍한 홀〉의 가장무도회 마지막 장면에서 난쟁이들은 목양신 판의 가면을 쓴 황제를 화산으로 데려간다. 판의 가면을 쓴 황제가 불구경을 하다 분화구로 몸을 구부리자 수염에 불이 붙어 소동이 벌어진다. 그러나 파우스트는 황제의 수염을 태운 불이 가상이고 위험하지 않다는 것을 알고 있다. 파우스트는 능숙하게 마법으로 뇌우를 끌어와 불을 꺼버린다. 여기에서 판의 턱에 붙은 불은 연금술적 불이다.[9] 이 불은 『파우스트』 I부의 〈아우어바하의 술집〉에서 메피스토펠레스가 만든 불과 같다. 불이 나자 학생들은 놀라고 당황하는데, 이때 메피스토펠레스가 〈진정하라, 친애하는 원소여〉[10]라고 외치자 불이 꺼진다. 이 장면에서의 불은 생성하는 힘을 지닌 자연의 원소로서, 연금술사들의 실험실 불을 연상케 한다. 연금술에서 불은 자연의 신성하고 생동적인 원소 중 하나로, 창조를 구현케 하는 물질이다.

연금술의 변환

『파우스트』 II부 2막의 〈실험실〉에서 바그너는 인조인간 호문쿨루스가 만들어지는 과정을 지켜보고 있다. 괴테는 이 장면을 에커만에게도 상술하고 있는데,[11] 바그너는 화학적 매체를 이용하여 인조인간을 만들고 있다. 과학자 바그너는 화로 앞에 앉아 긴장한 채 플라스크를 들여다보며 다음과 같이 말한다.

바그너 아니, 더없이 빛나는 홍옥 같은 것이
어둠 속에서 활짝 번개 같은 빛을 발산한다.
환하고도 흰 빛이 나타났구나!
(……)
탁해졌다가 또 맑아진다; 드디어 다 된 모양이다!
사랑스럽고 조그만 인간이
우아한 모습으로 움직이는 것이 보이는군.[12]

바그너의 인조인간 창조 과정은 중세 연금술사의 창조 과정을 연상시킨다. 연금술의 주도 동기는 변환의 법칙이다. 바그너는 플라스크 속에서 작은 불꽃이 반짝이면서 여러 가지 물체가 섞여 탁해졌다가 맑아지는 연금술적 변환 과정을 거쳐 인조인간인 작은 인간이 탄생되는 순간을 감동적으로 설명하고 있다. 괴테는 창조에 대한 열망은 여기에서 나타나듯, 인조인간의 창조 과정뿐만 아니라, 『파우스트』 II부 2막의 〈고전적 발푸르기스의 밤〉에서도 신화 속의 상징을 통하여 표현하고 있다.

연금술적 혼돈

연금술의 창조의 개념은 신화에 나오는 창조의 개념과도 상통한다. 융은

『심리학과 종교』에서 연금술에서 말하는 창조의 개념을 다음과 같이 설명하고 있다.

> 물질 가운에 잠들어 숨어 있는 신의 모습이야말로 연금술사들이 최초의 혼돈, 낙원의 땅, 바다 가운데 있는 둥근 물고기와 알, 혹은 단순히 〈둥근 것*rotundum*〉이라고 부르는 것이다. 이 둥근 것은 닫힌 물질의 문을 여는 마법의 열쇠를 가지고 있다. 『대화*Timeaus*』에 기술되어 있는 바와 같이 창조자(즉, 완전한 존재)만이 대원소를 포용한 테트락티스*Tetraktys*를 열 수 있는 것이다.[13]

괴테도 융과 마찬가지로 물질 속에 가장 낮은 형태로 숨겨져 잠자고 있는 것에서부터 창조가 시작되는 것으로 파악하는 연금술의 이론을 주시하고 있다. 연금술사들은 〈혼돈〉 혹은 〈알〉 등을 창조의 모태로 파악하고 있다.

연금술사들이 창조의 가장 낮은 단계로 보는 알은 『파우스트』 II부 1막의 〈널찍한 홀〉에서도 나타난다. 의전관이 헐뜯는 난쟁이 초일로 테르시테스를 지팡이로 내리치니, 난쟁이 두 놈이 들러붙어 꼴사나운 덩어리가 되더니 알이 된다. 그리고 알이 부풀어 두 조각으로 깨지더니 그 속에서 살무사와 박쥐가 튀어 오른다. 이 장면은 오르페우스교의 창조 신화로 설명할 수 있다. 우주 및 최초의 생명의 직접적인 모체를 알에서 찾는 신화적 사고는 꽤 많은 민족에서 찾아볼 수 있다. 그리스의 오르페우스교에서 말하는 바에 의하면, 처음에 크로노스가 있었고, 이어 에테르와 카오스가 생겼으며, 크로노스와 에테르, 또는 에테르와 카오스가 결합하여 커다란 은회색의 신란이 생겨났는데, 여기에서 남녀 양성을 갖춘 광명신 파네스가 나왔다는 것이다. 그리고 이 신이 오르페우스교 최

초의 신이다.[14]

현대 물리학도 우주의 창조를 연금술에서 보는 창조의 의미와 유사하게 설명하고 있다. 물리학자들은 우주의 대폭발이 이루어지기 전 우주의 크기를 0의 상태로 보고, 이 상태를 모든 물질과 에너지가 뒤엉켜 있는 혼돈으로 파악한다. 대폭발 이후 우주는 팽창하기 시작하며, 온도가 더욱 떨어지게 되면 물질이 평균보다 더 촘촘히 모여 있는 구역에선 그 물질들의 중력에 의해 팽창이 멈추고 마침내 수축이 시작된다. 이렇게 수축하는 구역 안에서 중력이 작용하여 외부의 물질들을 끌어들이면서 회전하기 시작하는데, 이때의 우주는 달걀 혹은 타원 모양의 은하 모습을 하고 있었으리라고 과학자들은 설명한다.[15]

여성 연금술사: 만토

II부 2막의 〈고전적 발푸르기스의 밤〉에서 파우스트와 메피스토펠레스는 호문쿨루스의 도움을 받아 헬레나를 찾으러 시간을 거슬러 중세를 떠나 고대 그리스 신화의 세계로 간다. 파우스트는 헬레나를 찾기 위해 신화 속에서 교육자이자 현자인 반인반마 케이론에게 도움을 청한다. 케이론은 파우스트를 지하세계로 이끌어 줄 능력을 지닌 만토Manto에게 데려간다. 만토는 파우스트를 쾌히 도와준다.

올림포스의 산기슭 굴속에서
그녀는 금지되어 있는 인사를 남몰래 엿듣고 있습니다.

제가 일찍이 여기에서 오르페우스를 남몰래 들여보냈지요.
더 잘 해보세요, 자, 기운을 내세요!
둘은 내려간다.[16]

괴테는 그리스 신화에 나오는 테베의 눈먼 예언자 테이레시아스Teiresias의 딸인 만토를 〈고전적 발푸르기스의 밤〉에서 테살리아의 신이자 의술의 신인 아스클레피오스의 딸로 변용시킨다. 인간인 테이레시아스의 딸 만토가 파우스트를 지하 세계로 이끄는 능력을 가지기에는 적절치 못하다고 판단한 괴테는 그보다 높은 단계인 신 아스클레피오스의 딸을 등장시켜 파우스트를 페르세포네에게 소개하게 한다.

파우스트를 보다 높은 단계로 올라갈 수 있도록 도와주는 만토는 연금술의 전통 개념에서 연금술사들이 어려운 문제에 봉착했을 때 지혜로움을 획득할 수 있게 도움을 주는 여성 연금술사*soror mystica*에 상응한다. 전설에 따르면 피타고라스는 델피의 여사제에게서 그의 철학 사상의 대부분을 받아들였다고 한다. 플루타르코스도 클레아Klea에게서, 소크라테스도 디오티마Diotima와 대화를 나누고 지혜를 얻는다. 연금술사들은 대개 자신의 부인이나 누이를 제자로 삼는데, 이들이 바로 여성 연금술사다. 그런 의미에서 파우스트는 만토를 전통적인 여성 연금술사로 보는 것이다. 이런 개념에 따라 여성 수호신인 만토가 아스클레피오스의 신전에서 지하 세계의 통로로 파우스트를 인도한다.[17]

『파우스트』 II부의 신화적 형상들

신비주의와 연금술의 영향을 받은 괴테는 자연 속에서 신비롭고 비밀스러운 신의 모습을 찾으려고 하였다. 앵거스S. Angus는 저서 『신비주의 종교와 기독교*The Mystery-Religions and Christianity*』에서 일반적으로 연금술사들은 신비주의 종교에서 다루는 신학적 비유와 신화적 개념을 사용하고 있다고 밝히고 있다.[18] 연금술의 비유로 쓰이기도 하는 신화는 서구 문화에서 기본이 되는 원천일 뿐만 아니라, 괴테에게도 예술 창조를 위한 제재나 형식의 일반적 모범으로 나타나고 있는 것이 자명한 사실이다. 특히 괴테의 『파우스트』 II부에는 연금술의 세계와 신화의 세계가 그의 자연관과 예술관, 역사와 현재 그리고 정신과 감각과 결합하여 구현되어 있다.

괴테는 신화를 모든 현상의 원형으로 표현된 것이고 본질적인 것이 반복되는 것으로 파악하고 있다. 보르흐마이어Borchmeyer가 신화를 〈자발적 예술의 영역〉이라고 지적하듯이, 괴테는 신화의 의미를 단순히 개인적 삶의 고립된 본

왼쪽
데메테르 조각상

오른쪽
데메테르(곡물의 여신)와 그녀의 딸 페르세포네가 트립톨레모스를 정화하는 의식

질로 파악하지 않고, 모범적 역사와 결합하여 보다 높은 차원의 보편적 의미로 확대시킨다.[19] 일반적으로 연금술사들이 비교주의(秘教主義) 종교에서 다루는 신학적 비유와 신화적 개념을 사용한다고 알려져 있듯, 괴테도 신화적 형상을 사용하여 『파우스트』를 전개시켜 나가고 있다. 특히 『파우스트』 II부 1막의 〈널찍한 홀〉, 〈어두운 복도〉, 2막의 〈높고 둥근 천장의 비좁은 고딕식 방〉과 〈고전적 발푸르기스의 밤〉에 집중적으로 고대 그리스에 나오는 수많은 신화적 형상들이 등장한다. 괴테는 이러한 형상들을 통하여 자연과 우주의 원리와 질서, 우주와 예술 창조의 의미를 보여 주고 있는바, 다음 장에서부터 신화적 형상의 의미를 분석하여 괴테의 예술적 의도를 파악할 수 있을 것이다.

납치되는 페르세포네
요제프 하인츠 작품

정화 의식

케레스-데메테르 신화: 엘레우시스 비교

『파우스트』 II부 1막의 〈널찍한 홀〉에서 벌어지는 가장무도회는 괴테가 로마에서 경험한 카니발 형태로, 카니발은 유럽 문화의 전통에서 봄의 정화 의식을 뜻한다. 사순절 전의 카니발은 결실이 없는 겨울을 지나 봄이 오는 길목인 2월에 대지, 인간, 짐승에게 모든 적대적인 힘들을 정화시키는 축제다. 이러한 카니발의 자연법칙을 반영하듯, 가장무도회에서 농업의 여신이자 곡물의 성장을 주관하는 케레스-데메테르의 비유로 〈열매가 달린 올리브 가지〉와

〈보리 이삭〉들이 이것들을 가꾸는 여자들과 함께 가장 먼저 등장한다. 특히 가장무도회 처음 장면에 농업과 관련된 인물들이 대거 등장한 것은 그리스인들이 해마다 지하 세계에서 돌아오는 페르세포네를 맞는 의식을 치름으로써 죽음 뒤의 부활을 경험했다는 엘레우시스의 비교를 암시하는 것이다. 〈널찍한 홀〉에서 봄의 카니발을 맞는 축제가 케레스-데메테르의 신화를 통해 묘사된다.[20]

디오니소스 신화: 엘레우시스 비의의 희시

고대 그리스의 디오니소스 신화 역시 〈정화의 제식〉의 뜻을 포함한다. 『파우스트』 II부 1막의 〈널찍한 홀〉에는 술주정꾼이 등장한다. 이 술주정꾼은 바쿠스 신 혹은 디오니소스 신의 도취와 몰아의 상태를 생각하게 한다. 플루타르코스에 따르면 아테네에서는 새로운 술이 개봉되면 마시기 전에 헌작을 하고, 둘째 날에는 꽃으로 장식된 통을 들고 돌아다니며 마신다고 한다. 셋째 날에는 디오니소스 신전의 문이 열리는데, 이것은 포도주의 신이 돌아와 다시 열매를 맺을 수 있음을 뜻한다. 그리스인들은 술주정꾼을 일반적 술꾼이나 주정꾼의 의미가 아닌 몰아*Ekstase*의 표현으로 보고 있다.[21] 융도 저서 『심리학과 연금술』에서 폼페이의 저택에 있는 프레스코의 예를 보여 주면서 〈취함과 몰아의 상태는 가까운 것이 아니라, 같은 것이다〉라는 표현을 쓰고 있다.[22] 다시 말해 융은 인간을 보다 높은 영역에 도달할 수 있게 하는 의미로 디오니소스 신화를 파악한다.

〈널찍한 홀〉에서 메피스토펠레스가 항아리에서 금을 꺼내 그것이 마치 밀가루 반죽인 양 주물러 부인들에게 보여 주자, 부인들이 소리를 지르고 대경실색하면서 도망가는 장면이 나온다. 이 장면은 메피스토펠레스가 남근의 상징을

디오니소스 조각상

만들어 내 부인들에게 보여 준 것을 암시한다. 디오니소스 축제에서 행해졌던 남근 상의 행진을 그리스인에게 처음 알려 준 이는 아미테온의 아들이자 인간 최초로 예언력을 지녔던 멜라푸스라고 한다. 플루타르코스는 그리스와 이집트 신화에서 제식의 유사성을 제시하고 있는데, 이집트인의 전설에 따르면 디오니소스 축제 때 남근 상을 줄에 매어 여인들이 끌고 다니며 마을을 돈다고 한다. 행렬 앞에서는 피리를 불고, 여인네들이 디오니소스 찬가를 부르며 그 뒤를 따른다고 전해져 온다.[23] 남근은 생식력을 뜻하는 상징으로 봄과 가을의 열매와 함께 디오니소스의 바구니에 담아진다고 전해 오는데, 이는 케레스-데메테르 신을 받드는 엘레우시스 비의의 희시(戲詩)다.

사자를 타고 승리의 원정을 떠나는 디오니소스, 튀니지의 엘 드옘 고대 박물관

우아의 여신, 운명의 여신, 복수의 여신

파우스트 II부 1막의 〈널찍한 홀〉의 가장무도회에서는 현실적인 인물들과 가상 인물들이 교대로 등장한다. 〈자연 시인, 궁정 찬미 시인〉 등이 등장하고 〈풍자시인〉이 등장한 뒤, 〈밤의 시인과 무덤의 시인〉이 오지 못한다는 지문에 대해서, 괴테는 에커만과의 1830년 3월 14일 자 대화에서 그 이유를 밝히고 있다. 즉, 자신이 이러한 인물들을 경시하기 때문이라는 것이다.[24] 괴테는 밤과 무덤 세계를 많이 다루는 낭만주의에 대한 거부감을 이렇게 표현했다.

가장무도회에서는 그리스 신화에 나오는 자연의 질서를 의인화한 우아, 운명 그리고 복수의 여신들도 등장한다. 제우스는 오케아노스의 딸 에우리노메와 결합하여 세 명의 우아의 여신을 낳는다. 우아의 여신은 올림포스에서 춤을

운명의 세 여신

담당하였다. 제우스는 자연과 법과 질서의 여신 테미스와 결합하여 인간의 운명을 관리하는 운명의 세 여신을 낳는다. 복수의 세 여신은 우라노스의 남근이 잘렸을 때 그 피에서 나왔다는 설과 밤의 여신 닉스에서 나왔다는 설이 있다. 복수의 여신은 질서 안의 정의를 상징한다. 다시 말해 괴테는 자연과 삶의 질서와 구성 원리와의 연관성에서 이 인물들을 등장시키고 있다.

아폴로: 예술의 신

『파우스트』 II부 1막 〈어두운 복도〉에서 파우스트는 황제로부터 파리스와 헬레나의 원형을 재현시켜야 할 임무를 부여받고는 메피스토펠레스에게 그 해결

책을 제시하라고 재촉한다. 메피스토펠레스는 처음에는 〈보다 고상한 비밀〉스러운 해결책을 이야기하기를 주저하다, 마침내 〈어머니들〉이라는 말을 내뱉고는, 이 어머니들에게 가는 길을 다음과 같이 설명한다.

> 길 같은 것은 없습니다! 사람들이 가보지 않은 곳,
> 발을 들여놓을 수 없는 곳으로 가는 것이지요. 초대받지 않은 길이며,
> 부탁을 해서도 이를 수 없는 길입니다! 각오는 되어 있습니까?[25]

메피스토펠레스는 파우스트에게 파리스와 헬레나의 원형을 재현할 수 있는 해결책, 즉 예술의 원형을 창조할 방법을 다음과 같이 설명한다. 메피스토펠레스는 창조의 근원인 어머니들에게 가는 길은 〈공허함〉으로 내려가는 길이며, 파우스트가 그러한 위대한 행위를 하는 첫 번째 사람임을 주지시킨다. 그리고 파우스트가 어머니들의 나라로 내려가서, 그곳에 있는 세발솥에 열쇠를 대면 열쇠는 힘을 발휘해 세발솥을 가져올 수 있다고 말해 준다. 고대 그리스 신화에서 세발솥은 아폴로와의 관계에서 설명할 수 있다. 아폴로 신에게 바쳐진 델포이의 신전에는 돌 제단이 있고 여기에는 검은 솥이 하나 보관되어 있다. 검은 솥의 발이 세 개여서 세발솥이라고 한다. 세발솥에서 찾을 수 있는 삼각형은 영적인 의미를 지니며, 테일러Thomas Taylor는 플라톤의 『대화』를 번역하면서 여기에 나오는 문자 X의 의미와도 연관시키고 있다.[26]

길이가 같은 네 개의 삼각형이 결합하여 사각형이 되는데, 삼각형이 모여 있는 사각형에서 플라톤의 『대화』에 나오는 이집트인들의 영혼의 상징인 X를 찾을 수 있다. 메피스토펠레스는 파우스트에게 작은 열쇠를 건네주는데, 그 열쇠

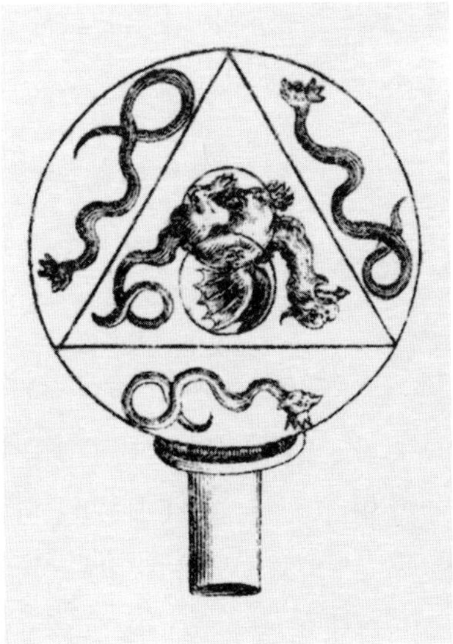

왼쪽
빌헬름 마이스터의 열쇠
프랑크푸르트의 괴테 박물관

오른쪽
15세기 연금술사 바실리우스
발렌티누스의 열두 번째 열쇠

는 파우스트 손에서 커지면서 빛을 발하기 시작한다. 일반적으로 열쇠는 인식 능력을 상징하며, 따라서 자꾸 커진다는 것은 파우스트의 인식 능력이 향상된다는 뜻이다. 괴테의 교양 소설 『빌헬름 마이스터의 편력 시대』에 나오는 상징적 열쇠도 그노시스파의 바실리우스 발렌티누스의 열두 번째 열쇠의 형상을 지닌다. 바실리우스는 열두 번째 열쇠를 〈성스러운 영향〉 그리고 〈천체의 행위〉로 정의 내리고 있으며, 리드Read는 이것을 남자와 여자의 결합의 원칙이라고 설명한다.[27] 『빌헬름 마이스터의 편력 시대』에서도 빌헬름의 열쇠만이 여성의 상징인 상자를 열 수 있다. 마이스터처럼 파우스트도 열쇠로 세발솥을 건드리는데, 이것은 그리스 신화에서 제식 행위를 의미한다. 세발솥을 가져올 수 있다는 것은 헬레나를 구해 올 수 있다는 의미이며, 이것은 곧 예술의 신인 아폴로의 정기를 받아 헬레나의 원형을 재현할 수 있다는 의미다. 다시 말해 괴테는 이러한 능력을 파우스트의 예술 창조 능력이 발휘된다는 뜻으로 구현하고 있는 것이다.

헤르마프로디토스: 호문쿨루스

신화에 나오는 헤르마프로디토스는 헤르메스와 아프로디테 사이에서 태어난 자웅 동체다. 헤르메스는 연금술사의 신이며 헤르메스의 아들이 헤르마프로디토스인 것은 우연이 아니다. 연금술에서는 만물의 근원 물질인 현자의 돌 속에 대립하는 성질이 공존한다고 파악하고 있다. 이런 대립의 결합을 뜻하는 자웅동체는 그리스 신화에서 헤르마프로디토스다. 헤르마프로디토스처럼 호문쿨루스도 외적으로는 반쪽으로 제한된 모순된 존재다. 탈레스는 완성되고자 갈망하는 호문쿨루스로 하여금 네레우스에게 조언을 구하도록 한다. 그러자 네레우스는 호문쿨루스에게 프로테우스를 찾아가라고 이야기한다. 왜냐하면 〈고전적 발푸르기스의 밤〉에 등장하는 프로테우스는 복화술을 써서 때로는 멀리, 때로는 가까이에서 말할 수 있고 변신의 능력을 지닐 뿐만 아니라 완성될 수 있는 능력을 지닌 그리스 신화 속의 인물이기 때문이다. 프로테우스는 거대한 거북의 모습으로 등장하여 빛을 내는 호문쿨루스에게 관심을 표한다. 그러자 탈레스는 프로테우스에게 호문쿨루스를 인간과 철학적 정신의 산물인 양성자라고 설명한다.

탈레스 이놈은 지혜를 빌려 완성되고자 하네.

헤르마프로디토스는 원래 남자였다. 그러나 그를 짝사랑한 님페 살마키스 때문에 그녀와 동화되어 반남반녀가 되어 버린다. 아프로디테와 헤르메스 사이에서 탄생했다

그에 대하여 들은 바에 의하면 이놈은
정말 놀랍게도 반밖에 태어나지 않았네그려.
정신적인 성질에는 부족한 것이 없는데
손에 잡힐 수 있는 구체적인 능력이 너무 모자라네.[28]

호문쿨루스는 유리 밖으로 나가 인간이 되고자 하는 갈망을 가진 미완성의 존재다. 이것을 본 프로테우스는 육체적 존재는 더 넓은 바다에서 시작될 수 있으며, 점차 성장하여 더 높은 완성의 단계에 이를 수 있음을 호문쿨루스에게 설명한다. 그때 무엇인가를 암시하는 냄새를 일으키는 바람이 호문쿨루스를 상쾌하게 한다. 여기서 프로테우스는 바다의 정령의 행렬이 다가

연금술의 암수 한 몸
취리히 중앙박물관

옴을 감지하고 호문쿨루스에게 에게 해의 사모트라케 축제에 동행할 것을 청한다. 사모트라케 축제를 통하여 파우스트는 인간 창조의 원리를 일깨워 줄 카베이로이 신성을 경험하게 된다.

그리스 신화의 괴물들

파우스트와 메피스토펠레스는 본질상 서로 대립되는 인물이다. 괴테는 파우스트와 메피스토펠레스가 만나는 인물들을 통해서도 대비시키고 있다. 『파우스트』 II부 2막 〈고전적 발푸르기스의 밤〉의 〈파르살루스의 들〉에서 괴테는 파우스트와 고대 그리스 속 최고 미녀인 헬레나를 만나게 하고, 3막에는 헬레나의 아름다움에 대비되는 추녀 포르키아스를 등장시킨다. 또한 괴테는 가장 추한 여자 포르키아스가 등장하기 전에, 그리스 신화 속의 각종 추한 괴물들을 등장시킨다. 괴테는 파우스트 속에서 〈유유상종〉이라는 의미를 언급하는데, 파우스트는 항상 긍정적인 인물과 마주하지만 메피스토펠레스는 부정적인 인물과 관계된다. 메피스토펠레스는 파우스트가 미녀를 만나려 하는 동안 가장 추한 괴물들인 그라이프Greif, 외눈박이 아리마스펜Arimaspen, 스핑크스, 세이렌들과 만나 대화를 나눈다. 그라이프는 사자의 몸뚱이와 독수리의 머리와 날개를 가지고 등은 깃털로 덮여 있는 괴물이다. 이 괴물은 새처럼 보금자리를 짓지만 그 속에 알 대신 마노(보석)를 낳는다고 한다. 그라이프가 태어난 곳은 인도이며 긴 발톱을 가지고 있어 그 나라 사람들은 그것으로 술잔을 만들 수 있을 정도였다고 한다. 그들은 본능적으로 금이 매장되어 있는 곳을 알았다고 하며, 약탈자들로부터 금을 빼앗기지 않기 위해 전력을 다해 지켰다고 하는 신화 속의 동물이다.

파우스트도 헬레나를 찾다가 잠시 스핑크스에게 다가간다. 아름다운 여인을 만나고자 하는 파우스트의 마음은 괴물까지도 환영하게 되는 모양이다.

> 놀라운 일이군! 보기만 해도 흐뭇하다.
> 추한 것 속에 위대하고 늠름한 모습이 나타나고 있다.
> (……)
> 나는 신선한 정신이 마음속을 꿰뚫고 있음을 느낀다.
> 모습이 위대한 만큼 회상도 위대하다.[29]

그라이프
기원전 2세기 청동제 그릇 손잡이

메피스토펠레스도 파우스트가 예전에는 이러한 괴물들을 혐오했었음을 환기시키고 있다. 스핑크스도 파우스트가 반인반마지만 지혜로운 케이론을 만나려 한다면 추한 괴물들을 싫어해서는 안 된다고 경고하고 있다. 다시 말해 파우스트는 문화의 그늘진 면을 존중할 수 있는 새로운 발전 단계에 도달한 것이다. 파우스트는 떠나가고, 메피스토펠레스는 계속해서 스핑크스, 상반신은 여자이고 하반신은 뱀의 모습을 한 괴물 라미아Lamia와 당나귀 발을 가진 엠푸사Empusa 등과 같은 그리스 신화 속 괴물들과 만나 대화를 계속한다.

헨리 제임스 드레이퍼의
「오디세우스와 세이렌」

디아나-루나-헤카테: 달의 여신

스핑크스가 〈파르살루스의 평야〉의 시각에 대해 묻자, 메피스토펠레스는 밤의 시간이라고 대답한다. 〈에게 해의 바위로 된 만〉에서 세이렌들은 달의 여신을 기억하기 위해 다음과 같이 노래한다.

세이렌 상냥한 달의 여신이여 하늘 높이
자애롭게 머물러 주세요.
밤이 계속되어,
밝은 날이 우리를 몰아내지 않도록.

달의 여신상

또한 세이렌들은 텔키네스들에게도 다음과 같이 말한다.

세이렌 해의 신에게 몸을 바치고
밝은 날의 축복을 받은 그대
달의 여신을 경배하고자, 마음이 동하여
마침 적당한 시기에 이리 오셨구려![30]

아낙사고라스도 세 명의 달의 여신 디아나-루나-헤카테를 언급하며, 〈고전적 발푸르기스〉의 밤의 축제를 시간을 초월한 경이로움을 지니는 순간으로 묘사하고 있다.[31] 디아나와 루나는 로마 신화에 나오는 달의 여신을 뜻한다. 헤카테도 그리스 신화에 나오는 마술과 주문의 여신으로, 페르세우스와 아스테리아 사이에서 태어난 달의 여신, 대지의 여신, 지하의 여신 등 세 여신이 한 몸이 된 여신이다. 헤카테는 천상, 지상과 바다에서 힘을 발휘하고, 달의 여신으로 아르테미스와 동일시되기도 한다. 달빛은 전설적 장소에 마술적인 분위기를 일으키는 힘을 지니며, 역사적 전환기에 상승되어 나타나는 축제의 분위기를 조성한다.[32]

아낙사고라스의 화성론

사이스모스, 개미들, 닥틸루스

팔크Johannes Daniel Falk와의 대화에서 괴테는 헤르더의 『인류의 역사 철학에 대한 이념들*Ideen zur Philosophie der Geschichte der Menschheit*』이라는 저서가 자신의 사상을 정립하는 데 많은 도움을 주었다고 밝히고 있다.[33]

또한 그는 칸트의 저서를 접하고 나서 인간의 원천에 대하여 많은 관심을 가지게 되었고, 이러한 개념들로 인하여 자연 철학자들에게 관심을 갖게 된 것으로 추측할 수 있다.

> 자연의 고고학자들이 표현하고 있듯이, 인류라는 피조물은 자연 철학자들이 잘 알고 있는 메커니즘에 따라 가장 오래된 혁명의 흔적에서부터 (……) 성립되었다는 것이다. 즉, 이 메커니즘은 지구의 품에서 (……) 그들의 탄생지에 적합하게 형성되었던, 가장 합목적적인 형태의 피조물을 최초에 탄생시킬 수 있는 것이다.[34]

이러한 괴테의 언급은 자신이 인류의 근원에 대해서 칸트의 합목적적인 이론과 자연 철학자들의 원리를 추종한다는 것을 말해 준다. 이러한 사상에 바탕을 두고 그는 『파우스트』 II부에서 그리스 철학자 아낙사고라스의 화성론과 탈레스의 수성론으로 대립시켜 인류의 근원에 대한 자신의 사상을 표현하고 있다. 괴테는 고대 그리스 철학자들의 이론으로 사회 생성 이론을 표현하였는데, 화성론과 수성론은 다음과 같이 설명할 수 있다. 화성론은 화산과 지진과 같은 현상으로 새로운 사회 체제가 형성되었다는 것이고, 수성론은 물에 의해 모든 것이 발생되었다는 진화론의 의미다.[35] 화성론에 따른 신화적 형상들은 지진의 신 사이스모스Seismos, 개미들 그리고 닥틸루스들이다. 스핑크스는 화산과 지진에 의해 지구가 창조되었음을 밝히며 사이스모스, 지진의 신을 태고부터 있던 존재로 설명한다. 괴테는 성스러운 산과의 결합을 위하여 지진이 발생한 후에 바위 사이에 생성된 금과 연관된 신화 속의 형상들을 언급하고 있는데, 여기에 금을 모으는 개미들과 닥틸루스가 등장한다.

피그마이오와 이비쿠스의 학: 대립의 알레고리

괴테는 1789년 프랑스 혁명을 화산 분출로 고전적인 근본의 연속성이 끊어진 역사적 현상으로 파악하였다.[36]

> 이렇게 하여 골짜기의 평온한 땅을
> 갈라놓고 만다오.[37]

갈라진 골짜기가 뜻하는 의미는 구세대와 신세대[38]의 갈등과 대립으로 이해될 수 있는데, 괴테는 『파우스트』 II부에서 〈이비쿠스*Ibykus*의 학〉의 대사를 통해 이러한 상황을 묘사하고 있다. 〈페네이오스 강의 상류〉에서 피그마이오의 장로들과 함께 사이스모스의 다음 단계인, 이집트의 신화 속에서 대장간을 만드는 호루스의 시기가 언급되고 있다. 이집트 신화에서 피그마이오의 장로는 호루스의 대리인인 전쟁의 신이다. 그는 그의 부하들에게 무기를 만드는 대장간에 필요한 장작을 가지고 오도록 명령한다. 오시리스와 그의 아들 호루스가 그들의 권좌를 불법으로 획득한 세트Seth에 대항하는 투쟁은, 신화 속의 신들이 권력을 차지하기 위해 벌이는 전쟁과 같다. 실러의 시에서도 다뤄지고 있는 〈이비쿠스의 학〉은 그리스 연극의 합창대 역할을 담당하면서, 오시리스와 호루스의 부하들이 쏘는 왜가리의 깃털 화살이 세트 부하들의 투구를 향해 날아가는 모습을 묘사하고 있다. 이 장면은 그리스 신화에서 태초의 거인들이 권좌를 차지하기 위해 투쟁을 벌이던 시대처럼, 이집트 신화에서는 세트에 대한 오시리스와 호루스의 전쟁으로 묘사되고 있다. 이러한 형상들은 프랑스 혁명과 같이 구세대와 신세대 간의 갈등이나 권력 투쟁을 알레고리화한 것이라고 파악할 수 있을 것이다.[39]

탈레스의 수성론: 카베이로이, 텔키네스들, 트리톤들, 네레우스의 딸들과 갈라테이아/생성의 비교

괴테의 역사관은 대단히 보수적이다. 그는 폭발적으로 일어나 결국 국왕과 왕비가 단두대에서 처형되는 등의 폭력 사태를 야기하는 프랑스 혁명을 비판한다. 괴테는 이러한 역사관을 『파우스트』 II부에서는 탈레스의 수성론을 통해서 펼치고 있다. 그는 인류의 역사는 탈레스의 수성론에 따라 바다의 형상들을 통해 점진적인 발전과 에로스의 개념으로 발전하는 것으로 보고, 이러한 바다의 형상들과 에로스에 대한 찬양의 노래로 『파우스트』 II부 〈고전적 발푸르기스의 밤〉을 마친다.

〈고전적 발푸르기스의 밤〉의 〈에게 해의 바위로 된 곳〉에서 트리톤들과 네레우스의 딸들은 세 명의 카베이로이Kabiren들과 함께 사모트라케Samothrake의 바다 축제에 참여하고 있고, 탈레스와 프로테우스도 이곳으로 호문쿨루스를 인도한다. 모든 것을 요동치며 파괴하는 지진의 신인 사이스모스에 비해, 바다는 세계가 생성되는 근원 원소로서 생식 충동을 소지하고 있다. 랑엔이 『파우스트』 II부의 〈고전적 발푸르기스의 밤〉을 〈창조의 밤을 다룬 전대미문의 연극〉[40]이라고 표현하듯이, 괴테는 자신이 생각하는 창조의 개념을 보여 주기 위해 호문쿨루스를 바다의 축제에 참여케 하고 바다와 관련된 인물들을 등장시킨다. 즉, 변신 능력이 있는 프로테우스, 인간 생성의 작용자이며 인간 발전 과정에서 창조적이고 신적인 힘을 지니는 카베이로이들, 그리스 전설의 원주민이면서 카베이로이와 연관이 있는[41] 텔키네스 신들, 트리톤들, 네레우스의 딸들과 갈라테이아들이 대거 등장한다.

카베이로이들

프로테우스의 변모 능력은 괴테에게는 변용, 즉 창조의 의미를 뜻한다. 그런 프로테우스는 사모트라케의 바다 축제에 함께 참여한 호문쿨루스에게 물의 원소가 가지고 있는 원리를 다음과 같이 설명한다.

프로테우스 정신만으로 넓은 물속으로 따라오게.
그곳에서 자네의 생명은 곧 가로로 세로로 뻗을 것이며,
이곳에서 마음대로 움직일 수 있게 된다.
보다 높아지려고 하는 무리에만 끼어들려고 하지 말게나.[42]

여기에서 프로테우스가 말하는 보다 높아지려는 무리는 카베이로이다. 곧이어 세이렌은 카베이로이의 존재에 대해 구체적으로 설명한다. 바다의 축제 기간 동안 바다를 축성하기 위해, 세이렌들은 사모트라케 섬의 카베이로이 신성을 노래한다. 〈에게 해의 바위로 된 만〉에서 불러지는 세이렌의 노래에서 카베이로이는 뱃사람들에게는 구원의 신[43]임이 밝혀진다. 또한 호문쿨루스가 카베이로이들의 왜소함을 노래하듯이, 카베이로이는 테베에서 발굴된 항아리에서 난쟁이의 모습으로 그려져 있다. 왜소함이란 반쪽 인간인 호문쿨루스와 마찬가지로 결핍을 뜻한다. 계속해서 카베이로이 신의 수가 3인지, 7인지, 8인지 정확하지 않아 카베이로이 신의 계보가 다양하다는 것을[44] 네레우스의 딸들, 트리톤들 그리고 세이렌들이 노래한다. 괴테는 이 카베이로이의 계보에 대하여 셸링Friedrich Wilhelm Schelling의 『사모트라케의 신성에 대하여*Über die Gottheit von Samothrake*』라는 저서를 인용하고 있다. 이는 괴테가 카베이로이의 숫자를 각기 다르게 설명하는 크로이처Friedrich Creuzer의 『상징적 의의*Symbolik*』와 셸링의 『사모트라케의 신성에 대하여』를 함께 참고하였기 때문이다.[45]

이 비길 데 없는 신들은
끊임없이 앞으로 나아가려 합니다.

로마 바르베리니 광장에 있는 트리톤 분수

도달하기 어려운 것을 바라며
동경에 가득 차 허기에 괴로워하는 분들입니다.[46]

카베이로이는 완성되지 않은 존재이기에 〈꼴사나운 모습〉[47]을 지녔고, 동물적 속성을 뛰어넘어 올림포스에 있는 신적인 존재를 추구하나 이루어질 수 없기에, 〈동경〉과 〈허기〉를 지닌 존재로 묘사된다. 다시 말해 카베이로이는 파우스트와 마찬가지로 동경과 갈망을 뜻하는 존재다.[48]

텔키네스들

태양신 아폴로의 전령인 텔키네스는 아폴로의 영이 있는 로도스 섬에서 화산을 폭발하게 하는 괴물이다. 그들은 물고기 꼬리를 한 해마와 해룡을 타고 다닌다. 대장장이의 신 헤파이스토스의 자손으로 대장장이이기도 한 그들은 청동과 철을 가공하여 삼지창을 만들어 해신 포세이돈에게 선물하였다는 전설이 있으며, 바다와 섬에 거주하여 사모트라케의 바다의 축제에서 카베이로이와 만난다.

텔키네스들 신들의 권세를 최초로
품위 있는 인간의 모습으로 만든 것이 바로 우리입니다.[49]

신들의 모습으로 최초로 만들어졌다는 텔키네스는 완성을 추구하는 카베이로이의 신성과 연관된다. 신의 창조의 즐거움에 비유되는 것으로 예술 작품에 대한 파우스트적 갈망의 또 다른 형상을 표현한다.[50]

트리톤들, 네레우스의 딸들과 갈라테이아

룸프A. Rumpf의 고대인들의 관(棺)에 대한 연구에 따르면, 고대인의 관에는 바다의 정령인 트리톤, 네레우스 그리고 포세이돈이 그려져 있다. 이 바다의 정령들은 아프로디테의 탄생 시, 돌고래와 에로스들과 함께 물결치는 파도와 공중에서 등장하기도 한다. 이 모든 것은 인간에게 행복을 주는 힘, 즉 에너지와 우아함 그리고 삶의 근거와 회춘의 본질적 특성을 부여한다. 이러한 관계에서 죽음을 뜻하는 관에 그려진 에로스는 역설적으로 결혼과 사랑과 관련되어 자주 등장하는 에로스, 그리고 아프로디테의 탄생의 의미는 죽음과 결부된다.[51]

〈고전적 발푸르기스의 밤〉의 마지막 단계에서 세이렌의 노래를 통하여 갈라

「갈라테이아의 승리」
라파엘로 1511년작

테이아가 그녀의 아버지 네레우스와 다른 자매들과 함께 등장하고 있음을 알 수 있다. 또한 세이렌은 갈라테이아가 절대적 여성의 영역에서 〈불멸의 품위〉와 〈마음을 끄는 우아함〉[52]을 지닌 어머니의 모형임을 노래한다. 갈라테이아와 사랑에 빠진 호문쿨루스의 유리는 돌고래가 끄는 그녀의 마차인 조개에 접근하다가 결국 조개껍데기에 부딪혀 깨져 버린다.

> 강한 동경에 지배되어 있는 징조로,
> 몸부림을 치며 떠는 신음 소리가 들리는 듯하군요.
> 빛나는 옥좌에 부딪혀 부서질 것같이,

저것 봐, 탄다, 번쩍인다. 벌써 넘치는구나.[53]

호문쿨루스의 유리가 깨지는 것은 죽음이나 몰락을 의미하지 않는다. 이것은 또 다른 시작을 의미하는 에로스를 의미한다. 세이렌들은 호문쿨루스와 함께 갈라테이아의 에로스의 노래를 다음과 같이 부른다.

서로 부딪쳐 불꽃을 튀기면서 부어지는 물결을
이상한 불이 밝혀 주고 있구나!
(……)
저 모습은 밤바다의 물길에서 환히 타올라
모든 것이 사면의 불길에 싸여 있구나.
그러나 모든 것을 시작한 사랑의 신 에로스여, 지배하라![54]

인조인간 호문쿨루스의 종말은 이상을 추구하는 동경의 희생물을 의미하며, 동시에 불꽃을 튀기는 그의 모습은 작은 불꽃으로 시작되어 그의 창조가 이루어지는 실험실의 장면을 연상케 한다. 호문쿨루스의 창조는 신비적이고 연금술적인 성스러운 결혼*Hieros Gamos*, 즉 성스러운 원소들의 결합으로 불꽃을 통해 이루어진다. 〈고전적 발푸르기스의 밤〉의 마지막 장면에서 호문쿨루스는 형태를 얻는 데는 실패했지만 에로스의 개념으로 신비적인 합일을 이루는 것이다.

그러므로 호문쿨루스의 모험과 함께 등장하는 갈라테이아, 고대의 관에 새겨진 트리톤, 네레우스는 생성의 비교(秘敎)를 뜻한다.[55] 괴테는 신화 속의 인물인 트리톤들, 네레우스의 딸들, 갈라테이아를 통해 인간 창조와 발전을 묘사하며 〈고전적 발푸르기스의 밤〉의 장면을 끝낸다. 이러한 인간 창조와 발전의 의미는 괴테의 변형을 통한 예술 창조의 의미와 일맥상통한다.

■ 주

1 Jung: *Psychologie und Alchemie*, S. 18, 32, 33.

2 Vgl. Buschendorf, Bernhard: *Goethes mythische Denkform. Zur Ikonographie der "Wahlverwandschaften"*, Frankfurt am Main 1986, S. 20f.

3 GW 8, S. 357

4 Vgl. Alice Raphael: a.a.O., S. 22.

5 GW 8, S. 366ff.

6 SG 2, S. 45.

7 MA 19, S. 337.

8 Zitiert nach Alice Raphael: a.a.O., S. 170f.

9 Vgl. Alice Raphael: a.a.O., S. 16.

10 GW 4, S. 232.

11 Eckermann: *Gespräche mit Goethe in den letzten Jahren seines Lebens*, 16. Dezember 1829, MA 19. S. 338f.

12 GW 4, S. 399f.

13 칼 융, 『심리학과 종교』, 이은봉 옮김, 창문화사, 2003, 112면.

14 Vgl. Alice Raphael: a.a.O., S. 158f.

15 Vgl. 유재원, 『그리스 신화의 세계I(올림포스의 신들)』, 현대문학, 1998, 25면.

16 GW 4, S. 421.

17 Vgl. Alice Raphael: a.a.O., S. 201f.

18 재인용. Alice Raphael: *Goethe und der Stein der Weisen. übers. aus dem Englischen von Henriette Schulz*, Amsterdam 1965, S. 29ff.

19 Vgl. Ute Lieber M.A.: a.a.O., S. 63f.

20 Vgl. Alice Raphael: a.a.O., S. 154.

21 Vgl. Alice Raphael: a.a.O., S. 156.

22 Jung: *Psychologie und Alchemie*, Olten, S. 168.

23 M.I. 핀리, 『헤로도투스』, 이용찬 옮김, 평단문화사, 1981, 76면.

Vgl. Alice Raphael, a.a.O., S. 89.

24 Vgl. Alice Raphael: a.a.O., S. 156.

25 GW 4, S. 376.

26 Vgl. Alice Raphael: a.a.O., S. 173.

27 Vgl. Alice Raphael: a.a.O., S. 173f.

28 GW 4, S. 447.

29 GW 4. S. 411.

30 GW 4, S. 448.

31 Vgl. GW 4, S. 435.

32 Vgl. Karl Kerényi: *Die Ägäische Fest, Die Meergötterszene in Goethes 'Faust II'. Eine mythokogische Studie(1941).* In: Aufsätze zu Goethes 'Faust II', Hrsg. vom Werner Keller, Darmstadt 1992, S. 166.

33 zitiert nach Alice Raphael: a.a.O., S. 202f.

34 zitiert nach Alice Raphael: a.a.O., S. 203.

35 Heinz Schlaffer: *Faust Zweiter Teil. Die Allegorie des 19. Jahrhunderts*, Stuttgart 1981, S. 126.

36 Heinz Schlaffer: a.a.O., S. 111f.

37 GW 4, S. 447.

38 Heinz Schlaffer: a.a.O., S. 126.

39 Vgl. Alice Raphael: a.a.O., S. 203f.

40 Victor Langen: "Faust. Der Tragödie Zweiter Teil", in: Walter Hinderer (Hrsg.): Goethes Dramen. Neue Interpretationen, Stuttgart 1980, S. 298.

41 Johannes Bertram: *Goethes Faust im Blickfeld des 20. Jahrhunderts*, Hamburger Kultur Verlag, Hamburg 1949, S. 271.

42 GW 4, S. 449f.

43 GW 4, S. 444.

44 Vgl. Karl Kerényi, a.a.O., S. 178.

45 Thomas Zabka: *Faust II – Das Klassische und das Romantische. Goethes 'Eingriff in die neueste Literatur'*, Tübingen 1993, S. 184.

46 GW 4, S. 445.

47 GW 4, S. 445.

48 Vgl. Karl Kerényi: a.a.O., S. 180.

49 GW 4, S. 449.

50 Vgl. Karl Kerényi: a.a.O., S. 181.

51 Vgl. Karl Kerényi: a.a.O.. S. 171.

52 GW 4, S. 451.

53 GW 4, S. 454.

54 GW 4, S. 455.

55 Vgl. Karl Kerényi: a.a.O., S. 182f.

참고 문헌

가브리엘 반 쥘랑, 『세계의 정원』, 변지현 옮김(시공사, 1997).

『국역 노계집』, 김문기 역(역락, 1999).

리오단, 테레사, 『아름다움의 발명』, 오혜경 옮김(마고 북스, 2005).

박광자, 「베르터와 괴테 『젊은 베르터의 고뇌』에 나타난 괴테의 사회관」, 독일언어문학, 15집, 2001.

베르길리우스, 『아이네이스』, 천병희 옮김(숲, 2007).

셰익스피어, 『셰익스피어 4대 비극』, 박현미 옮김(일신서적, 1996).

알렉상드리앙, 『에로티즘 문학의 역사』, 최복현 옮김(강천, 1997).

엘리아스, 노르베르트, 『문명화 과정 1』, 박미애 역(한길사, 1996).

엘리아스, 노르베르트, 『문명화 과정 2』, 박미애 역(한길사, 1999).

오비디우스, 『변신이야기』, 이윤기 옮김(민음사, 1995).

오비디우스, 『연애법』, 이미혜 옮김(동심원, 1996).

오순희, 「『젊은 베르터의 슬픔』에 나타난 호머와 오씨안의 세계」, 괴테연구, 11집, 1999.

유재원, 『그리스 신화의 세계 I(올림포스의 신들)』(현대문학, 1998).
임종대, 「체험문학으로서의 「로마의 비가」(I). 괴테의 이탈리아 체험과 고전주의 시의 출발」, 괴테연구, 2001(13집).
자크 브누아 메샹, 『정원의 역사』, 이봉재 옮김(르네상스, 2005).
정태남, 『로마에서 예술가 네로를 만나다』, 열린 박물관, 2006.
칼 융, 『심리학과 종교』, 이은봉 옮김(창문화사, 2003).
퐁타넬, 베아트리스, 『치장의 역사』, 김보현 옮김(김영사, 2004).
핀리, M.I., 『헤로도투스』, 이용찬 옮김(평단문화사, 1981).

Anglet, Andreas, *Die lyrische Bewegung in Goethes "Chinesisch-Deutschen Jahres- und Tageszeiten"*. In: Goethe-Jahrbuch, Bd.113, 1996.
Battafarano, Italo Michele, *Die im Chaos blühenden Zitronen. Identität und Alterität in Goethes Italienischer Reise*, Bern, 1999.
Beissner, Friedrich, *Geschichte der Deutschen Elegie*, Berlin, 1965.
Bender, Hans, *Huldigung an die Rose*, In: 1000 Deutsche Gedichte und ihre Interpretationen, Marcel Reich-Ranicki(Hrsg.), 2.Bd., Frankfurt am Main und Leipzig, 1996.
Bertram, Johannes, *Goethes Faust im Blickfeld des 20. Jahrhunderts*, Hamburger Kultur Verlag, Hamburg, 1949.
Blessin, Stefan, *Goethes Romane. Aufbruch in die Moderne*. Paderborn, München, Wien, Zürich, 1996.
Börsch-Supan, Eva, *Das Motiv des Gartenraumes in Dichtungen des neunzehnten und frühen zwanzigsten Jahrhunderts*. In: Deutsche Vierteljahrschrift für Literaturwissenschaft und Geistesgeschichte, Stuttgart, 1965.
Bosshardt, Eva, *Goethes späte Landschaftslyrik*, Phil. Diss, Zürich, 1962.
Buschendorf, Bernhard, *Goethes mythische Denkform. Zur Ikonographie der*

Wahlverwandschaften, Frankfurt am Main, 1986.

Dane, Gisela, *Die heilsame Toilette. Kosmetik und Bildung in Goethes Der Mann von funfzigen Jahren*, Göttingen, 1994.

Der Briefwechsel zwischen Schiller und Goethe. 3 Bde., München, 1984.

Dominik, Jost, *Deutsche Klassik, Goethes "Römische Elegie"*, Pullach, 1974.

Eckermann, Johann Peter, *Gespräche mit Goethe in den letzten Jahren seines Lebens.* In: Sämtliche Werke nach Epochen seines Schaffens. Münchener Ausgabe, Hrsg. von Karl Richter in Zusammenarbeit mit Herbert G. Göpfert, Norbert Miller, Gerhard Sauder und Edith Zehm, München 1985.

Eco, Umberto, *Einführung in die Semiotik*, München, 1972.

Eichhorn, Peter, *Idee und Erfahrung im Spätwerk Goethes*, München, 1971.

Eisler, Robert, *Orphisch-dionysische Mysteriengedanken in der christlichen Antike*, Hildesheim, 1966.

Engelhardt, Wolf von, *Goethe im Gespräch mit der Erde. Landschaft, Gesteine, Mineralien und Erdegeschichte in seinem Leben und Werk*, Weimar, 2003.

Femmel, Gerhard, *Die Gemmen aus Goethes Sammlung*, Leipzig, 1977.

Fuchs, Eduard, *Illustrierte Sittengeschichte vom Mittelalter bis zur Gegenwart*, Berlin, 1910.

Gilg, André, *Wilhelm Meisters Wanderjahre und Ihre Symbole*, Zürich, 1954.

Goethe, Johann Caspar, *Reise durch Italien im Jahre 1740.* Hrsg. von der Deutsch-Italienischen Vereinigung, Frankfurt am Main. Übersetzt und kommentiert von Albert Meier, München, 1986.

Goethe, Johann Wolfgan, *Sämtliche Werke nach Epochen seines Schaffens.* Münchener Ausgabe, Hrsg. von Karl Richter in Zusammenarbeit mit Herbert G. Göpfert, Norbert Miller, Gerhard Sauder und Edith Zehm, München, 1985.

Goethe, Johann Wolfgang von, *Gedichte*, Vollständige Ausgabe, Stuttgart, 1659.

Goethe, Johann Wolfgang von, *Goethes Werke*, Hamburgische Ausgabe. Hrsg. von Erich Trunz, Hamburg, 1948.

Goethe, Johann Wolfgang, *Goethes Briefwechsel mit Heinrich Meyer*. Hrsg. von Max Hecker, Weimar, 1917.

Goethe, Johann Wolfgang, *Goethes Werke in zwölf Bänden*. Hrsg. von den nationalen Forschungs-und Gedenkstätten der klassischen deutschen Literatur in Weimar, 1981.

Goethe, Johann Wolfgang, *Goethes Werke*. Hrsg. im Auftrag der Großherzogin Sophie von Sachsen, Weimar, 1887.

Goethe, Johann Wolfgang, *Goethes Werke*. Sophienausgabe, Weimar, 1887.

Goethe, Johann Wolfgang, *Italienische Reise*, Sonderausgabe. Hrsg. von Herbert von Einem, München, Beck, 1978.

Goethe, Johann Wolfgang, *Poetische Werke*. Kunsttheoretische Schriften und Übersetzungen, Hrsg. von Siegfried Seidel, 22 Bände, Berlin, Weimar 1961.

Goethe, Johann Wolfgang, *Sämtliche Werke. Briefe, Tagebücher und Gespräche*, 40 Bände, Frankfurt am Main, 1989.

Goethe, Johann Wolfgang, *Wilhelm Tischbeins Idyllen*, Hamburg, Zusammenstellung und Nachwort von Erich Trunz, 1949.

Göres, Jörn (Hrsg.), *Goethe in Italien*. Eine Ausstellung des Goethe-Museums Düsseldorf, Mainz, 1986.

Graevenitz, Gerhart von, *Eduard Mörike. Die Kunst der Sünde. Zur Geschichte des literarischen Individuums*, Tübingen, 1978.

Hederich Benjamin, Gründliches Mythologisches Lexikon, Leipzig, 1770.

Hegel, G. W. F., *Werke in zwanzig Bänden*. Auf der Grundlage der Werke von 1832 bis 1845 neu edierte Ausgabe. Redaktion: E. Moldenhauer u. K.M. Michel. Frankfurt/M., 1970.

Henkel, Arthur, *Goethe und die Bilder des irdischen Paradieses*, Heidelberg, 1982.

Henn, Marianne, *Goethes Verhältnis zum Überlieferten in seinem Alterswerk*, Heidelberg, 1986.

Heydebrand, Renate von, *Eduard Mörikes Gedichtwerk*, Beschreibung und Deutung der Formenvilefalt und Ihrer Entwicklung, Stuttgart, 1972.

Hinderer, Walter (Hrsg.), *Goethes Dramen. Neue Interpretation*, Stuttgart, 1980.

Hoffmann, Frank, *Goethes Römische Elegien. Erotische Dichtung als gesellschaftliche Erkenntnisform*, Stuttgart, 1994.

Humboldt, Wilhelm von, *Ideen zu einem Versuch, die Gränzen der Wirksamkeit des Staats zu bestimmen*, in: Werke in fünf Bänden, Hrsg. von Andreas Filtner und Klaus Giel, Darmstadt, 1981.

Jung, C.G., *Psychologie und Alchemie*, Olten, 1972.

Keller, Werner, *Goethes dichterische Bildlichkeit. Eine Grundlegung*, München, 1972.

Kerényi Karl, *Die Ägäische Fest, Die Meergötterszene in Goethes Faust Ⅱ. Eine mythokogische Studie (1941).* In: Aufsätze zu Goethes Faust II. Hrsg. vom Werner Keller, Darmstadt, 1992.

Kerényi, Karl, *Eleusis. Archetypal Image of Mother and Daughter*, New York, 1967.

Klauss, Jochen, *Der Zeichner Goethe 1788-1832*, Weimar, 1990.

König, Rene und Schppisser (Hrsg.), *Die Mode in der menschlichen Gesellschaft*, Zürich, 1958.

König, Rene, *Kosmetik als soziokulturelles Problem*, in: Kosmetologie, Bd. Ⅰ, 1971.

Konrady, Karl Otto, Goethe. *Leben und Werk.* 1. Bd. Hälfte des Lebens, Köigstein/ Ts, 1982.

Konrady, Karl Otto, Goethe. *Leben und Werk.* 1. Bd. Hälfte des Lebens, Königstein/ Ts, 1982.

Krüntz, Johann Georg, *Oeconomische Enzyklopädie oder allgemeinen System der Land-, Haus-, und Staats-Wirthschaft*, Berlin, 1775-1848.

Lessing, Gottsched Ephraim, *Emilia Galotti. Ein Trauspiel in fünf Aufzügen*, in: ders., Werke Bd.2: Trauerspiele, Nothan, Dramatische Fragmente Hrsg. von Herbert C. Göpfert, München, 1971.

Lieber M.A., Ute, *Dichtung als Lebensform. Goethe Römische Elegien als Paradigma der Weimarer Klassik*, Bochum, 1993.

Lübeck, Johann Car, *Die Toilette der Grazien oder die Kunst, die Schönheit der Damen zu erhalten, erhöhen, die mangelhafte zu ersetzen und die verlorene herzustellen*. Ein Geschenk als Lesebuch für alle gebildeten Frauenzimmer, Frankfurt/M, 1815.

Maisak, Petra(Hrsg.), *Goethe und Tischbein in Rom, Bilder und Texte*, Frankfurt am Main und Leipzig, 2004.

Malsch, W, *Vorzeit und Gegenwart des Liebesglück in den Römischen Elegien.*

Meier, *Albert, Von der enzyklopädischen Studienreise zur ästhetischen Bildungsreise. Italienreisen im 18. Jahrhundert.* In: Peter J. Brenner(Hrsg.), Der Reisebericht. Die Entwicklung einer Gattung in der deutschen Literatur, Frankfurt am Main, 1989.

Michel, Christoph und Kuhn, Isabella(Hrsg.), Insel Almanach aus dem Jahr 1982, *Johann Wolfgang Goethe zu Bildern*, Insel Verlag, 1982.

Miller, Norbert, *Der Wanderer. Goethe in Italien*, Wien, 2002.

Miyashita, Kenzo, *Mörikes Verhältnis zu seinen Zeitgenossen*, Bern, Frankfurt am Main, 1971.

Mörike, Eduard, *Sämtliche Werke in vier Bänden*, Auf Grund der originaldrucke, Hrsg. von Herbert G. Göpfert, Wien, 1976.

Münz, Ludwig, *Goethes Zeichnungen und Radierungen*, Wien, 1949.

Oppel, Margarete(Auswahl, Einleitung und Katalog), *Johann Heinrich Wilhelm*

Tischbein. Zeichnungen aus Goethes Kunstsammlung, Weimar, 1991.

Panofsky, Erwin, *Sinn und Deutung in der bildenden Kunst*, Köln, 1975.

Peuckert, Will-Erich, Geheimkulte, Heidelberg, 1981.

Platon, *Gorgias oder über die Geredsamkeit.* In der Übersetzung von Friedrich Schleiermacher mit der Stephanus Nurerierung. Hrsg. von Walter Otto et al., Reinbek bei, Hamburg, 1957.

Ralphael, Alice, *Goethe und der Stein der Weisen*, übers. aus dem Englischen von Henriette Schulz, Amsterdam, 1965.

Richard Toellner, *Medizin in der Mitte des 18. Jahrhunderts, in Wissenschaften im Zeitalter der Aufklärung*. Aus Anlaß des 250-jährigen Bestehens des Verlags Vandenhoek und Ruprecht, Hrsg. von Rudolf Vierhaus, Göttingen, 1985.

Schlaffer, Hannelore, Klassik und Romantik 1770-1830. *Epochen der Deutschen Literatur in Bildern*, Stuttgart, 1986.

Schlaffer, Heinz, *Faust Zweiter Teil. Die Allegorie des 19. Jahrhunderts*, Stuttgart, 1981.

Schlaffer, Heinz, *Musa iocosa. Gattungspoetik und Gattungsgeschichte der erotischen Dichtungen in Deutschland*, Stuttgart, 1971.

Schröder, Franz Rolf, *Goethe, Amor als Landschaftsmaler.* In: Reinhold Grimm und Conrad Wiedemann(Hrsg.): Literatur und Geistesgeschichte. Festgabe für Heinz Otto Burger, Berlin, 1968.

Seegers, Ulli, *Alchemie des Sehens. Hermetische Kunst im 20. Jahrhunderts. Antonin Artaud*, Yves Klein, Sigmar Polke. Köln 2003.

Segebrecht, Wulf, *Das Gelegenheitsgedicht, Ein Beitrag zur Geschichte und Poetik der deutschen Lyrik*, Stuttgart, 1977.

Strauß, Anne Ruth, *Mörikes Gelegenheitslyrik, Zum Verhältnis von Kern und Peripherie in seinem dichterischen Werk*, Marburg, 1960.

Tischbein, Johann Heinrich Wilhelm, Idyllen, Hrsg. von Peter Reindl, Dortmund, 1982.

Trunz, Erich, *Weimarer Goethe-Studien*, Weimar, 1980.

Unger, Helga (Hrsg.), *Mörike-Kommentar zu sämtlichen Werken*, Mit der Einführung von Benno von Wiese, München, 1970.

Vischer, Friedrich Theodor, *Aesthetik oder Wissenschaft des Schönen*. Zweite Auflage, 1923.

Wild, Reiner, *Goethes klassische Lyrik*, Stuttgart, 1999.

Wimmel, W., *Rom in Goethes Römischen Elegien und im letzten Buch des Properz*. In: Antike und Abendland, Bd.7, 1958.

Wind, Edgar, *Heidnische Mysterien in der Renaissance*. Mit einem Nachwort von Bernhard Buschendorf. Übersetzt von Christa Münstermann unter Mitarbeit von Bernhard Buschendorf und Giela Heinrichs, Frankfurt am Main, 1981.

Zabka, Thomas, *Faust II-Das Klassische und das Romantische. Goethes Eingriff in die neueste Literatur*, Tübingen, 1993.

Zeller, Bernhard (Hrsg.), *Eduard Mörike 1804 · 1875 · 1975*, Gedenkausstellung zum 100. Todestag im Schiller-Nationalmuseum Marbach a.N., München, 1975.

Zwierlein, Conrad Anton, *Der Arzt für die Liebhaberinnen der Schönheit*, 9. ganz umgearbeitete Aufl, Heidelberg, 1789.

찾아보기

ㅌ

ㅍ

르네상스 예술에서 괴테를 읽다

지은이 김선형은 1956년 서울에서 태어나 고려대학교 문과대 독어독문학과를 졸업한 후, 동 대학원에서 문학 박사 학위를 받았다. 독일 슈투트가르트 대학에서 수학하고, 뉘른베르크 에어랑엔 대학에서 연구 교수를 지냈으며, 현재 경남대학교 문화콘텐츠학부 교수로 재직하고 있다. 옮긴 책으로는 볼프강 힐비히의 소설 『나』를 비롯해, 『호프만의 환상 문학』, 『노년의 미학』, 『패션, 여성들의 학교』 등이 있고, 논문으로는 「Die bildende Kunst und die Dichtung in Goethes Wilhelm Meisters Wanderjahre」, 「괴테의 미학적 체험 연구: 『이탈리아 기행』을 중심으로」, 「사회 인식의 형태와 미학적 형상화로서의 에로티시즘 문학 — 괴테의 『로마의 비가』를 중심으로」, 「헤세의 『싯다르타』에 나타난 깨달음의 과정」, 「헤세의 이탈리아 형상 연구」 외 다수가 있다.

지은이 김선형 발행인 홍지웅 발행처 주식회사 열린책들 주소 경기도 파주시 교하읍 문발리 521-2 파주출판도시 대표전화 (031) 955-4000 팩스 (031) 955-4004 *Printed in Korea*. ISBN 978-89-329-0867-0 03850 발행일 2009년 3월 20일 초판 1쇄

이 도서의 국립중앙도서관 출판시도서목록(CIP)은 e-CIP 홈페이지(http://www.nl.go.kr/cip.php)에서 이용하실 수 있습니다(CIP제어번호: CIP2009000665).